EL ASCENSO HUMANO

LA SAGA HACIA EL CIELO

LIBRO 5

A.R. KNIGHT

CAPÍTULO 1

MANTENER LA LÍNEA

ATRAPO LA LANZA de cristal negro, me agacho bajo las garras agitadas de la criatura peluda y embisto. La armadura del Flaum, diseñada para proteger contra la muerte abrasadora de los mineros, poco puede hacer para evitar que la punta de la lanza alcance su objetivo. Los movimientos erráticos de mi enemigo se detienen mientras retiro el arma y, antes de que reconsidere si vivir o morir, le propino una patada que lo lanza fuera del acantilado de la montaña.

—¡Buena atrapada! —grita Viera desde mi derecha mientras desenfunda una de sus pistolas plateadas y dispara.

La bala pasa silbando sobre mi hombro izquierdo, y me giro para ver a otro Flaum, que acababa de aterrizar con sus botas magnéticas y estaba a punto de dispararme por la espalda, tambalearse mientras el rojo florece en su pecho.

—¡Esto es culpa tuya! —grito, esta vez manteniendo los ojos en la nave de desembarco sobre nosotros, pero el ataque está llegando a su fin, y esta lanzadera, junto con las otras tres dispersas a lo largo del amplio acantilado, están girando y regresando a la órbita.

Volverán en unas horas con provisiones frescas, mientras nosotros contamos nuestros heridos y nos preguntamos cuánto más podremos resistir.

—Si dejaras de romper tus lanzas, no tendría que felicitarte por atraparlas —me dice Viera, con su armadura de cuero teñida de azul profundo y su cabello gris corto ondeando en la brisa, mientras subo a su nivel.

—Díselo a los herreros —respondo, mirando hacia arriba para asegurarme de que los Sevora continúan su retirada—. La armadura que estamos atravesando no se rompe tan fácilmente como nuestro cuero.

Hago un recuento rápido de nuestras pérdidas, y aunque tenemos cien guerreros en la cresta, más de una docena están siendo ayudados a retirarse, con otros cuatro o cinco inmóviles sobre la fría roca gris, entre los montones de nieve. No serán enviados por las hamacas de cuerda hacia Marilo; sus cuerpos serán arrojados, igual que los Sevora. No se puede enterrar a alguien en la roca, y es demasiado arriesgado quemarlos.

—Siempre son demasiados y muy pocos a la vez —digo, y tiemblo a pesar de mis intentos por no hacerlo. Ignos se dirige hacia la oscuridad, y las cimas de las montañas siempre están frías—. ¿Avril tiene alguna idea de por qué no están atacando con toda su fuerza?

—No se lo he preguntado, Emperatriz —responde Viera—. ¿Tal vez tienen miedo?

—Podrían arrasarnos desde la órbita —empiezo a caminar hacia las escaleras de descenso.

Es el deber de la Emperatriz, o eso me digo a mí misma, ser la última en abandonar el campo de batalla, pero incluso mientras me voy, el siguiente turno de soldados trepa por el borde. Estos guerreros están bien envueltos en pieles de animales y llevan mochilas con leña en sus espaldas. Listos para sobrevivir la noche.

—Agradezco que no lo hagan —dice Viera—. Aunque esta no sea la mejor vida, es mejor que la muerte.

—Hasta donde sabes.

—Exactamente.

En el borde, con los combatientes entrando y saliendo a mi lado, miro hacia las forjas ardientes, la bulliciosa fortaleza de Marilo, capital de los Lunare y, por el momento, de toda la humanidad. El calor asciende a través del enorme agujero perforado en la ladera de la montaña por los mismos alienígenas a los que ahora nos enfrentamos a diario; los Sevora, criaturas que toman las mentes y los cuerpos de otras especies y los convierten en esclavos.

Una vez tuve uno en mi mente y pensé que era un dios. No pudo controlarme y nunca supo por qué. Ahora sus amigos están aquí para averiguarlo.

O matarnos a todos.

Las escaleras de cuerda cuelgan por una docena de metros, enganchadas con largos garfios perforados en la piedra. Perdimos algunos valientes guerreros en la primera expedición para instalarlas, pero no podíamos darles a los Sevora la opción de acampar sobre la ciudad, incluso con todos los mineros capturados que tenemos defendiendo ese agujero.

Al principio el ascenso era intimidante, subiendo una y otra vez mientras la muerte segura por la caída acecha abajo, pero es difícil temer a la muerte cuando está tan a menudo a tu alrededor. Todos nos hemos vuelto insensibles a estas alturas.

Al menos las ampollas en mis manos se han convertido en callos.

Viera insiste en seguirme y no al revés, así que inicio el

descenso, conteniendo el cansancio que llega después de cada turno. Una responsabilidad que no tengo que asumir pero lo hago porque cuando la supervivencia de tu raza está en juego, el rango no es algo que se deba abusar.

Marilo se ha adaptado a la vida en tiempos de guerra como lo hace una cultura guerrera; racionando las dietas, sacando a los ancianos, los jóvenes y los enfermos de la ciudad hacia uno de los pueblos distantes conectados por cuevas con la capital Lunare, y aceptando la dura realidad de que están luchando para retrasar lo inevitable.

—Otra caravana partió hoy —me informa Avril cuando me reúno con la líder Lunare en el edificio capitolio de Marilo, una estructura en espiral con varios niveles que da a un amplio espacio central donde, en tiempos más normales, gente como Avril proclamaría esto o aquello ante una multitud atenta de gobernadores y funcionarios.

Ahora está prácticamente vacío, salvo por nuestras Sombras —guardias designados para seguirnos mientras permanecen lo más discretos posible— y algunos funcionarios redactando órdenes o entregando informes. Avril está sentada en la mesa central, luciendo tan cansada como yo me siento, aunque sus batallas han sido con la logística en lugar de con alienígenas invasores.

—¿Hemos tenido noticias de los otros? —respondo.

Avril se encoge de hombros—. Sí y no. Están progresando, pero ninguno llegará a las fronteras hasta dentro de varios días.

Para entonces, quién sabe si aún estaremos aquí para recibir esos mensajes. Hemos estado organizando caravanas de artesanos, agricultores y toda la gente que podemos prescindir, enviándolos a explorar. A ir hasta los bordes del mapa y expandirlo, buscando nuevos lugares donde la humanidad pueda echar raíces si nuestro actual refugio es destruido.

Ni Avril ni yo permitiríamos que nuestra especie sea destruida.

—¿Y si no?

—La ciudad continúa —dice Avril, y creo que su cabello está aún más blanco que antes, como si el estrés estuviera convirtiendo lentamente a la líder Lunare en nieve, y cuando sonríe repentinamente, el rosa pálido de sus labios parece terriblemente discordante con la penumbra iluminada por el fuego de Marilo—. Incluso hay algo de esperanza. Hoy llegaron más comerciantes, regresando con vinos. Compré una botella. El sueño es abrirla cuando termine la lucha.

—O cuando los Sevora finalmente decidan atravesar nuestras defensas.

—¿Entonces aún no hay señales?

La pregunta diaria, y mi respuesta diaria viene con una negación de cabeza. —Los Vincere aún no se han mostrado.

Si la humanidad va a sobrevivir, necesitaremos ayuda externa. Hace una semana, envié la señal. T'Oli, un Ooblot que había viajado a través de las estrellas para traerme de vuelta a casa, dijo que los Vincere escucharían el mensaje y responderían, pero incluso él no tiene idea de cuánto tiempo podría tomar. Podríamos ser aplastados, o podríamos ser salvados.

—¿Entonces por qué los Sevora están jugando con nosotros? —dice Avril—. Antes atacaron con tanta ferocidad, pero ahora parece que solo están probando nuestras líneas, asegurándose de que no nos olvidemos de ellos.

—Me he preguntado lo mismo —interrumpe Viera; ya no se separa de mi lado, y no me molesta—. Sus cadáveres, sin embargo, no hablan.

—¿Eso tiene algo que compartir? —Avril señala el objeto en mi muñeca, un brazalete verde esmeralda.

El Cache contiene más información de la que jamás podría examinar, y usarlo me sumerge en una especie de trance, mientras el conocimiento que busco flota como proyecciones a mi alrededor. Es increíble y peligroso, y solo lo uso cuando estoy sola o bajo estricta protección. El Cache también es la razón por la que mis párpados caen y mis músculos se aflojan: demasiadas noches recientes nadando a través de sus océanos infinitos.

—No tiene una respuesta clara sobre por qué los Sevora se están comportando así —digo—. Pero sigo buscando.

El resto de mi noche transcurre de manera similar; conversaciones pasajeras con otros funcionarios, un vagabundeo inestable por la ciudad hasta la improvisada habitación que ha sido designada como mis aposentos, con mis Sombras y Viera vigilándome todo el camino. Finalmente me derrumbo sobre el colchón de paja aglomerada que sirve como mi cama.

Está muy lejos del gran trato que recibí cuando era Emperatriz más allá del nombre, y está muy por debajo de las comodidades que tuve en las diversas naves espaciales y ciudades alienígenas que he visto durante mi accidentado viaje por la galaxia. El colchón es, sin embargo, humano. Hecho por manos humanas, sin otro propósito oculto que la relajación, que darme la oportunidad de acostarme y, por un momento, cerrar los ojos.

—Emperatriz —la voz de Viera, junto con el olor terroso del café improvisado, me hace despertar parpadeando.

Viera no necesita agregar nada más. La rutina se activa y me levanto, alcanzando y poniéndome mi propia armadura ligera, cubriendo el Cache, que nunca deja mi muñeca. No llevo capa, pero uno de los sacerdotes de mi antigua ciudad, Damantum, se llevó mi collar de esmeraldas cuando evacuaron. La última vez, dejé las joyas en la ciudad porque temía perderlas.

Ahora me las abrocho alrededor del cuello, el brillante conjunto es la única concesión que hago a mi rango, el único lujo que me permito.

T'Oli, un invitado sorpresa, está esperando fuera del apartamento esta mañana. El Ooblot cremoso se parece más a un charco con un par de palos redondeados sobresaliendo, aunque estos palos tienen ojos y el charco me sigue mientras caminamos hacia las escaleras de cuerda.

Marilo en la mañana es igual que Marilo en la noche: una multitud de fogatas para cocinar, cuerpos en movimiento y el ocasional pregón de mercancías, aunque el comercio ahora es menos de oro y más de necesidades básicas. Adelante, ya puedo ver el cambio de turno en proceso mientras los guerreros suben y bajan.

No hay hamacas esta vez, noto; o no hay heridos, o no hubo ataque anoche.

—Se están retirando —dice T'Oli mientras caminamos.

—¿Los Sevora? —me permito un leve destello de esperanza—. ¿Por qué?

—Pánico —responde T'Oli—. Algo está saliendo mal en su mundo natal. Están siendo descuidados con sus comunicaciones, dejándolas abiertas y he podido escuchar desde la lanzadera. Diría que ya no queda un líder claro allá arriba.

—No pensé que los Sevora pudieran entrar en pánico —dice Viera—. ¿No es ese todo su asunto? ¿Orden y control por encima de todo? ¿Aburridos como una piedra?

—Les gusta actuar así, pero los Sevora están tan llenos de pasión como nosotros —responde T'Oli, su piel Ooblot formando los sonidos al golpearse contra sí misma, ya que la criatura no tiene boca—. En Vimelia, Amanecer de la

Claridad tuvo más éxito enfrentando a las babosas entre sí que avanzando por nuestra cuenta. Un rival es un rival, sin importar la especie.

—Si están perdiendo el control —hablo lentamente, pensando en las posibilidades—. ¿Qué sucede si se dan por vencidos con nosotros?

—Oh, probablemente quemarán todo el planeta —dice T'Oli—. Sería trivial, y más seguro.

—Entonces necesitamos evacuar —empiezo a acelerar mi paso—. Llevar a todos más profundo en las cuevas.

T'Oli se ríe, un extraño ladrido golpeante. —No me preocuparía por eso: sobrecalentarán la atmósfera. Todos moriremos, sin importar a dónde vayamos.

CAPÍTULO 2
UN ENCUENTRO DE GARRAS

FUERON CREADOS. Cultivados, uno por uno en criaderos colgantes, según los diseños de seres que buscaban, y lograron, utilizarlos. Garras, zarpas, colas y dientes afilados, todos elegidos por su eficiencia asesina. Un plan que ha funcionado bien, ha dotado a los creadores de todo el poder que pudieran desear.

Sin embargo, los Amigga quieren más, y los Oratus, sus creaciones, se lo darían.

Excepto por Sax. Excepto por Bas y el creciente número que se da cuenta de que una galaxia bajo el control de una especie sin respeto por la vida natural se convierte en un lugar peligroso y mortal para vivir.

Sax está de pie, con sus garras medias apoyadas sobre una larga mesa plateada y redonda en el centro de la única sala de reuniones de la fragata. La mesa está pulida hasta brillar, y es lo suficientemente dura como para que ni siquiera el metal antinatural de las garras de Sax la raye. El sonido de esas garras, sin embargo, hace que Sax se estremezca. Le recuerda quién, qué es lo que ya no es.

Alrededor de la mesa, círculos blancos se alinean cada

metro y medio, esperando que sus ocupantes les den vida. El de Sax se eleva los tres metros con él, sosteniendo sus piernas y encontrándose con su espalda mientras deja un espacio para su cola. Es un gesto que no debería ser necesario, pero dado que las escamas grises de Sax están rutinariamente interrumpidas por parches de titanio entretejido, hay razones de sobra para que el Oratus esté cansado.

A través del pecho de Sax, seis conductos se separan y engullen aire reciclado, tocado con un poco de aroma floral de la superficie de Solis, el planeta no muy lejos más allá del casco de esta nave. Mientras termina su respiración profunda, una puerta circular a la izquierda se abre, revelando a una única guardia y su minera. La Flaum, pequeña, peluda y con sus dos garras envueltas alrededor del mango del arma que sostiene, conduce a un trío de otros Oratus.

La primera, de escamas doradas y segura de sí misma, le da un asentimiento a Sax mientras entra. Rav es la oficial al mando de esta fragata, una Oratus de tres letras como Sax que eligió el mando en lugar de ensuciarse las garras. Es la única razón por la que Sax sigue vivo, y Rav probablemente espera que Sax pueda convencer a los dos Oratus que la siguen de no destruir esta nave y a todos los que están en ella.

El segundo Oratus tiene escamas de un azul profundo, excepto por una serie de cicatrices que cruzan su pecho y que se han curado formando líneas negras en relieve. Sus ojos rojo remolacha se encuentran con los de Sax, y aunque se ensanchan al reconocer el rostro que ha sido difundido por las pantallas de búsqueda de la galaxia, el Oratus no se detiene ni exige el arresto inmediato de Sax.

La tercera, y mayor, con escamas marrones desgastadas, sí se detiene cuando ve a Sax. Su mirada, sin embargo, y el ligero mostrar de sus dientes afilados, es larga y pensativa. Mantiene sus garras a los costados, su cola plácida en el suelo detrás de ella. Sax busca señales, pero no ve ninguna.

—Así que no mentías —dice la marrón a Rav, que aún está de pie en la puerta.

—Por favor, Cacia, siéntate —dice Rav.

Sax se congela. ¿Una Oratus de cinco letras? Nunca había conocido a una antes, y sabe que debe haber menos de una docena en toda la galaxia. Lo que Cacia habría hecho para ganar esas letras, no puede...

—Detente —dice Cacia a Sax, y el Oratus se contiene, bajando su cola de nuevo al suelo—. No vale la pena preocuparse tanto por mí. Al igual que tú, me gané mis letras cumpliendo con mi deber. A diferencia de ti, planeo mantenerlas haciendo lo mismo.

—Te dije que eso es lo que diría —dice el de azul profundo, que se ha dirigido a la plataforma blanca frente a Sax y se ha sentado mientras esta se adapta a su cuerpo—. Cacia nunca traicionará a los Amigga.

Rav, sentada a la derecha de Sax, dejando el asiento más cercano a Cacia, niega con la cabeza.

—Creo, Hul, que te va a sorprender.

—Ya nada me sorprende —sisea Hul—. Estoy demasiado aburrido aquí sentado junto a Solis como para sorprenderme.

Cacia ignora lo que están diciendo y se dirige a su propia plataforma. A diferencia de las otras dos, que se sientan como Sax, la plataforma de Cacia se hincha a su alrededor, permitiendo que la Oratus se recline de tal manera que está casi acostada sobre su espalda. Es una posición increíblemente vulnerable, pero una vez que está en ella, la expresión de Cacia se relaja, sus garras yacen planas y sus ojos se cierran.

—Sax —dice Rav después de un momento—. Adelante. Cuéntales lo que me dijiste.

Sax no es muy dado a los discursos, a menos que sean gritos de batalla u órdenes para eviscerar a sus enemigos. Aquí, sin embargo, está luchando por algo más que sí mismo, lo que le permite alcanzar una oratoria que no sabía que tenía.

—Estamos ganando la guerra contra los Sevora —comienza Sax—. Lo cual es solo el principio. Los Amigga nos trajeron a nosotros, los Oratus y los Vincere, a la existencia para luchar las batallas que nunca quisieron librar. Lo hemos hecho. Hemos mantenido la galaxia a salvo de cualquier cosa que el Coro haya considerado una amenaza durante mucho, mucho tiempo.

Sax observa a su audiencia mientras habla; Hul está interesado, Rav parece un poco aburrida, y Cacia todavía tiene los ojos cerrados, como si estuviera durmiendo.

—¿Pero qué sucede cuando la amenaza es el propio Coro? —continúa Sax—. ¿Qué sucede cuando deciden que ya hemos cumplido nuestro propósito, cuando deciden que somos más problema de mantener que lo que valemos? ¿Dejamos que nos eliminen?

—¿Cómo? —interrumpe Hul—. Son un montón de Amigga. Solo los mejores de ellos pueden siquiera empuñar un arma, y no lo hacen muy bien.

—Apenas sobreviví a un Oratus espejado que vino por mí en esta nave —responde Sax. El encuentro con el Oratus que podía doblar la luz, una versión de la especie de Sax criada para manejar el tipo de misiones oscuras y sombrías para las que los Oratus regulares tenían poco gusto o habilidad, dejó a Sax arruinado y necesitando placas de metal injertadas a través de las brechas rasgadas en sus escamas—.

Afirmó que el Coro me había marcado como traidor y que mi único final posible era la muerte.

—Como se merece un traidor —sisea Cacia desde su asiento.

Sax toma otro respiro largo y lento. Quiere agitar sus garras y sacudirlos a todos. Quiere decirles que, justo ahora, su pareja está en camino a sabotear a toda su raza porque las otras especies de la galaxia piensan que no se puede confiar en los Oratus. Sin embargo, la ira no funcionará con estos tres; si Sax se vuelve demasiado peligroso, simplemente lo matarán y seguirán adelante.

Así que en su lugar cuenta una historia diferente.

—Como parte de una misión, entregué un espécimen Sevora a una estación Amigga, llamada *Cobalt*. En esta estación, los Amigga estaban creando una nueva especie. Unos que podían controlar por su cuenta. Que no tenían libre albedrío.

Hul se ríe, con un resoplido sibilante. —Sí, sí, ya hemos oído los rumores. ¿Todos vamos a ser reemplazados por criaturas viscosas de un tubo?

Eso es inesperado, pero el hecho de que el objetivo haya descubierto su estratagema no significa que no funcionará.

—Eran más que criaturas viscosas —sisea Sax—. Los familiares, como los llamaban los Amigga, eran letales, y estaban mejorando. Trabajaban en disfraces, para que nunca supieras si el Flaum a tu lado era real o un esclavo Amigga. ¿Cuánto tiempo crees que el Coro nos mantendrá cerca cuando pueda tripular sus fragatas con hordas interminables de seguidores ciegos?

—Y ¿cómo, Sax, podemos detenerlos? —dice Rav—. Incluso si te creyéramos, y no estoy segura de que lo hagamos, ¿querrías que tomáramos nuestra pequeña flota, saltáramos al Coro y lucháramos? ¿Morir por nada?

Sax parpadea. Se había concentrado tanto en persuadirlos para que vieran la verdad que no había dedicado tiempo a pensar qué hacer cuando los otros Oratus realmente la vieran.

—Ayúdennos —dice Sax finalmente—. Hay grupos dispersos por la galaxia, trabajando en pequeñas formas para aumentar nuestros números, para encontrar maneras de derrocar al Coro. Cacia, con tu nave, podrías ayudar a romper el control del Coro sobre el actual grupo de nuevos Oratus. Hul y Rav, podrían mantener a Cacia a salvo, mantener a Solis a salvo hasta que el Vincere en su conjunto pueda ser cambiado.

Sax nunca planeó dar un discurso en su vida, pero que su primer y único intento, hasta ahora, sea recibido con un silencio apagado no es lo que espera. Rav responde al silencio con una mirada lenta a los otros dos Oratus, juzgando sus reacciones. Las cuales no son muchas: Hul toma un largo respiro a través de sus conductos, y Cacia mantiene su postura relajada. Ni una palabra sale de ninguno.

El silencio se calienta rápidamente hasta convertirse en ira. La sangre de Sax pulsa. ¿Por qué no están hablando? Después de todo lo que Sax luchó para llegar aquí, para ganarse un lugar en esta mesa, ¿su reacción es no hacer nada?

Después de que pasa otro segundo, Sax golpea la mesa metálica con sus garras medias. El metal de sus garras produce un sonido resonante que hace eco en la habitación, y es lo suficientemente extraño para atraer las miradas de Rav y Hul. Incluso Cacia entreabre un iris.

—No les estoy dando una opción —sisea Sax—. O aceptan, ahora, salvar a nuestra propia especie y la galaxia en la que vivimos, o Rav y yo acabaremos con ustedes y encontraremos a alguien más dispuesto.

Amenazar a un Oratus de cinco letras. Una muerte instantánea, al menos según los protocolos del Vincere. Sax, sin embargo, ya no está en el Vincere. Esta reunión, de hecho, está tan lejos del Vincere como puede estar. La pregunta, ahora, es si alguien más en la habitación siente lo mismo.

—Sax, yo no... —comienza Rav antes de que Sax emita un fuerte gruñido para hacerla callar.

—Les estoy preguntando a ellos —sisea Sax—. Acepten, o mueran aquí.

Quizás Rav se da cuenta de que ha llegado demasiado lejos para tomar cualquier otro curso que no sea el de Sax, ya que permanece callada. Sus garras están tensas, al igual que las de Hul, aunque este último mantiene su mirada en Cacia. Cualquier curso que tome la de cinco letras, él lo seguirá.

En cuanto a Cacia, finalmente decide hacer un movimiento. Con un espasmo de su cola, la plataforma debajo de ella se pliega hacia el suelo como nieve derretida, dejando a Cacia de pie alta sobre sus garras. Gira su cabeza hacia Sax y muestra sus dientes.

—No seré dirigida por un tres letras. Tu argumento tiene mérito. Tus planes no tienen ninguno.

Sax ha estado en suficientes peleas para saber cuándo está en una, aunque esta se esté librando con palabras en lugar de garras.

—Es lo que tengo —dice Sax—. Estamos reaccionando, ahora. Tratando de mantenernos vivos hasta que podamos atacar al Coro.

—Eso podría haber funcionado cuando estabas escondido.

Cuando tus únicos miembros eran de especies inferiores. —Cacia gesticula con una garra delantera hacia los guardias Flaum en la parte trasera de la habitación—. Ahora el Coro sabe que existes, y tan pronto como terminen con los restos de los Sevora, te convertirás en el único objetivo del Vincere.

—Ya conozco la situación —dice Sax—. O nos ayudas a encontrar una solución, o no.

—Si el Coro es eliminado, habrá un vacío. Serán necesarios nuevos líderes. Nuevos comandantes. —La cola de Cacia empieza a moverse de un lado a otro, haciendo un ruido rasposo mientras se desliza por el suelo metálico—. Estoy cansada de estar sentada alrededor de este planeta, Sax. Anhelo cosas más grandes y brillantes. Puedo comenzar a mover las palancas que traerán al Vincere mismo a nuestro alcance, y a cambio, yo lo lideraré.

Sax no tiene derecho a hacer la promesa, ni poder para darla. Las palabras de Cacia, sin embargo, insinúan que piensan que Sax debe ser un miembro de alto rango de esta resistencia, que debe tener alguna influencia. Así que Sax dice las palabras y le da a Cacia lo que quiere.

Bas siempre dice que necesita convertirse en un mejor mentiroso.

CAPÍTULO 3
LLEGADA MORTAL

SUBO por las escaleras de cuerda para mi turno, llegando a la cima y a la luz de Ignos en otro día claro y ventoso. La nieve se acumula, haciéndose más espesa conforme las estaciones avanzan hacia el invierno, juntándose en las grietas de la roca gris y enterrando brotes de hierba. A lo lejos, más allá de las pequeñas colinas que se extienden frente a mí, puedo distinguir el más leve tono de verde en el horizonte.

Mi verdadero hogar. En algún lugar de esa profunda selva, mis padres podrían seguir vivos. Mi tribu, mi gente podría seguir luchando. Los Sevora tomaron esa área primero, con los refugiados huyendo hacia los Lunare y sus refugios en las montañas para sobrevivir. Muchos de mis antiguos súbditos también hicieron el largo viaje, cruzando llanuras y desierto antes del bosque.

Muchos más no lo lograron.

Así que ahora estoy junto a aliados desconocidos, empuñando arcos, lanzas, kukris curvos y rifles de chispa. Nada comparado con las armas que he visto, las que había fabricado en Damantum, perdidas en la rápida huida. Sin embargo, a pesar de su primitivismo, estas herramientas nos han servido hasta ahora.

—Eso no es normal —Viera señala hacia arriba y veo lo que está mirando.

Los Sevora normalmente envían algunas lanzaderas a través de la atmósfera, descendiendo en picado y atacando nuestra posición en el acantilado con abundante fuego láser. Nos agachamos y nos cubrimos, usando las rocas como protección, luego salimos y nos involucramos en una desordenada refriega que dura hasta que los Sevora deciden que han tenido suficiente y se retiran.

Esta vez, sin embargo, en lugar de cuatro lanzaderas, hay docenas. Detrás de ellas, además, formas más grandes están descendiendo a través de las nubes; cosas más puntiagudas, que vienen hacia nosotros con sus fondos redondeados brillando mientras la luz rebota.

—Parece que han terminado de jugar con nosotros —digo, luego me giro hacia uno de los guerreros—. Da la señal, necesitamos que todos estén listos para resistir aquí, y la ciudad debe evacuarse.

Avril se va a despertar con una emoción, pero mejor eso que no despertar en absoluto.

—¡A las posiciones de cobertura! —grita Viera mientras las primeras lanzaderas se acercan rugiendo.

Todos, incluidas Viera y yo, nos lanzamos a nichos tallados en la roca. Algunos se cuelgan sobre el borde del agujero hacia Marilo, apoyando sus pies en muescas hechas para ese propósito. Cien guerreros desaparecen en un instante, y menos mal, porque los Sevora comienzan a disparar al siguiente momento.

Los láseres no hacen ruido cuando descienden. No hay crepitar, ni silbido como el de las plumas de una flecha. Solo hay un destello y una explosión cuando la roca se fractura y estalla. El siseo cuando la nieve se vaporiza. Las explosiones, como cuando los Lunare usan sus cañones, no ocurren; más bien, pequeños incendios comienzan cuando el suelo literalmente se derrite.

Veo a varios guerreros en el extremo desafortunado de un impacto cercano: el láser sobrecalienta el aire a su alrededor lo suficiente como para que su armadura forrada de piel estalle en llamas, provocando un frenético revolcón. Mi propio refugio, bajo una gruesa losa de pizarra, nos mantiene a Viera y a mí a salvo, e intento ignorar los gritos de otros menos afortunados que nosotras.

—¿Crees que este es el final? —pregunta Viera mientras los destellos continúan.

—No creo que hayamos llegado tan lejos para morir aquí —respondo.

—Espero que tengas razón —Viera mira sus pistolas—. Hay tantas armas geniales ahí fuera que no he usado.

No puedo contener la risa.

El fuego disminuye mientras las lanzaderas se acercan. Cuando los destellos cesan, es la señal para salir de nuestros escondites, y lo hago, con la lanza de vidrio negro en mi mano derecha y un kukri colgado en mi cintura. Viera tiene sus pistolas listas, con una espada Lunare más convencional colgada en su espalda.

—¿Por Malo? —dice Viera mientras dejamos la cobertura.

—¡Siempre! —respondo.

El espíritu de mi amigo, que cayó ayudándonos a escapar del planeta natal de los Sevora hace lo que parece años, guía mi lanza mientras me precipito hacia el primer cuarteto de Flaum que cae de las lanzaderas sobre nosotros. Sus botas destellan y sostienen a cada una de las criaturas peludas, de mi altura aunque de constitución más ligera, mientras aterrizan.

Mi primer objetivo tiene un pelaje ámbar enmarañado, que se agita sobre su rostro al exponerse al viento de la montaña. Esos mechones distractores me ofrecen la apertura que necesito para deslizar la punta más allá de su guardia, que consiste en un brazo levantado con una pequeña mano envuelta alrededor de un gatillo de minero. La estocada conecta y empiezo a retroceder para un segundo golpe cuando el Flaum pellizca la lanza contra su costado, presionando la punta aún más profundo.

Es un movimiento que tiene que ser increíblemente doloroso, pero cuando estás siendo controlado por algo más, algo que puede ignorar tu sufrimiento por sus propios fines, tales maniobras se vuelven viables. No me lo espero, así que cuando el Flaum se aleja de mí con un giro, la lanza es arrancada de mi agarre.

Desenfundo el kukri, un cuchillo que se curva a lo largo de la hoja, terminando con una punta más pesada y plana, ideal para las tareas más mundanas de la vida como cortar fruta o despejar hojas. Lo uso para realizar un corte lateral, uno que no tanto hiere al Flaum como lo obliga a retroceder, dándome un metro de espacio para ajustarme.

A ambos lados, otros guerreros se enfrentan al resto de los Flaum, usando nuestra superioridad numérica para empujarlos hacia el borde del acantilado. Viera maneja sus pistolas, junto con otros tiradores Lunare, para evitar que otros francotiradores Sevora nos eliminen desde las puertas de la lanzadera. Este es el estancamiento instantáneo que he llegado a esperar, y uno que se desbarata cuando más lanzaderas Sevora llegan volando por encima y detrás de nosotros.

El Flaum de pelaje ámbar hace su movimiento, ignorando su herida y la lanza que sobresale de su cuerpo para apuntar el minero hacia mí. Sin embargo, en ese instante, salto hacia adelante, blandiendo el kukri hacia el brazo armado del Flaum mientras el resto de mi cuerpo embiste contra la ligera criatura.

Tampoco soy una persona grande —la mayoría de los guerreros en este acantilado me superan fácilmente en altura y peso— pero los Flaum son más pelaje que otra cosa. El golpe del kukri hace que el Flaum retroceda, y mi carga con el hombro izquierdo golpea su pecho, derribándolo en una caída tambaleante. Con mi mano izquierda, agarro el mango de mi lanza mientras el Flaum emite un chillido de pánico, y retiro mi arma.

El Flaum, y el Sevora en su interior, caen por el acantilado. Existe la posibilidad de que sus botas encuentren suficiente metal en la ladera de la montaña para estabilizar su caída, pero estoy dispuesta a asumir ese riesgo; hay objetivos más urgentes.

—¡Esto no está funcionando, Kaishi! —el grito de Viera se eleva por encima del caos, y la veo empuñando su espada en la mano izquierda y una pistola en la derecha.

Viera se agacha esquivando a un Flaum que dispara mientras desciende para aterrizar cerca de ella, luego arremete con su hoja, derribando a la criatura. Un rápido disparo final al Flaum caído le da a mi amiga un respiro, que utiliza para decirme que corra.

—¡Son demasiados! —grita Viera.

Me apresuro de vuelta a la línea, que ahora es más bien un círculo alrededor del largo agujero que lleva a Marilo, siendo presionados por todos lados por las fuerzas Sevora. Los mineros lanzan sus rayos y nuestros guerreros caen, mientras los Sevora forman una línea defensiva permitiendo que las filas traseras proporcionen fuego de cobertura.

Me hacen retroceder, Viera tirando de mí. Intento darme la vuelta, mantenerme firme con mis propias fuerzas, pero mi amiga no me lo permite, hasta que me zafo de ella, me giro y miro a los rostros de las criaturas que nos están acribillando.

—Kaishi —protesta Viera sobre los gritos, los alaridos y el tintineo del metal contra metal—. ¡O corremos ahora, o morimos!

He huido antes. Dejé a mi gente defendiéndose por sí misma contra una galaxia hostil, y no lo haré de nuevo.

—Entonces moriré con ellos —me empujo hacia adelante, llego al frente cuando el guerrero delante de mí, un hombre corpulento con una capa Fassoth de piel blanca, estalla en llamas y se desploma.

La muerte del luchador revela una sombría línea de Flaum con sus zumbantes hojas desenvainadas, los bordes brillando con la misma luz láser que disparan sus mineros, y detrás de ellos, apuntando sus armas, están los verdaderos asesinos: los Sevora que nos están acribillando.

No somos suficientes para ganar, pero sí para comprarle a Marilo un poco más de tiempo.

—¡Juntos! —grito, alzando la lanza de cristal negro, donde capta la luz de Ignos.

Y la lanzadera sobre nuestras cabezas explota en un estruendo devastador, la onda expansiva enviándonos a todos, humanos y Flaum por igual, de rodillas. Llueve metralla, esparciendo cuchillas ardientes entre la multitud. Esa primera explosión es rápidamente seguida por otras dos; otro par de lanzaderas inmoladas en el aire.

Antes de que pueda procesar completamente lo que está sucediendo, los Flaum frente a mí son borrados cuando la roca explota y una gran nave —más grande que las lanzaderas Sevora, con un frente puntiagudo y brillante— se incrusta en el costado de la montaña. Los laterales de la nave se deslizan y abren, y criaturas que nunca esperé ver de nuevo saltan fuera.

Oratus.

Cuatro de ellos, seguidos por más Flaum peludos y Whelk similares a babosas, aunque esta última especie es accesoria al brutal espectáculo que montan los Oratus. Los monstruos reptilianos de tres metros de altura, con sus cuatro brazos con garras, dos talones dentados y largas colas serpenteantes, imparten un castigo mortal a la fuerza Sevora a una velocidad que apenas puedo comprender.

Las lanzaderas Sevora continúan detonando por una serie de astillas veloces que pasan chirriando y entregan fuego concentrado. El escuadrón aéreo viaja en línea, cada uno disparando en secuencia al mismo punto en su paso, eventualmente perforando un agujero ardiente en la nave Sevora hasta que explota.

La respuesta a los eventos viene en diferentes sabores: está mi análisis entumecido y aturdido de lo que está sucediendo, están mis soldados, que alternan entre vítores y retirada, y los Sevora, que abandonan la compostura que tenían y recurren a una huida pánica. Saltan del acantilado, zambulléndose por la ladera de la montaña y huyendo.

No llegan lejos: los Flaum y Whelk que bajaron con los Oratus instalan sus mineros más largos y eliminan a los cobardes, dejándonos, después de frenéticos segundos, en un campo de batalla empapado en sangre y ardiendo, desprovisto de enemigos.

—No puedo creerlo —dice Viera, y agradezco que haya encontrado el camino de vuelta a mi lado—. Realmente vinieron.

Todo lo que puedo hacer es asentir y dirigir mi mirada hacia arriba, al espectáculo de luces que continúa en la atmósfera superior de la Tierra mientras la fuerza Sevora que ha atormentado cada momento de vigilia desde que volví a casa arde de manera sistemática y fatal. Como ver flores floreciendo en un día de primavera, las naves gris-negro estallan en naranjas y blancos contra el cielo azul.

Me pregunto si Ignos, el Sevora que una vez vivió dentro de mi cabeza, está allá arriba.

Me sorprende descubrir que espero que no sea así.

La limpieza transcurre rápidamente, y paso la mayor parte observando cómo los Oratus realizan su sangriento trabajo. Nuestros guerreros rápidamente encuentran sus propios esfuerzos superados y se retiran, observando cómo sus enemigos, tanto cercanos como en lo alto, son obliterados por estos nuevos jugadores.

—¡Manténganse atrás! —grito finalmente—. No se enfrenten. Estos son... —'Amigos' parece la palabra incorrecta, pero necesito decir algo, así que opto por—: ¡Aliados!

Uno de los Oratus, con escamas verdes brillantes y luciendo más limpio que los otros después de la carnicería, se abre camino hacia mí una vez que la amenaza Sevora es eliminada. He olvidado cuán altos son estas criaturas: este mide casi el doble que yo, y me mira desde arriba con sus dientes visibles, esos conductos que alinean su pecho abriéndose y cerrándose para aspirar el aire.

Mis Sombras —los tres que quedan, en todo caso— se colocan a mi alrededor, y Viera, detrás de mí, tiene las manos sobre sus pistolas. Levanto una mano, indicándoles que no empiecen algo estúpido.

—¿Eres la líder? —pregunta el Oratus, su suave siseo mezclándose con el silbido del viento de montaña.

—Lo soy —respondo—. Gracias por venir.

El Oratus inclina la cabeza hacia un lado. —Deberíamos agradecerte a ti. Esta era la última flota Sevora.

Con su destrucción, su capacidad de expansión está arruinada.

No estoy segura de cómo me siento respecto a eso, así que me limito a mantener la mirada fija. La conversación, sin embargo, ha pasado más allá de la fácil introducción y se adentra en territorio incómodo. Los Vincere vinieron, destruyeron a nuestros enemigos, y lo único que quiero de ellos ahora es que se vayan y nos dejen recuperarnos.

La diplomacia, sin embargo, requiere compromiso. Requiere ser cortés.

Entonces el Oratus habla y convierte mis planes en cenizas.

—No pareces sorprendida de vernos —dice el Oratus—. A diferencia de los otros de tu especie, no retrocedes. No tiemblas de miedo. —La criatura esmeralda mira a Viera—. Ella tampoco.

Un segundo Oratus, de un color azul más oscuro, se coloca detrás del primero. —Deberían estar asustadas.

—Gar —dice el primer Oratus—. Basta. Ya has tenido suficiente.

—Siempre listo para repetir —responde el azul, Gar—. Estos no parecen tan peludos tampoco, con más carne en sus huesos.

Incluso mientras mis guerreros se mueven inquietos a mi alrededor, reconozco una broma cuando la escucho y esbozo una sonrisa. —He visto Oratus antes. Una vez, algunos de ustedes me secuestraron de aquí.

Espero una pregunta, pero lo que recibo en su lugar es una repentina tensión de ambos Oratus. Sus colas se tocan, y luego el verde se agacha hasta que sus ojos encuentran los míos.

—¿Quién te secuestró?

—Eran dos —digo, sintiendo que esto es una mala idea,

pero que mentir sería aún peor—. Uno con escamas grises, llamado Sax, el otro de color rosa dorado llamada Bas. Me llevaron a mí y a algunos de mis amigos a una estación llamada *Cobalt*.

El Oratus esmeralda se endereza, mira a Gar, quien responde mostrando levemente los dientes. Eso parece enviar un mensaje, uno que hace que el Oratus esmeralda expulse mucho aire de sus conductos en un pesado suspiro.

—No esperábamos encontrar a nuestra embajadora tan rápidamente —dice el Oratus—. Regresarás con nosotros, humana. Reúne tus cosas y empaca con cuidado, porque no sé cuánto tiempo estarás fuera.

CAPÍTULO 4
SALVANDO UNA ESPECIE

LA SUPERFICIE de Solis aparece cuando la nave atraviesa las densas nubes. Es una vista que Sax no ha contemplado en muchísimo tiempo. Una larga franja de verde exuberante, una herida en un paisaje por lo demás seco y rocoso de color marrón. En un extremo de la cicatriz se alza una montaña gigante, y en el otro, un lago de poca profundidad marca el destino de los anchos arroyos y ríos que atraviesan esa franja de selva. Un valle de varios kilómetros de ancho tallado entre dos acantilados ascendentes.

Sin embargo, lo que más llama la atención son la serie de arcos que atraviesan ese valle, elevándose sobre la selva de acantilado a acantilado y cubiertos con una armadura similar a la piedra. Parecen naturales, marrones y desgastados por las frecuentes y turbulentas tormentas que se desatan y fluyen de un extremo del valle al otro. Adornando cada uno de estos arcos, y colgando como moras maduras, están las cámaras bulbosas que dieron vida a Sax.

—¿Tienes algún objetivo en particular en mente? —pregunta la piloto Flaum, una de pelaje ceniciento con las orejas cicatrizadas.

Sax se inclina sobre ella, mirando a través del parabrisas de la nave. La red de seguridad cuelga detrás de él, olvidada en el momento. Como la forma en que Sax va a encontrar a su pareja. Su misión era exterminar la fuente de los Oratus, para evitar que el Coro creara versiones más nuevas y leales que no dudarían en acabar con Sax. Una tarea así no se presta a ser conspicua.

—No... lo sé —sisea Sax.

—Vas a tener que tomar una decisión pronto —responde la Flaum—. No puedo quedarme aquí arriba sin hacer nada. El código de entrada de Cacia solo funcionará por un tiempo limitado.

—No nos derribarían.

—Solis no juega, Oratus —dice la Flaum, y Sax emite un siseo bajo de advertencia, pero la bola de pelo ni se inmuta —. No puedes asustarme; si piensan que no somos normales, nos harán pedazos y lo investigarán después. Lo que hace que tus amenazas sean completamente inútiles.

La Flaum tiene razón, así que Sax elige el arco más lejano, el más cercano al lago. Tendría sentido que Bas empezara desde allí, avanzando hacia arriba, en lugar de ir a la Montaña y lidiar con todos los Oratus en entrenamiento que vendrían hacia ella.

Sax espera que la nave aterrice en uno de los criaderos, pero en su lugar la Flaum se dirige al lado cercano del tercer arco, preparándose para aterrizar en el borde mismo de la masa rocosa. A medida que se acercan, el suelo más allá del arco, desprovisto de plantas y cualquier cosa que no sea tierra gris, se desplaza a un lado para revelar una pequeña bahía de acoplamiento. Una que, a juzgar por la velocidad de la puerta y la falta de luces en el interior, no ha visto visitantes en mucho tiempo.

Sin embargo, cuando la rampa de abordaje desciende y Sax pisa su mundo natal por primera vez desde su nacimiento, no está solo. Otro Oratus, con el brazalete verde profundo de un Cache envuelto alrededor de su garra delantera izquierda de color turquesa, lo espera. Las pocas luces que hay enmarcan la única salida, una única puerta grande claramente destinada para transportar pequeñas cantidades de carga. El Oratus está de pie frente a ella y observa mientras Sax desciende.

—Tus heridas marcan tu estatus, Oratus —dice el que lo recibe—. ¿Qué asuntos tienes en Solis?

—Estoy buscando a alguien —responde Sax, mientras sus garras se asientan en el suelo compacto de tierra de la bahía—. Aunque si la hubieras visto, estarías muerto.

Si esto sorprende al Oratus, no hay señal de ello.

—¿Dudas de nuestra propia habilidad? Solis ha permanecido inconquistada durante toda su existencia —dice el Oratus—. Hemos entrenado miles y miles aquí. Cualquiera que busque atacar este lugar se encontraría tanto superado como superado en habilidad.

—Ella no quiere luchar contra ustedes —dice Sax—. Quiere matarlos. Necesito decirle que no lo haga.

Eso hace que el Oratus incline la cabeza. Que medite por un momento. Luego, lentamente, habla: —Si lo que dices es cierto, entonces deberías entrar. Deja a tu piloto aquí fuera. Ninguna otra especie está permitida en Solis, salvo con nuestro consentimiento.

Sax no tiene problema con eso. Los Flaum siempre son más problema de lo que valen.

Sax sigue al Oratus por el corredor tenuemente iluminado y bordeado de roca. El aire está fresco y tranquilo, y es agradable caminar, por una vez, sin el repiqueteo de las garras sobre el suelo metálico. La tierra compactada puede ser primitiva, pero se siente suave en los pies de Sax; la arena trae breves recuerdos de su inicio.

Su nacimiento, si Sax quiere llamarlo así.

La siguiente sala, la principal de este criadero, es enorme. Como la mitad superior de una cebolla, las paredes inclinadas de la sala se elevan hasta un punto muy por encima de ellos, la sección anclada en el arco mismo. Distribuidos por toda la cámara, tanto en el suelo junto a ellos como en nichos en forma de panal a lo largo de los lados de la sala, hay grandes sacos de color rojo púrpura. Cada uno tiene una pequeña máquina —no más grande que las garras medias de Sax— adherida, mostrando un anillo que gradualmente se vuelve verde.

—Es tu primera vez de vuelta, ¿verdad? —dice su guía—. La mayoría nunca regresa a Solis.

—No estoy aquí por los recuerdos —responde Sax—. ¿La has visto? ¿A Bas?

—Tienes tanta prisa —dice el Oratus, deteniéndose cerca de un saco abultado, su anillo casi completamente verde—. Parte del problema de nuestra especie, creo, es que siempre estamos corriendo hacia el siguiente conflicto.

—¿Qué más hay?

El Oratus se ríe de esto, pero Sax percibe bastante decepción en el siseo bajo. —¿Sabes cómo nos eligen? ¿A los que vigilamos los criaderos, quienes guiamos a los Oratus recién formados?

De todos los temas que Sax jamás ha considerado en su vida, este tiene que estar cerca del fondo. ¿Qué utilidad tendría tal pensamiento? Saber cómo se mantienen estos criaderos no le ayudará a vencer a los Sevora, no le ayudará a desestabilizar al Coro.

Sax está a punto de decirle al guía que lo lleve con Bas y que lo haga en silencio, pero hay algo en la expresión del

Oratus, un brillo en sus ojos y un ansioso movimiento de cola que le dice a Sax que esta criatura ha pasado mucho tiempo sin una conversación real.

—No tengo ni idea —dice Sax finalmente.

—Somos los fracasados —sisea el guía—. Los que sobreviven, pero fracasan en el entrenamiento. No logramos pasar las ruedas, no encontramos parejas o las perdemos. Este es un exilio, cuando debería ser un honor.

Sax da un paso atrás, más por el tono que por cualquier otra cosa. Hay una ira genuina saliendo de la boca de este Oratus turquesa. El mismo tipo de frustración que Sax podría expresar si lo dejaran pudrirse en un planeta secundario sin hacer nada más que observar crecer a los Oratus día tras día.

—¿No te preguntas cómo nos mantenemos cuerdos? ¿Qué hacen para mantenernos felices? —continúa el Oratus.

Sax, sin embargo, se da cuenta ahora de lo silencioso que está todo aquí. Aparte del movimiento ocasional de algún saco, no hay ruido. No hay otros Flaum, y Sax recuerda haber visto bastantes cuando emergió por primera vez.

—No tengo tiempo —logra responder Sax mientras la extrañeza se retuerce en sus entrañas.

Sax ajusta su postura, separa las piernas y afloja sus garras. Baja su cola al suelo, presionándola sutilmente contra la tierra para que, si es necesario, pueda usarla para impulsarse.

—Nadie lo tiene nunca, para nosotros —dice el Oratus—. Así que cuando ella vino, cuando me explicó lo olvidado que estoy, lo poco apreciados que somos, escuché la verdad.

—¿Qué verdad?

—Que necesitamos salvarlos a todos —el Oratus gesticula alrededor del criadero—. Todo lo que los Amigga nos dan son vidas de violencia y muerte. ¿Por qué deberíamos permitir que eso suceda?

—¿Dónde están los Flaum, Oratus?

—Se fueron, Sax. —El saco junto al Oratus se mueve por el suelo, y el Oratus le da una mirada siniestra. Levanta una garra, como si fuera a destruirlo—. Ya no son necesarios. No necesito su ayuda para esto.

Sax salta hacia adelante, taclea al Oratus y lo derriba contra el suelo. Inmoviliza las garras del guía contra la tierra, asegurándose de mantener su propia cabeza lo suficientemente alta, lejos de los afilados dientes del guía.

—Sus vidas no son tu decisión —sisea Sax.

Sax espera resistencia, lucha, pero el guía solo parece confundido.

—Cuando Rav envió el mensaje de que vendrías, ¿Bas dijo que nos apoyarías? —dice el guía—. ¿Quieres acabar con nuestro dolor tanto como ella?

—Cambio de planes —dice Sax—. Los Oratus necesitan sobrevivir, para que podamos asegurarnos de que el Coro no lo haga.

El guía gira la cabeza en el suelo para mirar el saco, casi listo para eclosionar. —¿Entonces nos darías un nuevo propósito?

—Estamos tratando de darles libertad para elegir.

—¿Entonces Bas? ¿Por qué ella...?

—Porque en ese momento pensamos que era mejor que estuvieran muertos a que lucharan contra nosotros —dice Sax—. Resulta que se puede cambiar la mente de un Oratus.

Sax hace un rápido cálculo de que el guía ya no está dispuesto a pelear y lentamente se pone de pie, dejando que el guía recupere sus garras. El guía, por su parte, se toma su tiempo para levantarse sobre sus garras, sorprendido en más de un sentido.

—Bas no lo sabe —continúa Sax—. Necesito encontrarla.

El guía sacude la cabeza. —No está aquí. A estas alturas probablemente esté en el arco más lejano. —El Oratus mira fijamente a Sax, levantando sus garras delanteras como si solo ahora se diera cuenta de lo que ha hecho—. Bas fue... muy convincente. Se aseguró de que nos ocupáramos de nuestros propios asistentes. Tienes que detenerla.

—Llama a los otros arcos. Diles lo que te he dicho —sisea Sax, aunque ya se está girando para correr de vuelta a su nave.

La piloto Flaum no ha levantado la rampa de embarque, y está dormitando en los controles cuando los pesados saltos de Sax la sobresaltan de su sueño. En momentos Sax tiene la historia contada y están despegando, saliendo por las puertas y elevándose hacia el cielo de Solis.

Hacia el primer arco.

Apenas están en el aire cuando el sistema de comunicaciones de la nave crepita a través de los altavoces incrustados en la línea frontal de terminales.

—Viene del suelo —dice la piloto Flaum—. Están llamando.

—Contesta. —Sax revisa la pantalla: el identificador está bloqueado, lo que, de alguna manera, identifica quién es.

La Flaum toca la pantalla naranja parpadeante, que cambia a un verde más claro para mostrar que la conexión se ha establecido.

—Sax, viniste por mí —el siseo de Bas llega a través del terminal—. No debías hacer eso.

—Hice un trato diferente —sisea Sax—. Mantendremos vivos a los Oratus.

Bas duda. —Nadie me lo dijo.

—Te lo estoy diciendo yo —dice Sax—. ¿Dónde estás?

—En el primer arco.

—¿Me esperas? ¿Y no mates a nadie?

—Tú eres el que no puede controlarse, Sax. —Hay un poco de risa en la voz de Bas, pero también un toque de incertidumbre.

Está buscando algo.

—No soy un rehén —dice Sax—. Moriría antes.

Eso provoca un suspiro feliz a través de la llamada. —Me alegro de que no tengas que hacerlo —dice Bas.

Se encuentran poco después, en el suelo fuera del primer arco. Sax desciende por la rampa para encontrar a su pareja rosa dorada esperándolo en la pequeña bahía, con la nave de Bas haciendo que el espacio esté abarrotado. Es el mayor tiempo que Sax ha pasado sin ver a su pareja desde que se conocieron. Días pasados, ya sea en Rathfall, tratando de encontrar su camino de vuelta a la civilización, o en la fragata de Rav, casi muriendo y luego siendo recompuesto. Eso es lo primero que Bas nota, sus ojos amarillos se abren de par en par mientras sus garras medias tocan las secciones faltantes en las escamas grises brillantes de Sax. Recorre con la mirada a su pareja de arriba a abajo, y Sax permanece en silencio por un momento mientras hace lo mismo. Sus garras delanteras se entrelazan y las puntas de sus colas se envuelven una alrededor de la otra en el suelo.

—Lo esperaba, pero no pensé que nos volveríamos a ver —dice Bas primero—. Dijeron que irías a Evva e intentarías derribar al Coro. Desde aquí, se supone que debo subir e intentar, de alguna manera, destruir la nave de entrenamiento de los Oratus.

—Ya no tienes que hacer eso —dice Sax—. Intentaron que hiciera lo que dijiste, me negué. Violentamente.

—No los mataste a todos.

Sax abre su boca de navaja en una sonrisa. —Siguen vivos.

—¿Entonces qué ahora? ¿Evva?

Sax asiente. —Ese fue el trato. Vendría aquí y detendría tu parte de la misión, luego ambos iríamos al Coro y los haríamos pedazos.

—Casi tardas demasiado —Bas lanza una mirada detrás de ella—. Nunca me di cuenta de lo cerca que están todos estos Oratus cuidadores de perder la cabeza. Todo lo que tuve que hacer fue explicar cómo nos estaban usando, y estaban listos para dejarlo todo atrás.

—Tendrán un mejor propósito una vez que los Amigga se hayan ido.

Bas ríe. —¿Es así de fácil? ¿Una vez que se hayan ido?

—Bas, logré conseguir que los líderes Vincere que orbitan este planeta se unan a nosotros. Si puedo persuadir a la gente sin usar mis garras, entonces estamos destinados a ganar.

Bas hace más preguntas y Sax responde, luego intercambian roles y continúan conversando. Eventualmente, la piloto Flaum baja y pregunta si se quedarán mucho tiempo más, ya que está empezando a tener hambre y no empacaron mucha comida en su nave. Eso sirve como señal suficiente para tomar un bocadillo, volver a subir a su transbordador y partir hacia la órbita.

Durante el ascenso, Bas transmite una última comunicación extensa a los cuidadores que acababa de poner en contra de su propia raza. Es un mensaje breve, una petición para que contengan sus garras, para que mantengan el crecimiento de los nuevos Oratus, una promesa de que nacerán en un futuro mejor.

Una promesa que Sax sabe que cumplirán.

CAPÍTULO 5

PARTIDA PLANIFICADA

—BIEN, excepto que no voy a ir a ninguna parte —no retrocedo ante el Oratus, a pesar de que sus garras podrían despedazarme antes de que cualquiera de mis Sombras pudiera intervenir—. Acabo de regresar aquí, y mi gente ha estado bajo ataque.

El Oratus me mira fijamente. Me observa como yo observaría a una planta particularmente interesante.

—Humana, eres una nueva especie —sisea el Oratus—. Estás, ahora mismo, separada del resto de la galaxia. ¿Conoces el Coro?

He escuchado el término, principalmente en Vimelia, el mundo natal de los Sevora donde el Coro era mencionado mayormente con desdén. Supuestamente un grupo de Amigga —esas criaturas redondas y extrañas— forman el Coro, y usan a estos Oratus para forzar a la galaxia a hacer lo que quieren.

También está el hecho de que uno de esos Amigga, uno llamado Ignos, podría haber creado a los humanos.

—He oído hablar de él —digo finalmente.

—Necesitarán a alguien que hable por su especie. Si no vas a ser tú, ¿entonces quién? —dice el Oratus.

—Lo haré yo —anuncia Viera desde detrás de mí—. Ella no tiene que ir.

—¿Viera? —me vuelvo a mirarla, confundida—. ¿Qué?

—Te lo dije, Emperatriz. Soy una viajera, por eso dejé las montañas por la selva hace tanto tiempo. Si no nos van a atacar, entonces parece que todo lo que haremos será reconstruir la humanidad —Viera se encoge de hombros—. Eso no es lo que me interesa.

¿Podría dejar que Viera fuera como embajadora de la humanidad? ¿Sola?

—Vuelve —le digo al Oratus—. Mañana. Cuando salga la luz de nuevo, estaremos aquí, listos para partir.

El Oratus emite un siseo bajo: —Aceptable.

Una vez hecha la declaración, el Oratus no pierde el tiempo; ruge una orden, y sus tropas vuelven a la nave. Sus puertas se cierran mientras retrocedemos, y me pregunto cómo va a liberarse la nave de la roca contra la que se estrelló durante su aterrizaje, cuando comienza un fuerte ruido de trituración. El suelo bajo nuestros pies tiembla, las rocas sueltas se agitan y la nieve se desliza de sus posiciones mientras la nave se perfora para liberarse.

Espero que la nave, cuando su frente se desprende de la roca, se caiga y se deslice por la ladera, pero una serie de pequeños círculos naranjas en su casco inferior cobran vida y permiten que la nave se enderece mientras flota en el aire. Rota, flota a una pequeña distancia, y con una explosión humeante de sonido crepitante, la nave ruge hacia un cielo aún salpicado con los restos desvanecientes de la flota Sevora.

—¿No quieres que vaya? —dice Viera más tarde, mientras estamos de vuelta en Marilo compartiendo grandes copas de vino.

La ciudad se ha volcado en celebración. A nadie le importa considerar que los Vincere podrían darse la vuelta y atacarnos como lo hicieron los Sevora. En cambio, las calles están llenas de gente en borracha celebración. Mensajeros montando los grandes Fassoths blancos han sido enviados a cada rincón de las montañas, y aquellos miembros de las tribus Solare y Charre que lo deseen se están preparando, entre bailes y canciones, para regresar a sus tierras natales.

Estoy observando a un grupo de ellos ahora mismo desde nuestro balcón en el edificio del capitolio de Marilo, un grupo de varias docenas; Guerreros, niños, sacerdotes y más. Solare preparándose para ver si queda algo de su hogar. También llevan armas —nadie asume que el último Sevora en el planeta murió hoy en esa ladera de la montaña.

—No puedo dejarte ir —digo, tomando otro sorbo. El vino es ácido, áspero y tenso, pero aún bienvenido—. No sola.

—Así que no confías en mí.

Estamos sentadas en sillas tejidas suaves, y la mía cruje mientras me reclino y le lanzo una sonrisa a Viera. —No confío en que mantengas tus manos alejadas de tus pistolas.

—Lo hice bien cuando me quedé con tu tribu.

Eso me hace retroceder, brevemente. Avril ya ha enviado exploradores para ver si mis padres, si mi aldea natal aún existe, pero no me aferro a ello. Nunca aparecieron en las montañas, y los Sevora atacaron primero las selvas y llanuras.

—No te amenazamos —digo—. Estas cosas, viste lo que pasó en el *Cobalt*. Intentarán doblegarte, romperte. Querrán que los humanos los acepten como amos.

—¿Y qué? —Viera señala la alegría saltarina más allá del borde—. Si eso es lo que conseguimos, ¿importa?

—¿Dalachite, el Amigga en el *Cobalt*? Estaba haciendo copias de nosotros. Y sabes lo que hay al otro lado de estas montañas: evidencia de que los Amigga nos crearon e intentaron destruirnos. ¿Qué nos dice que no lo harán de nuevo cuando les convenga?

—¿Crees que podríamos detenerlos si quisiéramos?

Ahí está la verdad que me he estado ocultando. No. No podríamos ganar una guerra contra esos Oratus o su ejército que llaman los Vincere.

—Por eso tengo que ir —digo, y ahora que las palabras han salido, es obvio—. Tú y yo somos las únicas que conocemos la verdad. Tenemos que presentarnos como iguales, tenemos que garantizar nuestro futuro.

—¿Vas a luchar por tu gente abandonándolos otra vez? —Viera se ríe, pero es un sonido triste—. Eres la única Emperatriz que he conocido que pasa todo su tiempo evitando su dominio.

No porque quiera.

Avril no se opone al plan, y me pregunto si es porque, una vez más, le estoy dando todo el poder que desea. Los Lunare, ahora, tienen todas las ventajas sobre las otras tribus y aunque Avril dice que no va a embarcarse en una cadena inmediata de conquistas, no estoy segura de creerle.

Una vez regresé con mi gente y los encontré arruinados, y la próxima vez podría encontrarlos completamente desaparecidos.

Hay una persona más con quien necesito hablar antes del amanecer: Vee, un Oratus que encontramos cuando regresamos a la Tierra, atrapado en los restos desolados de la base Amigga que condujo, creo, a la especie humana.

Vee ha estado tomando turnos durante la noche, prefiriendo la oscuridad fría al día brillante, y su presencia allá arriba, he oído, ha salvado incontables vidas. Aun así, estoy nerviosa al abrir la puerta del edificio achaparrado cuyo piso más alto, en su momento una serie de apartamentos, le ha sido cedido.

Vee ya está despierto cuando llegamos, esperando de pie.

—T'Oli, ¿quieres explicar? —le ofrezco al Ooblot, que se unió a Viera y a mí después de nuestra copa de vino.

—Oh no, creo que tú lo harás mucho mejor —dice T'Oli—. No tengo peso para estas cosas.

Suspiro, pero T'Oli tiene razón.

—¿Qué cosas? —sisea Vee.

—Los Vincere están aquí —digo.

—Con razón hay tanto ruido hoy. —Vee asiente hacia las pequeñas ventanas.

No tienen vidrio, así que los sonidos de tambores alegres y celebración se filtran. Probablemente un gran cambio del silencio mortal y la atmósfera funesta que ha flotado sobre la ciudad hasta ahora.

—Quieren que Viera y yo nos vayamos con ellos —digo, después de describir la destrucción de los Sevora—. Pensé que tal vez querrías venir también.

Vee se toma un largo momento. Cierra sus ojos.

—Perdí a mi pareja en el ataque a la base —dice finalmente Vee—. Los Vincere me dejaron allá abajo. Supongo que creen que estoy muerto. No tenía nada por qué vivir hasta que me encontraron y me dieron un propósito.

El Oratus da un largo paso hacia mí y pone su garra delantera derecha sobre mi hombro. Debería ser reconfortante —sé que Vee no me está amenazando— pero la pura fuerza incluso en esa extremidad me obliga a suprimir un estremecimiento.

—Ahora tengo amigos aquí, aquellos con los que he estado luchando —dice Vee—. Y como dices, podría haber aún Sevora en este mundo, en la selva.

—¿Quieres quedarte aquí? —suelta Viera—. ¿En serio?

Vee ríe, un sonido retumbante y sibilante. —¿Es tan sorprendente?

—Francamente, sí.

—Entiendo —digo, negando con la cabeza hacia Viera—. Mañana, no les diré. Nunca sabrán que sobreviviste.

Vee me da un asentimiento de agradecimiento, luego mira al Ooblot. —¿Y tú, T'Oli? ¿Te quedas o te vas con la humana?

—Oh, preferiría irme —dice T'Oli—. Los humanos son terriblemente frágiles, y después de todo el trabajo que me ha costado mantener viva a Kaishi, quiero que siga así.

—No es fácil —murmura Viera.

—Oye —digo—. Podría ordenarles a ambos que se quedaran aquí, ¿saben?

—No te haríamos caso —responde Viera.

Sé que no lo harían, y me alegro.

La mañana siguiente llega más rápido de lo que me gustaría, especialmente con los resultados de varias copas más de vino bailando en mi cráneo. Viera está en peor estado, y pasa la mayor parte del camino hacia las escaleras de cuerda con los ojos cerrados, las manos presionadas contra su cabeza.

—¿Por qué los humanos consumen cosas tan obviamente dañinas para ustedes mismos? —dice T'Oli, deslizándose junto a nosotros.

—Porque tenemos que escucharte —dice Viera.

No me molesto en decir nada, porque, realmente, no quiero más ruido. Ni siquiera mi propia voz. Cada sonido trae consigo otro golpe de mi dolor de cabeza.

Subir por la escalera de cuerda, sin embargo, hace algo de magia para hacerme sentir mejor. Tal vez es el esfuerzo, o la necesidad de enfocar mi cuerpo reacio en una tarea de vida o muerte. Al llegar a la ladera de la montaña, con su aire helado y abrasador, desaparecen los restos de la resaca, y enfrento el cielo que se ilumina con rostro sereno.

La docena de guerreros que estacionamos aquí arriba —porque Avril se negó a confiar en que todas las amenazas se habían ido, y yo estuve de acuerdo— nos saludan con la mano, pero no se acercan. Devuelvo el gesto, y no me ofende que no se acerquen: hay una lanzadera descendiendo hacia nuestra sección del acantilado, y las puertas abiertas muestran que el Oratus esmeralda está esperando. Nadie querría acercarse más si no tiene que hacerlo.

El Oratus esmeralda salta de la lanzadera, que se mantiene flotando a un metro de la roca. Con sus garras, el Oratus nos ayuda a abordar, levantando primero a mí, con T'Oli montado en mi espalda, y luego a Viera dentro de la nave.

El interior, como la primera lanzadera Vincere en la que viajé, da su propia definición a la palabra 'austero'. Simplemente no hay nada en la parte trasera excepto redes, aunque noto que la lanzadera parece mucho más alta por dentro, con una serie de barras que se extienden por la parte superior. La cabina en esta está situada a nuestra derecha, en la parte trasera, donde un par de Flaum se sientan en espacios estrechos sobre los motores. A la izquierda, la vista translúcida muestra la montaña que se empequeñece mientras la lanzadera comienza a retirarse.

—¿Esto es todo lo que necesitan? —pregunta el Oratus, mirando nuestras pequeñas mochilas.

—No hemos estado en un lugar el tiempo suficiente para acumular posesiones —digo, aunque llevo mis manos al collar de esmeralda. Esta vez, quiero conservarlo, y creo que un pequeño signo de realeza no será algo malo cuando me presente ante el Coro.

El Oratus asiente. —Nosotros tampoco guardamos nada para nosotros mismos, excepto aquellas armas que consideramos más adecuadas para nuestras habilidades. —Hay una pausa mientras el Oratus inhala aire, y Viera se acomoda en una sección de la red colgante—. Mi nombre es Lan, y te doy la bienvenida, embajadora de la humanidad, a los Vincere.

Me doy cuenta de que se supone que hay algo ceremonial en el sentimiento, pero ahora mismo estoy apoyada contra una red negra colgante mientras dejo mi hogar demasiado pronto, y no puedo llegar a sentirlo. Así que en su lugar hago una pregunta.

—¿Conoces a Sax?

Por la forma en que Lan se estremece, sé que he sorprendido al Oratus.

—Servimos juntos —dice Lan, lentamente—. Por un tiempo, hasta que se convirtió en un traidor a los Vincere y a su raza.

—Eso no suena como Sax. —Lo que recuerdo del Oratus es su dedicación a la misión, a la destrucción de cualquier amenaza—. Hizo todo lo posible por mantenernos con vida.

Esas palabras provocan más preguntas, y el resto del viaje en la lanzadera lo pasamos intercambiando historias sobre los Oratus, primero de Sax, luego de Bas, y finalmente de los cuatro, siendo el último Gar, quien nos espera en el crucero principal de la flota Vincere sobre la Tierra.

Si hay algo que saco de la conversación, es que Lan no es exactamente la máquina sin alma que ella describe de los Oratus. El arrepentimiento y la confusión impregnan sus recuerdos mientras los cuenta, y simpatizo con ella; cada noche repaso el tiempo con Ignos —los Sevora— en mi mente, preguntándome si algo de lo que hizo fue por preocupación hacia mí o la humanidad, o si todo fue por interés propio. Si los Sevora podrían preocuparse por mí o mi gente.

El crucero se llama *Nunilite*, según cuenta Lan, porque ese es también el nombre del Amigga que descubrió y diseñó la tecnología de salto. En cuanto a por qué este barco específico recibe el noble nombre, es por el enorme bulbo construido en la proa del crucero. Es visible desde la lanzadera mientras nos acercamos, en gran parte porque su tonalidad cobriza destaca sobre el blanco brillante del resto del casco.

—El salto envía una nave a través de pliegues en el espacio-tiempo —dice Lan, y el silbido emocionado en su voz me indica que prefiere esto a la triste discusión sobre sus antiguos compañeros—. Esta tecnología invierte la ciencia —ante mi mirada vacía (Viera está dormida y quién sabe qué está pensando T'Oli), Lan hace una pausa por un momento y lo intenta de nuevo—. En lugar de empujar una nave a través de una arruga en el universo para moverse de un lugar a otro, el *Nunilite* puede crear un nuevo pliegue entre dos puntos. Puede unirlos.

—¿Por qué?

Lan me mira fijamente. Debo haber dicho algo tonto. La Oratus abre la boca para explicar, luego la cierra.

—Quizás sea mejor que no lo sepas —dice Lan—. Después de todo, aún no estás de nuestro lado.

Si Lan espera que insista en el tema, que la moleste sobre qué tipo de milagro cósmico puede desatar el *Nunilite* en el universo, se decepciona. Ahora mismo, estoy mirando a Viera y sintiéndome bastante celosa de su viaje al mundo de los sueños, y con una simple declaración le digo a Lan que voy al mismo lugar.

La Oratus dice que nos despertará cuando lleguemos, pero ya estoy dormida antes de que termine la frase.

He aterrizado ahora en tres lugares aparte de la Tierra: *Cobalt*, una estación espacial de pesadilla donde un Amigga intentó convertir a mi especie en clones de carbono para sus propios fines; Vimelia, el mundo natal de los Sevora donde dos facciones intentaron usar a mis amigos y a mí para avivar una guerra o terminarla; y ahora el *Nunilite*, que se convierte en mi primer vistazo a los Vincere en su elemento.

Las puertas de la lanzadera se abren y Lan es la primera en salir, su figura esmeralda sirviendo como guía bajo las intensas luces del hangar. A diferencia de otros que he visto, este hangar está vacío de otras naves. Tampoco es grande, con suelos negro profundo, paredes de listones de acero, y un grupo de soldados Flaum y Whelk esperando nuestra salida.

Lo más sorprendente es la cantidad de artillería presente para nuestra llegada. Los mineros apuntan en nuestra dirección general, y al menos dos de los Flaum están cubiertos en grandes... trajes que les dan extremidades más largas y cañones más grandes a través de extensiones metálicas.

—¿Esto es una amenaza? —le pregunto a Viera mientras salimos lentamente de la lanzadera.

—Tal vez piensan que somos el peligro.

—Son una incógnita —sisea Lan mientras retrocede para evitar cualquier posibilidad de ser alcanzada por un disparo perdido—. Los Vincere no gustan de tomar riesgos innecesarios.

—Claro, podríamos volvernos locos y hacer explotar su nave aquí mismo —dice Viera, sacudiendo la cabeza mientras lo dice, un movimiento que se detiene tan pronto como todos los mineros se ponen en alerta y el bajo zumbido de armas cargándose llena el hangar.

—Yo no haría bromas —Lan señala hacia la única salida del hangar, una gruesa puerta rojo arcilla que parece muy cerrada.

—Qué sensibles —me susurra Viera mientras seguimos a Lan hacia la puerta.

—Los Vincere nunca han sido conocidos por su alegría —declara T'Oli desde mi espalda, donde el Ooblot ha adoptado su percha habitual—. Algunos dicen que hay que asesinar tu sentido del humor para unirte.

—Guardamos nuestra risa para el campo de batalla —dice Lan sin volverse—. Donde nos burlamos de nuestros enemigos mientras caen.

—Recuérdame no invitarlos a nuestra próxima fiesta —le digo a Viera.

Más allá de la puerta roja, que solo se abre después de que nos han escaneado y le han confiscado a Viera sus pistolas y espada, hay uno de lo que supongo son muchos, muchos pasillos. Es ancho, y está lleno de tropas moviéndose, plataformas flotantes cubiertas de cajones, y ocasionales drones zumbando sobre nuestras cabezas.

Mensajes ordenando a individuos, escuadrones y otros sustantivos que no conozco resuenan en el aire. Nadie se molesta en prestarnos atención. Al principio, dada nuestra recepción, habría pensado que seríamos las estrellas de la nave, pero Lan nos informa que como ya hemos sido autorizados, ya no somos dignos de atención.

—¿A dónde vamos? —le pregunto a Lan mientras seguimos caminando y me pierdo en el laberinto.

—Estamos tomando el camino largo hacia el puente —responde Lan.

—¿Por qué el camino largo? —pregunta Viera.

—Para que entiendan la magnitud de la nave, y su lugar dentro de ella.

Podría elegir tomar las palabras como una amenaza, pero nuestro paso lento y la interminable actividad a nuestro alrededor me dan la oportunidad de reflexionar sobre ellas. Estamos en una nave militar, parte de los llamados 'Vincere', y Lan nos ha dicho que el punto de venir con ellos será presentar a la humanidad ante el Coro como una especie digna de estar en la galaxia. A nuestro alrededor, Flaum y Whelk, junto con algunas otras especies dispersas cuyos nombres no conozco —unos como palos con pequeñas extremidades, y grandes cosas pesadas que parecen rocas vivientes— todos ellos se someten a la presencia de Lan. Se apartan de su camino, no la miran a los ojos, y generalmente actúan como mis propios guardias lo hacen conmigo.

¿Dónde encajaría la humanidad en esa jerarquía? Las palabras de Lan parecen decir que estaríamos justo en esa misma mezcla, agrupados entre las especies destinadas a servir y apoyar a los Oratus y su fuerza. Asistir a los Amigga en cualquier forma que desearan.

—¿Y exactamente cuál es ese lugar? —Viera hace la pregunta mientras llego a la conclusión.

Lan suelta una risa siseante. —Cualquier lugar que se elija para ustedes. El Coro establece el propósito de la galaxia, y los límites de las vidas dentro de ella.

El puente del crucero es diferente a todo lo que he visto antes: las puertas triples se abren a una plataforma elevada que divide un amplio foso plateado-azulado donde docenas de Flaum y otras especies trabajan en diversas estaciones. Supervisándolos a todos, al final de la plataforma, hay un Oratus color óxido cuyas escamas están tan cicatrizadas que me estremezco al pensar en todo el dolor que debe haber sentido.

Más allá del líder, como el Oratus color óxido, por su postura rígida y su mirada lenta y panorámica, deja claro que lo es, se encuentra un vasto escudo transparente que muestra, en su esquina inferior derecha, el suave borde azul de la Tierra. Apareciendo justo adelante está la masa de Nomis, su superficie gris parece picada y oscura desde esta distancia.

Lan nos guía a los tres hacia la plataforma, luego nos pide que nos detengamos a mitad de camino mientras ella continúa.

—Tal vez nuestra especie no es lo suficientemente buena para llegar hasta el final —dice Viera.

—Nos han subestimado antes —respondo—. Les demostramos que estaban equivocados.

—¡Sin duda, sus resultados pasados serán indicativos del éxito futuro! —dice T'Oli, aunque solo a través del más silencioso de los golpeteos.

—¿Estás siendo sarcástico? —le dice Viera al Ooblot en mi espalda.

—Sí —T'Oli se desplaza hacia mis hombros, por lo que ahora parece más una capa que una mochila—. Las probabilidades de que una especie con su nivel de tecnología deje una marca apreciable en la galaxia son escasas.

—Sí, bueno, tú eres un charco viviente. Así que ahí tienes.

No puedo reprimir una risa, lo que provoca que una sonrisa se extienda por mi rostro cuando Lan y el Oratus oxidado se acercan pisando fuerte y se paran frente a mí.

—Lan me dice que tu nombre es Kaishi —dice el Oratus oxidado—. Soy Kolas. Bienvenida a mi nave, mi flota y nuestra galaxia.

No sé cuál es el protocolo aquí: si este fuera, digamos, un líder de una tribu Solare en casa, me inclinaría. Sin embargo, también soy una Emperatriz. Estoy aquí representando a toda la humanidad. Y nuestra especie no debe inclinarse ante nadie.

Así que en su lugar le doy a Kolas un asentimiento, y espero que sea suficiente. Cuando vuelvo a mirar al Oratus, noto que Kolas tiene ojos color acero, un tono azul-grisáceo antinatural que parece tan duro como el metal. Su boca está llena de dientes afilados, aunque muchos de estos están irregulares o rotos.

—Eres bastante feo —dice Viera desde detrás de mí—. Lan aquí dice que estamos en lo más bajo del orden jerárquico de las especies. Lo que pasa es que no sé cómo podemos estar por debajo de algo como tú, viéndote todo golpeado y roto.

Cierro los ojos con fuerza. Suspiro. Espero que las palabras de Viera no nos hagan ser destripados aquí mismo.

Sin embargo, en lugar de la muerte silbando hacia mí, lo que recibo es una fuerte risa sibilante. Kolas, cuando abro los ojos, está asintiendo, todavía riendo, hacia Viera.

—¿Cuál es tu nombre, pequeña humana? —dice Kolas—. Tu valentía hace honor a tu especie.

—Viera —dice mi amiga y actual exasperación—. Pienso que debemos empezar las negociaciones con fuerza.

—Si tan solo fuera yo a quien necesitaras persuadir —dice Kolas—. Soy el instrumento del Coro para liderar el Vincere, pero no soy el Coro mismo. Guarda tu valentía para ellos, y te tratarán bien.

—¿Lo harán? —pregunto—. Porque no creo que quisieran que existiéramos.

Eso provoca la primera sorpresa que he visto en un rostro Oratus. La boca de Lan se abre ligeramente, sus conductos aspirando una buena cantidad de aire. Kolas, sin embargo, solo me da una mirada vacía, y lo que quedaba de su humor desaparece rápidamente.

—Fueron un fracaso —dice Kolas—. Una especie mucho más independiente de lo que la necesidad requería. Miren lo que ya tenemos: Flaum, Whelk, Vyphen. Todos ellos son tan capaces como los suyos, y aún más dóciles. Por eso tienen una dura prueba por delante. Deben probar que la galaxia los necesita.

La respuesta de Kolas no me dice por qué el Coro creó a los humanos en absoluto, cuál era esa necesidad, pero antes de que pueda hacer la pregunta, el Oratus se gira y ladra una orden hacia el foso de los Flaum. Una llamada para preparar el crucero y la flota para un salto. Kolas nos mira de reojo.

—Lan los llevará a su camarote para el salto —dice Kolas —. Cuando termine, podrán regresar aquí para presenciar el fin de la guerra más larga en la historia galáctica.

UNA NAVE familiar flota más allá del par de fragatas. El *Mobius*, navegando en el espacio como la punta de un tridente, espera a Sax y Bas bien fuera del alcance de cualquier ataque sorpresa de los Vincere. Antes de atracar, Sax logra enviar un último mensaje de agradecimiento a Rav, aunque cuando el comandante pregunta hacia dónde se dirigen después, Sax mantiene el silencio.

—La próxima misión —sisea Sax a través del espacio hacia Rav.

—Siempre hay otra —responde Rav—. Buena suerte, Sax. Espero no tener que rescatarte de nuevo.

—No tendrás que hacerlo —Sax no añade que si necesitan ser rescatados donde van, ya será demasiado tarde.

La piloto Flaum ni siquiera se molesta en preguntar, y la criatura parece aliviada cuando las esclusas de aire se abren y los dos Oratus se abren paso fuera de su nave. Conociendo el caos sangriento que tiende a seguirlo, Sax no la culpa.

Al otro lado de la esclusa de aire hay una vista familiar: Plake, con sus plumas multicolores envueltas alrededor de sus brazos, se encuentra en el centro, con Agra-Red, un

Whelk gelatinoso color carmesí cuyo cuerpo tiene un gigantesco minero incrustado en su costado, armado y listo junto a ella.

—Engee y Nobaa están ocupados cerca de los motores —dice Plake cuando Sax mira alrededor, curioso—. Dejé a Silver y Black en Rathfall —Plake hace una mueca por un segundo—. En realidad, ellos me dejaron a mí. Al parecer, tu estrategia de cazar bichos les está dando más ganancias que transportar carga.

—¿Coorvin? —pregunta Sax.

El Flaum mayor es el único de esa especie que le agrada a Sax. El largo período de Coorvin bajo el puño de hierro de un Amigga psicótico lo ha convertido en un compañero infinitamente preferible a la locura parlanchina de sus congéneres. Eso, y la misteriosa habilidad de Coorvin para escabullirse sin ser notado por los pasadizos del espacio lo convertirían en un valioso activo para su misión.

—Se adelantó —habla Agra-Red por su capitán—. El pequeño es callado, pero creo que arde en deseos de venganza. No me gustaría ser un Amigga y encontrarme a solas con él.

—Es un Flaum —dice Bas—. ¿Qué podría hacer?

—Las especies se han estado matando entre sí mucho antes de que aparecieran tus garras, Oratus —responde Agra-Red—. Coorvin es lo suficientemente astuto para encontrar la manera.

Rav donó a Sax y Bas un par de mineros y máscaras, pero eso es todo el equipo que los dos Oratus traen al *Mobius*, así que después de un minuto de preparación, la esclusa se separa del transbordador Vincere y la antigua piloto de Sax no pierde tiempo en regresar hacia las fragatas.

El resto se reúne en la cabina mientras Plake enciende

los motores para dar un salto. La capitana hace una rápida llamada a Engee y confirma que están listos para partir. Las redes de seguridad caen a su alrededor y Sax se ata.

—¿Alguien ha estado en Aspicis? —pregunta Plake mientras mantiene una mano sobre la terminal.

—Nunca —dice Sax y Bas hace eco de su sentimiento—. Nadie se atrevería a atacar al Coro, así que nunca nos llamaron allí.

El hogar de los Amigga y, por defecto, el mundo capital de la galaxia; Aspicis es casi un lugar mítico. Sax supone que la información limitada es algo intencional: incluso para entrar al planeta se necesita todo un conjunto de autorizaciones. Incluso las Cachés, esos almacenes de conocimiento guardados en naves y, ocasionalmente, en individuos, generalmente fueron borrados excepto para enumerar lo que había que hacer para obtener entrada al planeta.

—Una vez —dice Agra-Red, y Sax gira la cabeza hacia el Whelk, sorprendido—. Antes de conocerte, Plake.

La capitana retira su mano emplumada del botón de lanzamiento. —¿Hay algo que debamos saber?

—Queríamos venganza —dijo Agra-Red—. Los Sevora arruinaron nuestro planeta. Así que fuimos a Aspicis para suplicar un lugar en los Vincere, una oportunidad de obtener nuestra propia venganza. Funcionó, más o menos. Por eso ahora hay Whelk en los Vincere. Me empaquetaron en un carguero, y lo que sé es que nunca llegamos a la superficie. Los Vincere nos detuvieron bien lejos de la órbita y lo hicimos todo por comunicaciones de largo alcance.

La historia burbujeante del Whelk coincide con lo poco que Sax sabe. Aspicis no es tanto un lugar para visitar como una fortaleza que solo se abre para unos pocos.

—Así que no podemos esperar que nos dejen entrar —

Plake cierra los ojos por un segundo, luego presiona el botón del intercomunicador—. Engee, Nobaa, cambien el objetivo del salto. Quiero llegar lo más cerca posible del planeta.

—¿Qué? —la voz de Engee regresa aguda y brillante—. ¿Sabes que eso es peligroso, verdad?

—Todo esto es un suicidio —dice Plake—. Si vamos a atravesar un bloqueo, mejor empezar lo más adentro posible. Te gustan los acertijos, Engee. Resuelve este.

El Teven dice que se pondrán a trabajar en ello, y Plake vuelve a mirar las estrellas. —Es gracioso, nunca pensé que haría algo que valiera la pena después de que nos sacaron de los Vincere. Parece que me equivoqué.

Sax entrelaza su cola a través de la red, la envuelve alrededor de Bas. —Nunca nos separaremos de nuevo.

Ella suelta una risa siseante. —Sax, no hagas promesas que no puedas cumplir.

—Mantendré esta —por el ligero movimiento de su cabeza, Sax sabe que Bas no le cree, pero eso no importa, porque es su promesa para cumplir.

Engee emite un pitido de vuelta, dice que los cálculos están listos. Plake puede lanzar.

—Si esto sale mal —dice Plake—, no tendremos oportunidad de despedirnos, así que hagan las paces ahora.

La cuenta regresiva comienza en diez, pero llega a cero más rápido de lo que Sax cree posible. Apenas unos latidos y entonces el universo se retuerce y deforma a su alrededor, el salto plegando al *Mobius* a través del espacio hasta el punto exacto que Engee ha fijado. Un punto que podría estar ocupado por un asteroide, una nave que pasa o cualquier otra cosa. Normalmente, los mundos mantenían los corredores de salto libres de naves entrantes y escombros, pero aquí están esquivando la ruta designada. Aquí, van directo hacia las fauces.

Cuando todo vuelve a enfocarse, lo único que Sax puede ver desde el frente del *Mobius* es un enorme casco resplandeciente. Un crucero de batalla, más del doble del tamaño de una fragata —el análisis corre por Sax como instinto— y más que capaz de hacerlos pedazos en segundos. Plake, sin embargo, también lo percibe y envía al *Mobius* en un descenso en espiral, trayendo a la vista el mundo verde profundo de Aspicis.

—¡A sus puestos! —grita Plake mientras la red de contención se retrae hacia el techo.

No hay gravedad en la nave, así que Sax y los demás dependen de agarres para manos y pies para moverse. El *Mobius* tiene algunas armas dispersas por su casco, y los dos Oratus y Agra-Red se dirigen a sus respectivos lugares. Sax se impulsa hacia la parte trasera, donde una garra presionada contra una gran terminal en la parte posterior de la bodega de carga establece una red de contención estabilizadora y lo fija en su lugar. La terminal cambia a una vista clara de la popa del *Mobius*, donde los cazas Vincere aparecen como puntos entre la falange de cinco cruceros que se extiende en la distancia.

Al menos su salto les da algo de sorpresa. Los cazas Vincere son lentos al girarse hacia ellos, y Sax tiene tiempo suficiente para enfocarse en el trío más cercano. Y se detiene. Estos no son los cazas garra Flaum normales, esencialmente ganchos de tres puntas, a los que Sax está acostumbrado. Estos, más bien, parecen agujas. Su perfil es largo, delgado y diminuto. Tampoco parecen tener armas.

—¿Están viendo esto? —sisea Sax a través del intercomunicador en la terminal.

—No los reconozco —dice Bas, está a su derecha, en el borde del casco—. Deben ser nuevos.

—No me importa si son nuevos o viejos —dice Plake—. ¡Deshágancse de ellos!

Los primeros destellos brillantes de energía caliente salen disparados hacia el *Mobius* desde el crucero cercano, aunque los disparos son amplios y viajan por encima y por debajo de su nave. Sax no está sorprendido: al crucero le resultaría difícil alcanzar el pequeño objetivo, pero si pudiera mantener al *Mobius* atrapado en un carril estrecho, los cazas Vincere tendrían un trabajo fácil derribándolo.

Así que Sax se concentra, apunta y comienza un fuego ardiente y constante a través del espacio hacia esas agujas. Detrás del primer trío, hay una docena más y se acercan rápido. Demasiado rápido. Sax apenas puede verlos, y la terminal tiene dificultades para detectar esos perfiles pequeños en sus escáneres, así que el Oratus está básicamente disparando a ciegas y esperando.

A ambos lados, Agra-Red y Bas también abren fuego, sus corrientes tienen más dificultades para acercarse a las agujas, que hacen todo lo posible por mantenerse justo detrás del *Mobius*. Sax no puede decir si está acertando hasta que un tiro tiene suerte, clava una de las agujas en su cabina y envía al caza en un descenso giratorio y chispeante lejos de ellos. Solo que el impacto viene a quemarropa, con las agujas tan, tan cerca.

Las agujas no han disparado un solo tiro, y siguen acercándose más.

—¡Van a embestirnos! —sisea Sax al darse cuenta de por qué estos cazas tienen esas formas largas y puntiagudas.

—¿Qué? —logra decir Agra-Red antes de que el primer caza aguja se incruste en la parte trasera del carguero.

Se escucha un sonido de desgarro y estallido cuando la cubierta alrededor de uno de los motores del *Mobius* se desprende y el extremo puntiagudo de la aguja lo atraviesa.

Un segundo caliente después, mientras gritos agudos Teven resuenan por el intercomunicador, un zumbido constante llena el carguero y la terminal de Sax chispea y muere. No es difícil saber qué ha pasado, y el sonido de succión del vacío deja claro que el *Mobius*, con un solo golpe, está acabado.

—¡A los módulos de evacuación! —grita Plake mientras sale corriendo de la cabina.

Su voz apenas se escucha sobre el ruido del *Mobius* desgarrándose. Hay dos naves de escape, ambas adheridas a la bodega de carga como sanguijuelas. Sax se arrastra con garras y talones hacia la primera, golpea el panel para abrirla. Conectado al sistema de baterías del módulo de evacuación para casos como este, el panel aún funciona lo suficiente para abrir la puerta. Bas choca contra Sax, y juntos los dos Oratus caen dentro.

Agra-Red se une a ellos un segundo después, y el Whelk cierra la puerta de golpe y prepara el módulo de evacuación para el lanzamiento.

—Están todos en el otro —dice el Whelk mientras Bas y Sax le sisean preguntas—. Nos vamos.

Un módulo de evacuación no tiene armas, es esencialmente un tanque flotante con un cohete en un extremo. Si salen al espacio lleno de láseres y cazas, serán blancos fáciles.

—No lancen todavía —la voz de Plake llega por el intercomunicador, comunicaciones de corto alcance entre las dos naves—. Esperen hasta el último minuto. Nos he puesto en un descenso inestable hacia la superficie.

Como si siguiera sus palabras, el módulo de evacuación comienza a temblar mientras Aspicis tira contra su caída. Mientras descienden, el estruendo aumenta hasta que el módulo de evacuación se sacude con fuerza, demasiada fuerza para ser atmósfera. Agra-Red hace entonces algo que Sax no cree posible: el Whelk se pone aún más rojo, como si la sangre en su cuerpo gelatinoso literalmente hirviera.

—Ese era el *Mobius* —rezuma el Whelk—. Plake y yo pasamos mucho tiempo ganándonos esa nave, transportando carga para otros idiotas y ahorrando hasta que pudimos conseguirla.

Sax, que ha sido parte de muchas naves Vincere perdidas en las explosiones de la guerra con los Sevora, no puede empatizar. Nunca le ha dado mucho valor a ninguna nave; hay una inevitabilidad de que algún día terminarán en una bola de fuego.

—Encontrarás otra —sisea Sax.

—Nunca has tenido que ganarte nada en tu vida —responde Agra-Red—. ¿Qué sabrías tú?

—Me gané mi nombre —dice Sax.

La pareja se mira con hostilidad mientras Bas observa por la ventana frontal cómo Aspicis llena cada vista disponible. Sax sigue la mirada de su pareja; no tiene sentido librar una guerra de voluntades con el Whelk, ya que Sax podría destrozar a la criatura aquí en un segundo, y la capacidad de acabar, permanentemente, con un adversario es el cálculo más importante en cualquier discusión.

Sin embargo, lo que Sax nota mientras mira hacia el espacio es que no hay otros disparos pasando cerca de ellos. Los cazas Vincere aparentemente no los están siguiendo hacia tierra y los cruceros tampoco están intentando inmolarlos.

—¿Por qué? —dice Sax a Bas—. Deberían poder destruirnos antes de que toquemos tierra.

—Dos módulos de evacuación —dice Bas—. Eso es todo. Esto no puede ser una invasión, y sin duda están rastreando nuestra zona de aterrizaje. Nos estarán esperando.

—Se llevarán más de lo que esperan —burbujea Agra-Red, con sus brazos fláccidos envueltos alrededor de su minero.

—¿Interrogatorio? —pregunta Sax, la única razón que le viene a la mente.

¿Por qué dejar que una fuerza enemiga aterrice en tu propio territorio a menos que te beneficie?

—O no saben quiénes somos y quieren entender qué haría que alguien intentara saltar tan cerca de Aspicis —dice Bas—, o lo saben y quieren hacer un ejemplo con nosotros.

Ah. Lo último tiene sentido. Sax ha participado en muchos de esos. Pequeños focos de resistencia; planetas o especies que deciden que les gustaría tomar sus propias decisiones en lugar de acatar las exigencias del Coro. Esos estallidos de independencia viven hasta que aparecen algunos grupos de Oratus y el cielo sangra mientras los cruceros Vincere obliteran ciudades desde la órbita. Luego, con video transmitiendo a todas partes, Sax sostiene al líder de la causa con una garra en cualquier parte que vaya a hacer la demostración más convincente y extrae una promesa de lealtad, o cobra el precio por negarse.

—No tendrán esa oportunidad —dice Sax—. Si la situación es imposible, debemos evitar que nos capturen vivos.

—Me encargaré de los honores —dice Agra-Red—. No me importaría hacer volar a un par de Oratus antes de irme.

Si hubiera alguna forma de que Sax pudiera hacer parecer plausible la muerte del Whelk en este módulo de evacuación, actuaría, pero como no la hay, se conforma con lanzar una mirada fulminante a la masa carmesí.

El módulo de evacuación pospone su pelea, sin embargo, al entrar en la parte densa de la atmósfera de Aspicis. Afuera, un fuego azul-anaranjado rodea la ventana mientras que, adentro, los tres ocupantes se sacuden en sus bancos. Sax usa sus garras para agarrarse, excepto su garra media izquierda, que está reservada para Bas. Agra-Red simplemente se balancea con el movimiento, su base ancha y pegajosa sirve para mantener al Whelk fijo en el banco.

Permanecen en silencio por un tiempo, escuchando el rugido y los estallidos del mundo tomando forma a su alrededor. Hay algo sobre estar tan cerca de la muerte instantánea que impide a Sax hacer cualquier comentario mordaz, cualquier consideración táctica para cuando aterricen. Es una de esas cosas que suceden en cada inserción atmosférica, y en la mayoría de los asaltos nave a nave; el momento en que, si una especie tiene un dios, deberían estar contactándolo.

Los Oratus no tienen deidades, no rinden culto a ningún altar salvo al sangriento de la supervivencia. A Sax no le molesta esto, ni siquiera aquí. Con Bas a su lado, y un propósito esperando en la superficie del planeta, Sax tiene todo lo que necesita. Aunque eso no evita que sus respiraderos emitan un pequeño suspiro cuando los rumores se calman y el estrés de zambullirse a través de una atmósfera se desvanece en un descenso brillante y claro hacia el enredo de enredaderas gigantes que cubren la superficie de Aspicis.

Como Rathfall, pero sin las flores y muchas veces más grande, los Amigga han cultivado Aspicis hasta convertirlo en un generador genético perfecto de todo lo que necesitan. Cada una de esas enredaderas, detrás de la gruesa piel verde, contiene la papilla nutritiva que llena las cajas de raciones en cada nave Vincere. Otros planetas han sido cultivados para servir como 'granjas' avanzadas, pero ninguno alcanza la producción del hogar del Coro.

Desde esta altura, Sax puede ver algunos otros parches

también, grupos de enredaderas que adoptan tonos diferentes al esmeralda dominante. Enredaderas azuladas del color de los cielos matutinos y otras púrpura-rojizas, como hojas cayendo en el crepúsculo, aparecen en manchas, y sirven como cultivos para los geles curativos y los químicos weaponizados que proliferan cada vez más entre las fuerzas Vincere.

—Cubrirán toda la galaxia, eventualmente —dice Bas, mirando a través de la ventana.

Mientras caen en picada, el módulo de evacuación se vuelve cada vez más cálido, equilibrándose a medida que los horizontes desaparecen y los nudos retorcidos de verde llenan toda la vista, hasta alcanzar una temperatura no muy diferente a la de Solis. Sin embargo, Sax no puede oler nada del planeta, ya que el módulo se mantiene presurizado. Lo cual, considerando lo rápido que están cayendo, es algo bueno.

Los módulos de evacuación tienen suficiente energía en sus micropropulsores —siempre que los fugitivos no estén surfeando la galaxia demasiado tiempo antes de su descenso — para soportar un aterrizaje accidentado incluso en planetas de alta gravedad. Aspicis no es particularmente grande, pero es lo suficientemente grande como para que el módulo de evacuación dé un fuerte tirón cuando sus propulsores se encienden.

—¿Plake? —dice Agra-Red y Sax se gira para ver que el Whelk está usando el comunicador de corto alcance del módulo—. ¿Sigues con nosotros?

—Estamos calientes, pero aquí. No creo que se molestaran en dispararnos.

—Los Oratus piensan que eso significa que nos están esperando en tierra.

—No lo pensamos —dice Sax, lo suficientemente alto para que el intercomunicador lo capte—. Lo sabemos.

—Estoy de acuerdo con los feos —responde Plake—. Estén listos para compañía. Tengo un conjunto de coordenadas para Evva, o al menos una casa segura, así que si podemos llegar hasta allí sin que nos marquen...

El resto de sus palabras se desvanece en una ráfaga de estática mientras el módulo de evacuación empuja toda su potencia en las etapas finales de la caída. Si los primeros minutos parecieron eternos, flotando por el espacio en un lento deslizamiento hacia el planeta, los últimos par pasan como un relámpago, las enredaderas arremolinándose hacia ellos y, con medio segundo de advertencia de Bas, golpeando contra el módulo.

La nave de escape es estable, sin embargo, y se abre paso a través de las enredaderas como una explosión minera a través de una pared delgada. La ventana pasa de ser una pequeña ventana al mundo exterior a una mancha inútil de lodo púrpura y verde mientras su choque convierte el follaje de Aspicis en sopa.

Al menos, hasta que golpean el suelo debajo.

Es tierra suave y fértil —todo en Aspicis está controlado para condiciones óptimas— y atrapa el módulo de evacuación como la almohada que Sax desea tener detrás de su cabeza, que golpea contra el costado del módulo mientras se inclina y se detiene.

Un instante después, tras confirmar que la atmósfera es respirable, el módulo de evacuación abre su escotilla y deja entrar la humedad de Aspicis. Como medida de seguridad en caso de que los pasajeros del módulo estén incapacitados o haya aterrizado en un lago de lava que se hunde, la apertura rápida permite a Sax cortar su pequeña red y saltar fuera de la nave.

Hacia un mundo que jamás soñó que vería.

CAPÍTULO 7

UN MENSAJE MORIBUNDO

NUESTROS APOSENTOS no son más que unas cuantas redes desgastadas colgando del techo. Una para Viera, otra para mí, y T'Oli se entreteje y luego usa sus genes Ooblot para endurecerse alrededor de las bandas. La habitación en la que estamos es estrecha y sin características distintivas, con un panel en el exterior de la entrada y ninguno en el interior. Tan pronto como Lan nos muestra el interior, el Oratus se retira de la habitación y la puerta se cierra de una manera definitiva que indica que solo se abrirá cuando alguien que no seamos nosotros lo ordene.

—No debería haber esperado algo mejor —suspira Viera mientras nos deslizamos en las redes.

Una voz la interrumpe, sonando a través de un intercomunicador empotrado junto a la puerta, iniciando una cuenta regresiva para el salto.

—¿Por qué, porque estamos en una nave Vincere? —pregunto.

—Pensé que estos eran los buenos. Luchamos tan duro para escapar, y luego para rechazar a los Sevora. Parece que ya nos merecemos un respiro.

—El Amanecer de la Claridad sobrevivió durante mucho tiempo en las profundidades de Vimelia —interviene T'Oli—. Todos allí merecían un respiro, una oportunidad de marcharse y hacer algo con sus vidas, y nunca lo conseguimos.

La mención del grupo rebelde me hace recordar. Apenas habíamos escapado de Vimelia debido a la gran incursión que organizó el grupo de especies liberadas. Su objetivo había sido enviar una señal a los Vincere, para informarles la ubicación del mundo natal de los Sevora para que el Coro pudiera usar su poderío militar para terminar la guerra.

El Amanecer de la Claridad no había presentado aquello como una misión suicida.

—No —dice T'Oli cuando se lo pregunto—. Pero el hecho de que no lo digas directamente no significa que no sea verdad. Pocos de nosotros esperábamos sobrevivir ese día.

—Bueno, me alegro de que lo hicieras.

El salto llega fuerte y rápido, un tirón repentino seguido por la torsión, flexión y casi ruptura de la realidad. Mis sentidos se vuelven locos mientras los colores salpican mi visión, mi estómago se agita y revuelve, y oleadas de entumecimiento helado se alternan con calor extremo. Dura unos segundos y se siente como años.

—Nunca me voy a acostumbrar a esto —digo cuando el universo vuelve a su lugar.

—No es el método de viaje más fácil —dice T'Oli—, pero es el más rápido.

Viera expresa sus sentimientos a través del contenido de su estómago, que hace una entrada espectacular en el suelo de la habitación. Lan, que abre la puerta un momento después, ni siquiera mira los residuos. Mientras los tres nos dirigimos de nuevo al corredor, pequeños robots de limpieza, que parecen discos zumbantes, flotan dentro de la habitación.

Lan no habla mientras nos dirigimos de vuelta al puente, incluso cuando le hago algunas preguntas, como dónde estamos, cuándo puedo conseguir una comida y qué rango tiene Kolas. Su mente está obviamente en otra parte, y eventualmente todos nos unimos a ese suave silencio.

Cuando llegamos al puente, entiendo por qué: a través de ese enorme parabrisas hay una forma que he visto antes. Una gran esfera beige, el hogar de los Sevora está inundado de luces parpadeantes. Aquí afuera, lo que deben ser docenas y docenas de naves giran unas alrededor de otras en danzas mortales, formas que creo que serían invisibles salvo por los contornos rojos y azules que el parabrisas coloca alrededor de todo lo que entra en vista.

Kolas ya no está libre y despejado en el centro de la plataforma: cuatro puntales se han elevado desde los bordes de su estación, y la cabeza del Oratus está envuelta en lo que parece una media esfera de perla.

Lan nos mantiene bien atrás, permitiéndonos asimilar el flujo constante de voces desde los fosos de abajo, los intercomunicadores a nuestro alrededor y los anuncios del techo. Estos últimos suenan como órdenes, exigiendo que tal y cual grupo se presente en tal y cual sección.

—Están atacando su hogar —logra decir Viera—. No pensé que eso llegaría a suceder.

Ahora Lan sisea lenta y suavemente—. Nunca supimos dónde estaba, hasta que una señal anónima llegó a través de una de nuestras balizas de escucha hace poco. Todo lo que tenía eran estas coordenadas y lo que significaban.

—Entonces lo logramos —dice T'Oli, pero la voz

golpeante del Ooblot apenas suena jubilosa—. ¿No hubo otros?

—No que yo sepa —Lan le pregunta a T'Oli qué quiere decir el Ooblot, y T'Oli comienza a hablar sobre el Amanecer de la Claridad.

Dejo de prestar atención a su discusión, concentrándome en cambio en Vimelia, y cómo el planeta se acerca más mientras nuestro crucero se aproxima. Ahora he identificado el esquema de colores, y las vastas cantidades de rojo que indican que las fuerzas Vincere tienen a los Sevora de tinte azul en un lento colapso. Un tornillo que se aprieta alrededor del planeta.

—Esto no es solo una batalla —le digo a Viera—. Es un exterminio.

—Los Sevora mataron a Malo —responde Viera—. Extermínalos.

Sin los Sevora, sin Ignos, yo no estaría aquí. La gente de Viera y Avril, los Lunare, habrían arrasado nuestra selva y destruido nuestra tribu. Sus armas habrían sido demasiado para la gente de Malo, los Charre, también. Solo con Ignos, un Sevora que se estrelló en la Tierra, pudimos ofrecer suficiente resistencia para salvarnos. Y sin embargo, todo eso enfrentado a los horrores que los Sevora entregan a la galaxia, que me entregaron a mí... no estoy alzando mi voz para salvarlos.

Pasamos mucho tiempo observando la lenta destrucción. Por mucha hambre o sed que hubiera sentido antes, no me pasa por la mente la idea de abandonar el puente y la vista de las constantes explosiones, la muerte ardiente por fuego y el avance inexorable de los Vincere.

Solo cuando Kolas emerge de la esfera, acercándose a nosotros con su ser brillante y cicatrizado de color óxido, salgo del trance del campo de batalla.

—Así que ya lo ven —dice Kolas—. Por fin los tenemos atrapados. Ni una sola nave Sevora ha escapado del sistema desde que llegamos, y ni uno solo de ellos sobrevivirá a esta batalla.

—¿Cómo puedes estar tan seguro? —digo—. Podría haber más de ellos por toda la galaxia.

Kolas me hace un leve gesto de asentimiento. —Es cierto, y tal vez alguno pueda recrear toda su fuerza algún día, pero sin los recursos de Vimelia respaldándolos, los Sevora necesitarán muchos milagros para amenazar al Coro nuevamente.

—¿Entonces van a quemar cada centímetro del planeta? —pregunta Viera.

Kolas señala hacia el frente del parabrisas, hacia la parte inferior del área de visión, donde se asoma un indicio del óvalo dorado en la parte frontal del crucero. —Vimelia tiene una gran luna satélite. Con esta nave, podemos romper su órbita. Cuando la luna descienda hacia el planeta, el impacto hará nuestro trabajo por nosotros y asegurará que cualquier Sevora enterrado en la corteza de Vimelia muera también.

Viera se queda sin palabras. A mí no me impresiona tanto.

—Estás afirmando que todos son culpables —digo—. ¿Que todos merecen morir?

—Por supuesto —dice Kolas—. Los Sevora son la única especie avanzada que queda que no está vinculada al Coro. Se han negado a aceptar nuestros términos y unirse a la galaxia. Como tal, son una amenaza y deben ser eliminados.

Kolas termina de hablar, inhala como si el Oratus fuera a continuar enumerando razones por las que los Sevora deben morir, pero una repentina llamada de uno de los Flaum de abajo mata la idea.

—Almirante, tenemos un mensaje entrante de una de las facciones Sevora —anuncia el Flaum, uno desaliñado blanco y canela, desde su terminal—. No me molestaría en enviárselo, pero es uno extraño, señor.

—Proyéctalo —dice Kolas, asintiendo hacia el parabrisas.

—¿Para todos?

—Estos son los últimos suspiros de una especie moribunda —sisea Kolas—. Todos merecemos saber cómo terminarían sus vidas.

El Flaum no discute más y vuelve a su terminal. Estoy mirando a Kolas, preguntándome qué estará pensando el Oratus; como Emperatriz, escuché muchos mensajes privados que serían tanto interesantes como totalmente inapropiados para otros oídos. Aparentemente los Vincere, o al menos Kolas, operan abiertamente.

Hay un parpadeo en el parabrisas, y luego una gran parte de Vimelia desaparece bajo un amplio rectángulo negro. Uno que se llena con una vasta cámara abarrotada. Las especies se sientan en filas, apretadas entre sí. Flaum, Whelk, Teven y otros que no puedo nombrar miran fijamente hacia la ventana o hacia los otros guardias con brazos de minero capturados en los bordes del encuadre, apuntando a los que aparentemente son prisioneros.

—¿Ven a todos estos inocentes? —la voz modulada de Jel llega a través de la transmisión, ligeramente distorsionada. La criatura y su anfitrión Whelk lideran una facción de los Sevora que desea la paz con el resto de la galaxia, pero que nunca ha tenido el poder para imponerla—. Si continúan su asalto, todos ellos morirán. Su sangre estará en sus garras. O pueden negociar. ¡Trabajen con nosotros para encontrar una solución que no requiera genocidio!

Mientras el gorjeo de Jel se desvanece, la ventana se

desplaza hacia el extremo de las filas de especies y comienza un lento recorrido a través de ellas. Espero ver ira, miedo en los rostros, pero todo lo que se muestra es una firme resignación al destino que les fue asignado. Muchas de las especies parecen viejas, con mechones de pelo caído, manchas de piel rota o incluso extremidades perdidas. Anfitriones rechazados y no deseados por los Sevora.

—Kaishi —dice Viera.

Lo sé. Yo también lo veo.

—Malo —digo su nombre y es un fantasma que vuelve a la vida, un espíritu que nunca pensé que volvería a ver hecho carne allí mismo en el parabrisas.

Es fácil identificar al guerrero Charre, mi amigo y líder de mis ejércitos, mientras nos mira fijamente. Siempre valiente, siempre desafiante, Malo sin embargo parece más cerca del borde de la muerte que cuando lo dejamos. Veo cortes a lo largo de su piel, moretones en un cuerpo que está más delgado de lo que recuerdo. Aun así, esos ojos atraviesan la distancia hasta mí.

—¡Extiendan su mano y ayúdennos a salvar la galaxia! —la súplica final de Jel muere mientras la ventana se desvanece y desaparece, poniendo a Vimelia de nuevo en el centro del encuadre.

Los Flaum que manejan el puente no parecen haberlo notado; continúan con sus órdenes chirriantes igual que antes. Lan, sin embargo, tiene sus ojos en mí, al igual que Kolas tan pronto como el almirante se da la vuelta.

—¿Tienen un humano? —pregunta Kolas mientras se acerca.

La pregunta provoca un recuento de nuestro último viaje a Vimelia, uno que atravieso con el menor detalle posible, porque cada segundo que pasa, siento, acerca a los Vincere a su momento de colisión lunar.

—¿Entonces nos harías salvarlo? —pregunta Kolas—. ¿Nos harías negociar con los Sevora para salvar la vida de un solo humano?

Sé lo que el Oratus está haciendo. Sé que Kolas quiere atraparme en un argumento terrible, uno que todo gobernante debe hacer en algún momento: ¿cuánto vale una sola vida?

Para mí, sin embargo, Malo vale lo que sea necesario.

—No vas a destruir este planeta —digo—. No con Malo todavía en él.

Hago la apuesta. No creo que Kolas renuncie a quemar Vimelia o eliminar a los Sevora por completo, pero podría ser capaz de persuadir al Oratus sobre esta única vida.

Kolas junta sus cuatro garras y me da el tipo de sonrisa dentada que he llegado a asociar con depredadores que saben que han atrapado a su presa.

—¿Sabes por qué te trajimos aquí con nosotros, humano? —dice Kolas.

—Pensé que era para presenciar la venganza —respondo—. ¿Por lo que los Sevora le hicieron a la Tierra?

—En parte. Sin embargo, necesitamos ver tu resolución. La galaxia no tiene lugar para especies que no estén dispuestas a hacer sacrificios por su progreso.

—¿Salvar a Malo es un sacrificio?

—El Coro diría que tus lazos con una sola persona te hacen débil —dice Kolas—. Sin embargo, como Oratus, vinculado por la fuerza del emparejamiento, creo que una sola persona puede ser lo más valioso por lo que luchar —el Oratus extiende su garra delantera izquierda hacia mí—. ¿Quieres rescatar a tu Malo? Entonces te doy permiso para hacerlo. No obstante, no puedo arriesgar ninguna vida Vincere en el proceso, y el planeta Sevora será destruido, con o sin ti en él.

CAPÍTULO 8
EL ESTADO DEL TERRENO

EL MÓDULO DE EVACUACIÓN, al estrellarse, ha perforado un agujero a través del enmarañado techo de enredaderas, un agujero que ahora proyecta la única luz que Sax puede ver en el espacio. Aspicis orbita alrededor de una enana blanca, y su brillo perlado hace que Sax entorne los ojos mientras busca amenazas inmediatas.

Si las hay, han quedado cubiertas por la tierra que levantó el módulo al estrellarse. Más allá de la lluvia de tierra de un marrón casi negro, hay evidencia de cómo es Aspicis cuando no sirve como pista de aterrizaje; una gruesa capa de enredaderas parduscas y viejas, y los musgos decididos a consumirlas. Incluso estos probablemente han sido construidos por los Amigga para triturar las enredaderas muertas y renovar el suelo.

Los musgos, sin embargo, no son los que producen los ruidos que Sax oye. Específicamente, el constante flujo de maldiciones feroces que viene de su derecha, la voz ligera y burbujeante de una Vyphen.

—Parece que la capitana lo logró —dice Agra-Red mientras el Whelk emerge junto a Sax, con las manos guiando el pesado minero incrustado en su pecho.

La criatura similar a una babosa se desliza fuera del módulo, su aspecto rojo volviéndose casi rosado bajo la luz blanca. El Whelk se mueve desplazando su piel alrededor de sí mismo, como una oruga, y cuando Agra-Red toca el suelo, la tierra se adhiere a su cuerpo de tal manera que para cuando llega al borde del claro, es un desastre moteado.

Para entonces, sin embargo, Sax y Bas también han salido del módulo, llevando un par de paquetes de raciones de emergencia, junto con un par de pequeños mineros enfundados junto a sus máscaras. Las máscaras no tienen cinturones reales, sino que se amoldan a las empuñaduras de cualquier cosa presionada contra ellas, sellando el objeto contra su cuerpo hasta que Sax o Bas decidan alcanzarlo.

—¿Quién quiere liderar? —pregunta Agra-Red, con sus dos grandes ojos asomándose a través de sus nuevas gafas de tierra—. No me elijan a mí. Me va mejor cuando tengo la oportunidad de apuntar.

Sax deja escapar un silbido y rodea al Whelk. A diferencia de Rathfall, estas enredaderas son demasiado gruesas para cortarlas —no es que Sax no pueda, simplemente no quiere perder el tiempo—, así que en su lugar trepa por encima, a través y entre ellas. Al menos no hay espinas, y las enredaderas son lo suficientemente suaves como para que Sax pueda agarrarlas. Bas sigue su camino, ocasionalmente recogiendo y levantando al Whelk a través de las áreas por las que Agra-Red no puede deslizarse.

Siguen los ruidosos sonidos de Plake durante unos minutos hasta que llegan al segundo módulo de evacuación, solo que, en lugar de la capitana Vyphen y el par de Teven, todo lo que Sax ve es un módulo vacío y un claro desierto. Un rápido salto a la nave confirma que la voz de Plake sale del intercomunicador y está reproduciendo una grabación en bucle.

—No está aquí —dice Sax.

—Entonces ¿por qué? —dice Bas detrás de él—. ¿Cuál es el punto de hacer el ruido?

—Para atraerlos —la voz coincide con las continuas maldiciones en el intercomunicador, y Sax mira hacia el borde del claro para ver a Plake encaramada en una enredadera. Ahora que está observando, Sax también ve al par de Teven, opuestos a Plake. Todos ellos sostienen mineros.

—Estarán aquí pronto —dice Plake—. No quiero luchar contra ellos mientras huimos.

Sax no necesita preguntar quiénes son *ellos* —es bastante evidente por el zumbido creciente que algo se acerca, y las probabilidades de que ese algo sea amistoso son bajas.

—¡No podemos luchar contra todos ellos! —grita Bas a Plake—. ¡Tenemos que huir!

Sax está brevemente agradecido de que sea su pareja quien pida la retirada —no está seguro de tener tal orden en él.

—Todavía no —responde Plake, y Sax detecta una sonrisa furtiva en el rostro de la Vyphen, apoyada en sus brazos emplumados doblados sobre la enredadera—. No saben quiénes somos. No serán muchos. Podemos acabar con esta fuerza y desaparecer antes de que puedan llamar refuerzos.

—No es un mal plan —dice Sax, y de todos modos se les ha acabado el tiempo, así que el Oratus corre hacia el borde del claro.

Bas lo sigue y ambos trepan hasta un punto entre Plake y los dos Teven, que están acurrucados juntos con sus mineros sobresaliendo como espinas convertidas en armas.

Agra-Red, enfáticamente incapaz de trepar, se desliza dentro del módulo de evacuación.

—Creo que me agrada el Whelk —susurra Bas mientras se acomoda en la enredadera junto a Sax.

—Es letal —responde Sax, que es el mayor elogio que puede ofrecer.

El zumbido se hace más fuerte, luego se divide en dos. Un par de transbordadores. Sax y los demás bajaron en un par de módulos de evacuación, así que tiene sentido, pero significa que no lucharán contra todo el contingente del Coro a la vez. El plan de Plake depende de la velocidad —si tardan demasiado en eliminar a las fuerzas del Coro, tendrán que huir bajo fuego. En un planeta controlado por el enemigo, encontrar un escondite en esa condición sería difícil.

Sax golpea su cola contra la de Bas, y ella entiende lo que quiere decir. Los dos se alejan del claro, Sax haciendo un rápido gesto de asentimiento hacia Plake, y corren a través de la capa superior de enredaderas de vuelta hacia su propio módulo.

El transbordador del Coro se cierne sobre su claro original, una nave de un azul profundo que lleva el sigilo del orbe y líneas de sus dueños. Los laterales se despliegan, dando una clara vista del escuadrón de Flaum blindados que desciende hacia el suelo. A diferencia de los planetas más industriales, estos Flaum no tienen botas magnetizadas para amortiguar su caída en suelos metálicos. En su lugar, las botas en los pequeños pies de las escuálidas y peludas criaturas hacen un ruido seco cuando se acercan al suelo.

Paquetes cinéticos —almacenan energía con el movimiento, la liberan cuando se necesita para proporcionar el empuje justo para amortiguar una caída o dar a un salto el impulso necesario para que el Flaum llegue a donde necesita ir. Crucial para que las especies inferiores puedan mantener el ritmo de un Oratus.

No es que eso vaya a ayudarles aquí.

Seis Flaum, todos armados con mineros y vistiendo chalecos ligeros que brillaban con revestimientos reflectantes diseñados para dispersar el fuego láser. Mejor equipados que para una inspección casual, aunque igualmente sin esperanza.

Sax dirige su mirada hacia la lanzadera, luego hacia los Flaum. Bas hace un ligero gesto con su garra delantera hacia el cielo. Sax sonríe. Su compañera siempre prefiere los desafíos más interesantes. Aunque, hace tiempo que Sax no tiene un buen trozo de cartílago entre los dientes.

La señal viene desde atrás; gritos y chillidos mientras Plake, Agra-Red, Nobaa y Engee se ponen a trabajar, disparando contra su equipo. El ruido pone a los objetivos de Sax en frenesí, alcanzando varios dispositivos de comunicación y luego levantando sus mineros en dirección al ruido.

Pero donde no miran es hacia arriba.

Sax desciende como un misil sibilante. Todo garras, dientes y talones. El escuadrón Flaum ya está en desorden; su cerco alrededor del módulo de evacuación interrumpido por el caos con su escuadrón hermano. Por lo tanto, no es una formación en la que Sax se lanza, sino más bien un grupo disperso de soldados peludos que probablemente no han visto una pelea real en toda su vida.

Esto tampoco marca esa casilla; Sax derriba a sus dos primeros objetivos, el único par cercano entre sí, en un salto inicial que logra dedicar una garra delantera y media a cada Flaum, derribándolos al suelo con suficiente fuerza para asegurarse de que sus víctimas estén más concentradas en sobrevivir que en contraatacar.

Usando sus talones, que obtienen un lujoso agarre en el

suelo blando y revuelto por el impacto, Sax se lanza hacia su derecha, abriendo camino con sus fauces dentadas hacia el siguiente Flaum en la línea. Su ángulo de ataque mantiene la mayor parte del módulo de evacuación entre Sax y el Flaum al que no está destrozando, lo que significa que el primer disparo que viene en su dirección es cortesía del cuarto Flaum, que acaba de ver a un tercer camarada tacleado y clavado en la tierra.

En cuanto a disparos, Sax ha visto mejores. Es una ráfaga de proyectiles azulados —lo que significa que estas fuerzas realmente tenían la intención de aturdir a quien encontraran— y los disparos golpean el suelo frente a Sax mientras el Oratus salta de su última víctima hacia el aire. Se eleva lo suficiente como para que los ojos del Flaum se abran de par en par mientras siguen a Sax subiendo y luego, en un giro desafortunado para el soldado, cayendo directamente sobre su chaleco reflectante.

La armadura del Flaum ofrece buena protección contra un asalto energético. No ofrece más que papel contra las garras de Sax.

Aun así, Sax tiene cuidado de evitar heridas mortales. Masacrar a las mismas fuerzas que quieres traer a tu causa es una mala manera de obtener su apoyo. Así que Sax opta por una mutilación ligera, suficiente para probar que los mejores intereses del Flaum están en quedarse quieto.

Cuatro eliminados todavía dejan un par de objetivos con mineros apuntando en su dirección, y Sax logra fijar sus ojos en ellos mientras rodean el módulo de evacuación. Mientras levantan sus armas, Sax se dirige hacia el de la derecha y se prepara para absorber uno o dos disparos.

Sin embargo, la explosión que viene no es de un minero. En cambio, es una lluvia de metal roto y terminales ardientes cayendo desde arriba. Un agudo silbido corta entre los gritos y disparos de este claro y donde el grupo de Plake está tocando su melodía asesina, mientras los motores de la lanzadera luchan con una cabina que ahora no es más que una víctima destrozada y chispeante de los garras y talones desgarradores de Bas.

Bas salta para alejarse mientras la lanzadera se establece en un curso de colisión hacia la parte superior del módulo de evacuación, provocando que Sax y los dos Flaum realicen frenéticos saltos para alejarse. El metal retorcido chirría y el borboteo lento de las baterías liberando su energía contenida en chorros ardientes trabaja en el fondo mientras Sax se arrastra por el borde exterior del claro hacia el Flaum armado más cercano.

Este apenas se ha recuperado de su salto cuando Sax lo golpea, y el Oratus arranca el minero con sus garras delante-ras, da un suave mordisco en la pierna del Flaum para asegurarse de que no se moverá rápido, y luego remata la pelea con un golpe lateral en la cabeza con la cola de Sax mientras gira hacia el último.

Solo que, cuando Sax rodea los escombros, el Flaum ya está neutralizado.

Bas se encuentra sobre su presa, rompiendo el minero en fragmentos mientras su talón derecho presiona al Flaum contra la tierra. Sax se acerca a su lado, le da a Bas un rápido toque con la cola reconociendo un asalto bien ejecutado, y luego se lanzan de vuelta hacia el claro de Plake.

Si Sax y Bas lucharon con cierta intención de mantener a los Flaum con vida —Bas incluso menciona que la lanza-dera que derribó estaba manteniendo su posición en piloto automático— Plake y el resto de su equipo atacaron a sus enemigos con medios más definitivos. Sax no necesita mirar más de cerca a los Flaum carbonizados para saber que no se levantarán de nuevo.

—Nunca se unirán a nosotros —dice Plake cuando Bas pregunta por qué no optaron por aturdirlos—. Mejor hacer una declaración que jugar a ser amables con ellos.

—Esa es una forma de hacer amigos —sisea Sax.

—No estamos aquí para hacer amigos —dice Plake, luego apunta su minero hacia la segunda lanzadera que flota —. ¿Te importaría darme un impulso?

Sax toma a la Vyphen en sus garras delanteras y, con un impulso de sus piernas, le da un empujón hacia la lanzadera abierta. Es un lanzamiento de buenos diez metros, y lleva a Plake hasta el borde de la puerta de carga abierta, lo suficiente para que pueda agarrarse y subir.

—No empieces a sentir simpatía por estas cosas ahora —dice Agra-Red, deslizándose junto a Sax y Bas—. Si nos hubieran atrapado, nos habrían aturdido y luego despellejado vivos frente a toda la galaxia. Adivina cuántos sentirían lástima por nosotros.

Cero es una buena respuesta a esa pregunta. Sax, sin embargo, piensa en Rav y el resto de las fuerzas Vincere de vuelta sobre Solis. Si hubiera golpeado esas naves como un torbellino furioso y destrozado todo lo que pudiera a través de sus filas, Sax nunca habría llegado a Bas, habría sido abatido por soldados que ahora son aliados.

—No es tan simple —logra decir el Oratus.

—Para ti, quizás no —dice Agra-Red.

Cualquier profundización adicional en los pros y contras de mantener vivos a tus enemigos se desvanece cuando el par de ansiosos Teven tocan el suelo desde sus lianas y hacen su camino delgado hacia Sax. Nobaa, cuyo caparazón está lleno de clavijas y ganchos sosteniendo todo tipo de pequeños artilugios, está charlando con Engee, cuyo propio caparazón más ligero está igualmente adornado con muescas y chucherías.

—Las placas, ves, transmiten las señales neuronales a través de líneas de fibra que tejí en ellas —dice Nobaa, y Sax nota que el Teven está tocando una de las varias roturas en las escamas del Oratus ahora ocupadas por un sello metálico en capas—. No hay interrupción nerviosa.

Las extremidades de los Teven se deslizan dentro y fuera de agujeros que salpican su caparazón, incluyendo ojos en pequeños tallos, y Nobaa alcanza una placa metálica que adorna la parte posterior de la pierna de Sax. El Oratus la aparta del inquieto ser.

—Manos fuera —dice Sax.

—¡Solo quiero mostrarle a Engee cómo funcionan! —exclama Nobaa, rebosante de emoción—. ¡Eres mi creación!

—¿Él es qué? —dice Bas.

El par rosa dorado de Sax se alza sobre Nobaa, a quien Sax se da cuenta que nunca ha conocido realmente. A juzgar por la expresión de Bas, que oscila entre diversión y *voy a despedazar esta cosa para la cena*, el primer encuentro real entre los dos podría estar yendo mejor.

—El Teven me salvó la vida en la fragata —dice Sax. Ya le ha contado a Bas todo sobre el Oratus espejado, sobre cómo apenas sobrevivió con la ayuda de los injertos metálicos de Nobaa—. Es más útil que molesto. Apenas.

—Oye —logra decir Nobaa, pero ante ocho juegos de garras, no insiste en el tema.

—¿Pero funcionaron? —pregunta Engee—. Si lo hicieron, eso abriría todo un nuevo mundo de...

Las revelaciones de Engee son bendecidamente interrumpidas por el viento cortante del microjet cuando Plake hace descender la nave. No puede aterrizar —el claro creado por el módulo de evacuación no tiene espacio suficiente—, pero la Vyphen baja la nave lo suficiente para que los cinco en tierra puedan subir. Sax y Bas se turnan para ayudar a las criaturas menos móviles a entrar, y luego trepan ellos mismos.

Es un espacio apretado —Sax y Bas adoptan una postura permanentemente encorvada, con la parte posterior de sus cuellos presionando contra el techo— y la nave es demasiado austera para ofrecer muchas más comodidades. En cambio, Plake toma la estrecha cabina para sí misma y el resto se aprietan juntos en una bahía trasera que se vuelve aún más estrecha cuando Plake cierra las salidas deslizantes.

La forma gelatinosa de Agra-Red está pegada a la pierna derecha de Sax, mientras que Engee y Nobaa se apoderan de un lugar central bajo el refugio de las grandes formas de los Oratus, convenientemente facilitando que los dos Teven continúen hablando sobre las adiciones metálicas de Sax.

—Evva, o alguien que trabaja con ella, nos pasó las coordenadas de una pequeña aldea —dice Plake por el intercomunicador—. No estamos exactamente cerca, así que pónganse cómodos.

—¿Cuánto tardará el Coro en darse cuenta de que esta nave ya no es suya? —pregunta Sax mientras la nave se sacude hacia arriba y adelante, deslizándose sobre un mar de enredaderas arremolinadas bajo un cielo muy azul claro.

—He estado ignorando sus llamadas desde que tomé los controles. —Plake no parece preocupada por ello; ha tenido un tono fatal en sus palabras desde que saltaron aquí, como si todo esto estuviera destinado a terminar en desastre y ella lo supiera.

Las preocupaciones de Plake no se materializan de inmediato, y navegan por los cielos bajos sobre Aspicis durante lo que parece un largo tiempo sin la más mínima alarma. Mientras avanzan, Sax nota que la luz del día se mantiene constante, así que Plake consulta el registro de Aspicis en la computadora de la nave. Las palabras se derraman en la terminal de la cabina y, con la Vyphen presionando otro botón, una versión monótona del texto suena por los altavoces de la nave.

Aspicis gira lentamente sobre su eje, pero la estrella cercana es fría, por lo que el lado que recibe luz durante períodos tan largos no termina calcinándose. La mitad opuesta y más oscura del planeta se vuelve increíblemente fría, un proceso que termina ayudando a que esas enredaderas conviertan su interior en la jalea nutritiva que alimenta a la galaxia.

En cuanto al Coro, su Meridia se asienta en el polo norte del planeta, proyectándose hacia arriba y fuera de la atmósfera mientras gira.

Plake no los está llevando cerca de la frontera entre el día y la noche, así que cuando comienza a accionar los frenos microjet de la nave, todavía están en un mundo tan brillante como en el que aterrizaron. Sax no puede ver dónde están descendiendo; solo obtiene una imagen de enredaderas mientras descienden, y piensa que han encontrado un escondite aleatorio en la jungla hasta que nota luces de colores brillando entre los grandes zarcillos verdes.

—Abriendo en tres —dice Plake—. No detecto ninguna bienvenida, pero estemos preparados para una.

Después de que su cuenta regresiva llega a cero, las puertas laterales de la nave se abren y Sax sale disparado, sus garras centrales alcanzando alrededor de su máscara para quitarse el par de mineros que lleva. Lo que obtiene por su esfuerzo es un Flaum muy asustado y muy joven. La pequeña bola de pelo retrocede corriendo de la nave, con lo que parece ser una especie de barra de bocadillos en su mano derecha.

Más allá del niño, Sax percibe muchos ojos mirándolo, y pronto uno de esos pares parpadeantes se materializa en una madre frenética, que no lleva un uniforme del Coro sino túnicas civiles estándar sucias y color canela, corriendo y recogiendo al niño en sus garras.

Sin embargo, no hay mineros. No hay órdenes ladradas de rendirse ni comandos de disparar a los recién llegados.

—Despejado —sisea Sax, y un momento después Bas hace lo mismo.

Los Teven, junto con Agra-Red y Plake, salen de la nave. Se forman alrededor de Sax —Bas incluida— y se mantienen en posición, con las armas listas.

—Esto es todo lo que tengo —dice Plake mientras mantienen sus ojos recorriendo las formas ocultas detrás de las enredaderas alrededor de su zona de aterrizaje—. Se supone que Evva nos encontraría aquí.

—Tal vez no sabe que hemos llegado —dice Sax, luego inhala profundamente a través de sus conductos—. ¡Evva!

El rugido se propaga, aunque Sax no está preocupado de que otros lo escuchen. Cualquiera leal al Coro probablemente ya sabe que están aquí, y con la nave robada siendo bastante rastreable, este solo será un punto de parada rápido de todos modos.

—Muy sutil —logra decir Plake, pero Sax no la está escuchando.

Lo que está esperando oír, y no recibe, es cualquier sonido de bienvenida. Cualquier reconocimiento o invitación. Incluso la hostilidad mostraría que al menos han llegado a algún lugar conocido por Evva. En cambio, no hay nada. Al menos, no hasta que la misma madre alterada, con su hijo envuelto fuertemente en sus brazos, regresa al claro.

—¿Entonces no vienen a matarnos? —dice ella.

—Ese no es el plan —responde Plake mientras todo el grupo fija la mirada en la única Flaum lo suficientemente valiente para hablarles.

—Todos dicen eso, y aun así morimos —resopla la Flaum —. Solo queda uno aquí para ustedes, y no está bien.

—¿Él? —Plake mantiene su papel de capitana.

—Si significa que se irán, les mostraré dónde está. —La Flaum se da la vuelta y camina de regreso hacia las enredaderas de donde vino.

Plake mira al resto del grupo, no encuentra oposición, y comienzan a seguirla.

—El Coro rastreará esa nave —dice Bas lo que Sax ya está pensando.

—Que lo hagan —responde Plake—. Solo tendremos que ser rápidos. Además, ¿qué podemos hacer al respecto?

Bas suelta una risa siseante. —Espera un momento.

Trepa de vuelta a la nave, que reinicia sus microjets un momento después. La nave se eleva y sale del claro, aunque sus puertas de la bahía permanecen abiertas. Bas reaparece, se cuelga, y luego cae directamente en los brazos de Sax. Un momento después, la nave sale disparada, alejándose como un cohete a través del cielo.

—Seguirá volando hasta que se quede sin combustible —dice Bas.

—Simplemente la rastrearán de vuelta aquí —responde Plake—. Al último lugar donde se detuvo.

—Después de que se caiga, sí, pero eso no será por mucho tiempo.

Plake asiente por fin, dándole la razón a Bas. A Sax le parece tedioso todo el asunto; Bas no debería tener que explicarse, especialmente no ante una Vyphen. En su lugar, se adelanta pasando a Plake, adentrándose en las enredaderas hacia la aldea.

Más allá de la zona de aterrizaje, está oscuro. La luz blanca de la estrella es bloqueada por la espesa vegetación, pero la solución del pueblo le parece hermosa a Sax; farolillos en forma de lágrima, pintados en una variedad de morados, azules y verdes, cuelgan entre las enredaderas. Los colores brillan juntos, revelando las húmedas calles de un verdadero pueblo bajo la vegetación.

Edificios de una planta se alzan desde montículos en la tierra, o parecen estar tallados en pieles endurecidas de viejas enredaderas. Las puertas son cortinas de algodón, lo que hace que Sax se pregunte cómo sobreviven estos lugares al largo frío que sin duda llega cuando Aspicis rota a través de sus lentas estaciones.

Correteando por todo el conjunto hay familias de Flaum. Ha pasado tanto tiempo desde que Sax visitó un lugar hecho para vivir de verdad y no una nave militar o un refugio para los marginados desesperados de la sociedad, que pasa más tiempo del que probablemente debería observando a las especies simplemente divirtiéndose, persiguiéndose entre sí o jugando con varias figuras de juguete.

Aparte de los farolillos, hay una notable ausencia de tecnología aquí. Sax no puede oír el zumbido de los generadores, aunque persiste el olor a fuegos de cocina. El metal parece ausente, con algunos Flaum llevando tazas de arcilla y cajas hechas con la piel áspera de enredaderas muertas.

—Esto es diferente —logra decir Sax mientras caminan.

—Es extraño —gruñe Agra-Red—. No es mi tipo de lugar.

Los dos Teven, sin embargo, parecen disfrutarlo. Ahora que la amenaza de muerte inmediata ha desaparecido, Nobaa y Engee se transforman en científicos parlanchines, corriendo de un lugar a otro y pidiendo tocar esto, probar aquello o recibir alguna explicación sobre lo que hace un Flaum.

—¿Solo hay Flaum aquí? —pregunta Bas a su guía, quien se detiene lo suficiente para volverse hacia ellos.

—¿Entonces no estáis con el Coro? —dice la Flaum, y debe obtener su respuesta de las miradas que le dan—. Los Amigga no permiten otras especies en el planeta sin un permiso estricto. Al menos no en la superficie.

—¿Por qué?

—Porque piensan que sois peligrosos. Todos vosotros.

La Flaum no parece estar bromeando cuando dice esto, y Sax entiende por qué cuando rodean un montículo particularmente grande y nudoso cubierto de farolillos rojos. Al otro lado, acurrucado contra un grupo de enredaderas, está lo que era otro hogar. Ahora, sin embargo, todo lo que queda son luces destrozadas, trozos rotos de enredadera y piedra partida. En el centro, con un par de Flaum extendiendo un gel púrpura sobre sus heridas, está un traidor que Sax nunca esperó volver a ver.

Avan es y no es el Oratus que parece ser. Dentro de la cabeza de escamas negras, cubierta con más cicatrices y rasguños que la última vez que Sax la vio, hay un Sevora. Al menos, Sax supone que el parásito sigue ahí, todavía alimentándose de la vida de un soldado Vincere.

Sax se da cuenta de que está siseando bajo y suave cuando nota que Plake y Agra-Red lo miran fijamente. Bas toca su cola con la suya propia, y juntos caminan más allá de sus compañeros para examinar más de cerca al traidor que una vez rescataron de una nave semilla Sevora. En ese momento, Avan había prometido que tenía información valiosa, y no mucho después de enviarlo de vuelta a Evva, su resistencia había comenzado.

De alguna manera, Sax se da cuenta, la decisión de dejar vivir a Avan, de enviarlo a Evva, es la razón por la que están aquí ahora mismo.

No está seguro de si se arrepiente de esa decisión.

Avan, sin embargo, probablemente sí; el Oratus está en

mal estado, mostrando un vibrante surtido de cortes y quemaduras de láser. El perdedor de una pelea que comenzó a distancia y luego progresó hasta volverse cercana y mortal. Una rápida mirada a la destrucción a su alrededor confirma que el suelo y el edificio de piedra se derrumbaron hacia adentro, sin duda sucumbiendo a una avalancha de energía que destruyó su integridad.

—¿Vive? —pregunta Sax al par de Flaum que cuidan nominalmente de Avan.

Miran a Sax, se congelan por un momento antes de que uno asienta y ambos huyan. Sax no los persigue; los cuidadores no son el objetivo, y no vale la pena tratar de agradecer a criaturas demasiado asustadas para manejar la mirada directa de un Oratus. Así que vuelve su atención al traidor.

Los ojos de Avan están cerrados, pero se abren rápidamente cuando Sax le pone un poco de Stim —una intensa mezcla de adrenalina y otras drogas que los dos Oratus guardan en pequeños viales— en la boca.

—¿Dónde está Evva? —Sax no se molesta con cortesías. Eventualmente el Coro los encontrará de nuevo, y cuando eso suceda, la opinión de Avan sobre Sax no importará—. ¿Quién hizo esto?

—Lo lograste. —El áspero susurro de Avan despierta un destello de memoria, uno malo donde el traidor engañó a Sax para quitarle su máscara en territorio enemigo.

El Sax de aquel día podría haberle cortado la garganta a Avan mientras yacía allí, pero este, el nuevo, se contiene. Decide jugar un juego más largo. Además, habrá muchas oportunidades para matar a Avan más tarde, cuando el Sevora ya no sea útil.

—Responde la pregunta —dice Sax.

Avan parpadea. Toma aire, el dolor evidente en la repentina tensión de su boca afilada.

—El Coro nos rastreó hasta aquí, o alguien nos delató —dice Avan—. Un Amigga vino en persona, junto con un par de Oratus espejados. Se llevaron a Evva, probablemente pensaron que me habían matado.

—¿Sabes adónde fueron?

—¿Crees que seguía en pie cuando se fueron? —Avan intenta reír, es un graznido desesperado—. Pregúntales a ellos. Lo sabrán.

Sax tiene mil preguntas más para el traidor, pero las contiene. Evva es la prioridad. Así que en su lugar se gira y dispara las preguntas a la Flaum que los trajo aquí, que sigue de pie con ellos, como si estuviera esperando algo.

—Se han ido —responde la Flaum.

—¿Adónde?

—Antes de mostrártelo, necesito que hagas una promesa. La otra lo hizo, Evva, pero en caso de que no sobreviva, quiero que hagas la misma.

—¿Promesas? —interrumpe Plake—. Nos dirás dónde se llevaron a Evva, o nosotros...

—Detente —sisea Sax a la Vyphen—. ¿Qué quieres?

La Flaum dirige sus ojos hacia el pueblo que los rodea, luego hacia el niño que aún tiene en sus brazos—. Promete que no destruirás este mundo. Evva dijo que no lo haría, que la destrucción no era su objetivo. Si te ayudo, promete que no arruinarás lo que tenemos.

Los Amigga dirigen la galaxia, la han dirigido durante tanto tiempo que la mayoría de las especies no pueden recordar un tiempo en que el Coro no dictara lo que podía y no podía suceder. Sax no es tan ciego como para no ver que hay cierto confort en eso, incluso si el resultado no siempre es bueno para una especie, una ciudad o un planeta. Plake, cuando se conocieron por primera vez, habló de cómo la llegada de los Oratus había arruinado su vida, había expulsado a los Vyphen del Vincere y distorsionado su propósito.

El cambio es devastador. A Sax solo le basta mirar sus propias garras para verlo. Sin embargo, no cambiar puede ser igual de devastador. Plake estaría muerta si no se hubiera adaptado. Sax estaría muerto sin las placas metálicas de Nobaa manteniéndolo unido.

—No puedo hacer esa promesa —dice Sax—. Pero *sí* puedo prometer que lo intentaremos. Que cualquier cambio que venga cuando los Amigga ya no controlen nuestros destinos no se hará sin pensar en lo que tienen.

Bas toca su cola. Es todo el reconocimiento que necesita, y el asentimiento resignado del Flaum es toda la recompensa.

El Flaum guía a su pequeño grupo a través del resto de la aldea, hasta otro sitio de aterrizaje. Es evidente que la lucha pasó por aquí; numerosos edificios, enredaderas e incluso personas muestran marcas de quemaduras, agujeros y cosas peores. Túnicas y sábanas apiladas cubren lo que Sax supone son cuerpos, aunque ninguno parece lo suficientemente grande para ser un Oratus.

—¿Cuántos? —pregunta Sax mientras caminan.

—Los mataron a todos. Tal vez una docena —dice el Flaum—. Solo se llevaron a Evva. Ella nos dijo que nos escondiéramos, y el Coro nos ignoró.

El segundo sitio de aterrizaje es más pequeño que el primero, y muestra señales de al menos una pequeña victoria para las fuerzas de Evva: una lanzadera destrozada cubre la vegetación musgosa, rota y todavía humeante desde uno de los microimpulsores.

—Así que el Coro no se fue volando —dice Agra-Red.

—Están huyendo —responde el Flaum, y señala al otro lado del claro.

Allí, algunas de las enredaderas están cortadas, creando un sendero estrecho.

—¿Por qué no pidieron ayuda simplemente? —esta vez es la voz de Engee, haciendo la pregunta lógica—. ¿Estamos en el mundo del Coro?

El Flaum sacude la cabeza. —No lo sé. Una vez que tuvieron a Evva, se la llevaron y se fueron.

Lo que significa que cada segundo que pasan aquí hablando, Evva se aleja más. Sax emite un silbido agudo, cortando la siguiente pregunta de Engee.

—Bas y yo iremos tras ella —dice Sax—. El resto pueden seguirnos si quieren.

Con un rápido toque de sus colas, e ignorando la orden de Plake de esperar, la pareja de Oratus se lanza a correr, abriéndose paso entre la maleza en persecución de su comandante y amiga.

LA PLANIFICACIÓN ES RÁPIDA. A pesar de que Kolas dijo que no se arriesgarían vidas Vincere, Lan se ofrece como voluntaria para pilotear una lanzadera hacia Vimelia por nosotros. Debido a que los Sevora se están atrincherando dentro de su propia atmósfera, el viaje de descenso será peligroso, y por eso, nos tenemos que conformar con una nave pequeña y veloz.

Nuestra tripulación es de cinco: Lan, su compañero Gar, T'Oli, Viera y yo.

El Ooblot, cuando le digo a T'Oli que no necesita venir, simplemente se ríe y sugiere que Viera y yo estaríamos muertas en un instante sin él para salvarnos el pellejo. No me molesto en decirle a T'Oli que creo que el Ooblot tiene razón.

Lo que sí tengo tiempo de hacer, mientras nos ponemos las máscaras, mientras reunimos minadores y pequeñas espadas con bordes láser para llevar con nosotros, es preguntarme cómo sobrevivió Malo. Nunca lo alcancé durante nuestra huida del espaciopuerto de Vimelia. Todavía puedo verlo allí, tendido en el suelo junto al muro de roca, quemado, cortado e inmóvil.

Intenté llegar hasta él y fallé, y asumí que estaba muerto.

Ahora sé que ha estado vivo todas estas semanas que he pasado luchando contra los Sevora, viajando por túneles e intentando evitar la extinción de la humanidad.

—No lo sé —digo cuando Viera me pregunta cómo lo estoy llevando, mientras estamos sentadas en la lanzadera mientras Lan realiza las pruebas previas al vuelo—. Debería sentirme culpable por haberlo dejado aquí, pero ¿y si hubiera intentado alcanzarlo y hubiera fallado?

—Todos estarían muertos —Viera, como siempre, no se anda con rodeos—. Tomaste la decisión correcta, Kaishi. Estoy segura de que Malo diría lo mismo.

—Espero que podamos preguntárselo.

Ni siquiera el más optimista de nosotros cree que podamos simplemente volar hasta Vimelia y, con Viera, T'Oli y yo, abrirnos paso hasta donde Jel tiene a Malo y rescatarlo por nuestra cuenta. Kolas tiene a los Vincere estableciendo un bloqueo alrededor del planeta, satisfecho de dejar que los Sevora mantengan su propia atmósfera bajo control hasta que Kolas decida estrellar la luna de Vimelia contra su superficie, algo que aparentemente los Sevora no saben que los Vincere pueden hacer.

Le propuse a Kolas, allí en el puente, crear una distracción. Justo como lo haría mi tribu Solare: mantener la atención del jabalí enfocada en un cazador mientras los otros preparan el golpe fatal. Una incursión o bombardeo Vincere ocultaría su intento de aniquilación y le daría a nuestra pequeña lanzadera la oportunidad de escabullirnos hasta la superficie.

Por eso Lan está soltando maldiciones mientras nuestra

lanzadera rompe la atmósfera. Aunque Viera y yo estamos atadas atrás en la bodega principal, Lan tiene las pantallas de las paredes haciendo parecer que nuestra lanzadera es translúcida, y Viera y yo tenemos una vista completa de cómo es un asalto Vincere:

El crucero de Kolas es la estrella de las docenas y docenas de naves, que van en tamaño desde más pequeñas que la lanzadera hasta el doble de grandes que la *Nunilite* —un behemot gigantesco que Lan llama portanaves— y todas parecen brillar a la vez mientras desatan su devastación contra la superficie de Vimelia.

Normalmente el disparo de un minador solo aparece como un destello, un momento que pasa con resultados mortales en menos de un parpadeo. La distancia que recorren estos rayos, y su enorme tamaño, atrapa a la lanzadera en lo que parecen largas ondas de luz azul, roja y amarilla. El espacio queda lavado por el brillo, y los bordes de las pantallas brillan mientras el calor del láser roza los escudos de la lanzadera.

—Ahora vamos a morir, ¿verdad? —dice Viera, y hay un miedo tenso en su voz que no había escuchado antes.

—Saben lo que están haciendo —respondo—. No nos golpearán.

—Siempre pensé que moriría en una pelea, o explorando algún lugar nuevo —dice Viera, y ya no me está hablando realmente, sus ojos mirando fijamente la luz en cascada—. Nunca esperé morir sin control, atrapada en algo que ni siquiera entiendo.

—Intenta creer que *sobrevivirás* gracias a algo que no entiendes —digo.

Me doy cuenta de que no tengo miedo, y es porque Ignos, mientras ocupaba espacio dentro de mi cabeza, puso mi vida, durante mucho tiempo, en la línea de las cosas que no entendía. No podía entender. Después de un tiempo, aprendí simplemente a dejarme llevar y confiar en que saldría del otro lado. Y hasta ahora, más o menos, lo he hecho.

La atmósfera de Vimelia envuelve la lanzadera, el aire claro reemplaza el vacío negro, el beige reflejado de la superficie capta la luz láser y hace que las paredes negro espacial de nuestro corredor de supervivencia se desvanezcan. Ahora esos rayos parecen destellos brillantes, inofensivos en la alegre luz del día. La muerte nos rodea y ni siquiera puedo verla.

Lan, sin embargo, que inclina la lanzadera bruscamente hacia la izquierda y fuera de la lluvia ardiente, sí puede. La comunicación de Jel incluía coordenadas para una reunión, y es allí donde nos dirigimos, esperando que sea donde mantienen a los prisioneros. Hasta que lo sepamos con certeza, Kolas dijo que su bombardeo evitaría cualquier edificio que coincidiera con el perfil del video.

Sin embargo, eso deja muchos objetivos, y la devastación es evidente mientras giramos, dándole a Viera y a mí vistas claras a través del costado de la lanzadera hacia la superficie del planeta.

El gran paisaje urbano arde. Los edificios se desmoronan y caen mientras los impactos láser penetran profundamente en sus costados, mientras otros rayos cortan los transportes tubulares o golpean las naves Sevora que aún zumban por los cielos, borrándolas en explosiones ardientes. El humo negro erupciona en columnas, mientras más y más explosiones abrasan la ciudad.

—Es... horrible —digo—. No me gustan los Sevora, pero esto es indiscriminado. No están apuntando...

—De todos modos, van a borrar todo esto con la luna —interrumpe T'Oli—. Todo desaparecerá, tarde o temprano.

No vale la pena sentirse mal por ello; los Sevora habrían hecho lo mismo con Marilo y tus ciudades si hubieran tenido tiempo.

¿No vale la pena sentirse mal por la desaparición de una civilización entera? Aunque, los Sevora pueden haber destruido todas las aldeas Solare que quedaban en la Tierra. Los Charre también. Una amenaza existencial uniendo a toda la humanidad, justo a tiempo para que yo la comprometiera con una fuerza mayor y más letal. Una que aparentemente no dudará en aplastar una rebelión con ataques de nivel de extinción.

—No puedes luchar contra esto —me susurra Viera—. No somos lo suficientemente fuertes. Todavía.

Todavía. Supongo que hay consuelo en la idea de que, si nos dejan vivos, podríamos volvernos lo suficientemente fuertes para evitar el destino de los Sevora.

Es algo por lo que luchar, al menos.

—Asegúrense bien —sisea Gar, el compañero de Lan y el otro Oratus en la nave, desde la cabina—. Tenemos compañía.

La advertencia del Oratus apenas llega a tiempo para que me agarre de la red antes de que Lan haga que la nave entre en una espiral descendente. Afuera, puedo ver que nos acercamos a uno de los espacios vacíos de la ciudad, donde la constante alfombra de edificios da paso a espacios más amplios y dispersos de arena y jardines ocasionales. Las montañas también se alzan en la distancia, y parece que Lan está intentando llevarnos más cerca de sus picos marrones profundos. Intentando, siendo la palabra clave; a mi derecha, puedo ver un trío de cuñas negras viniendo directamente hacia nosotros. Ahora estamos lejos de la corriente brillante del bombardeo Vincere, así que los Sevora pueden planear libremente. Al menos, hasta que los láseres rojos emergen desde la parte superior de la nave, enviando rayos ardientes tras nuestros perseguidores.

Los pilotos Sevora comienzan una danza extraña, sus naves sacudiéndose y arremolinándose, pero siempre manteniendo su mismo rumbo hacia nosotros. La lucha se parece a la batalla de garras y agarres que he visto entre aves de la jungla, donde cada lado se balancea arriba y abajo, tratando de asestar un golpe.

Aquí, sin embargo, nos superan en número. Los Sevora dividen su trío mientras se acercan a la nave, separándose hacia arriba, abajo y de frente. Gar, manejando la defensa de la nave, desata un potente torrente de maldiciones siseantes, enviando rayos frenéticamente en todas direcciones.

Los Sevora, finalmente, deciden atacar.

Desde tres ángulos, la energía ardiente se vierte en la nave. Al principio, con chisporroteos azul-blancos, los láseres parecen disiparse antes de golpear el casco, aunque la repentina cascada de alarmas brillantes indica que el asalto no fue sin impacto.

—Eso solo nos está indicando que nuestros escudos se han ido —dice T'Oli—. Cada impacto consume algo de energía, y antes de que te des cuenta, te quedas sin nada.

—¿Supongo que eso no es bueno? —logro preguntar.

—No si te gusta estar vivo.

—Te dije que íbamos a morir aquí arriba —añade Viera.

Esta vez, realmente no puedo negarlo. Los cazas Sevora vuelven a dar la vuelta para otro ataque, y de repente la nave se sacude y siento que mi estómago intenta volar y salir por mi boca. Estamos ingrávidos, en caída libre, con el suelo acercándose rápidamente fluyendo hacia nosotros fuera de la nave.

También estoy gritando, junto con Viera, pero nuestras voces desaparecen en un gran choque de otras alarmas.

Sin embargo, justo antes de que la nave golpee el suelo, rebota. La red se tensa mientras nos atrapa, y cuando mi estómago vuelve a su posición, expulso mi desayuno.

No tengo oportunidad de recuperarme, ya que Lan impulsa la nave hacia adelante rápidamente, empujándome lejos de las redes y expulsando el poco aire que quedaba en mis pulmones. Los rayos salpican el suelo a nuestro alrededor, sobrecalentando la arena y haciendo estallar árboles, setos y otra vegetación en llamas. Hay un destello-pop desde arriba y oigo rugir a Gar, y veo por qué cuando los restos carbonizados de una nave Sevora se estrellan a nuestra izquierda, rompiéndose en mil pedazos.

Los otros dos, sin embargo, encuentran su zona. Es fácil saberlo porque el casco sobre nosotros literalmente se quema mientras los láseres Sevora lo golpean. Primero el metal brilla naranja, luego se pela hacia atrás y un solo disparo atraviesa, cortando la red entre Viera y yo. Sin el soporte de la red, ambos caemos al suelo de la nave mientras más disparos cosen el interior.

—¡Llévanos abajo! —grito hacia adelante, aunque con el humo llenando el cuerpo de la nave, no estoy seguro de que Lan tenga otra opción.

—Júntense —dice T'Oli, el Ooblot deslizándose desde las redes hacia nosotros.

Viera y yo, mientras la nave se balancea hacia un rápido choque, nos acercamos. T'Oli se adelgaza, se mueve sobre nosotros y, como una manta, envuelve su fría piel cremosa alrededor de nuestras piernas. Un momento después el Ooblot se endurece, dándonos algo de protección mientras la nave comienza a estrellarse a través de jardines y muros bajos.

Si todavía hubiéramos estado en la ciudad, nos habríamos estrellado y quemado a través de un edificio a estas alturas.

Como está la situación, observo a través de la cabina, con la boca abierta en un grito interminable, mientras la nave se entierra en tierra sucia. Arena y piedras salpican alrededor de la nave, alrededor de nosotros, con mucho cayendo dentro, en mi cabello y deslizándose por la máscara que Kolas nos dio a cada uno antes de partir.

Luego silencio. Un silencio fuerte y terrible.

Hago una revisión rápida de mi cuerpo: estoy respirando, así que eso es algo. Mis ojos pueden ver la cabina rota y chispeante adelante, aunque el humo creciente hace difícil saber si Lan y Gar siguen vivos. Un par de movimientos confirman que mis brazos y piernas sobrevivieron intactos al choque.

—¿Estás bien? —le pregunto a Viera.

—Oh sí. Perfectamente bien —Viera se limpia la tierra de la cara, su mano moviéndose automáticamente—. Hagámoslo de nuevo.

—Diría que nuestras probabilidades de sobrevivir a otro choque como este son muy, muy bajas —añade T'Oli.

—Está bromeando, T'Oli —digo—. Es una broma. ¿Puedes bajarte de nosotros ahora?

El Ooblot obedece, ablandándose y alejándose deslizándose. —Qué momento más extraño para hacer una broma.

Me levanto lentamente, mis músculos aún alterados. —Los humanos somos extraños, T'Oli —Intento alejar algo del humo, dándome cuenta de que probablemente no queremos quedarnos en la nave estrellada más tiempo del necesario—. ¿Lan? ¿Gar?

Hay un suave siseo, y luego Gar irrumpe a través del humo, sosteniendo a Lan en sus cuatro garras. La piel esmeralda de Lan está quemada y negra por todas partes, pero veo que sus conductos aún se abren y cierran.

—Salgan, ahora —sisea Gar, y luego se acerca pesadamente al costado de la nave y golpea el panel de la pared.

La puerta no se abre.

—Por supuesto —dice Viera mientras se para junto a mí—. Eso significaría que algo tendría que salir bien en esta misión.

T'Oli fluye por mi costado, por mi brazo y hasta el borde de mi mano. Siento que una parte del Ooblot se endurece para aferrarse a mi muñeca, con sus tallos oculares sobresaliendo por los lados. El resto de su cuerpo se extiende desde mi mano, ajustando su forma para tener un filo muy fino y afilado.

Parece que saldremos de aquí de la manera sucia.

—Muévete —le digo a Gar, y el Oratus grande y azul profundo se hace a un lado mientras me dirijo a la puerta—. Espero que estés lo suficientemente afilado para esto.

—Sin problema —responde T'Oli.

Balanceo al Ooblot, cortando el costado de la nave. Cada corte separa el metal como si estuviera cortando hierba, y en cuestión de momentos tenemos una salida improvisada. Lo cual es bueno, porque están surgiendo pequeños incendios —al menos nuestros atacantes nos hicieron el favor de quemar una salida para el humo— y siento que otro minuto dentro nos dejaría quemados y cocidos.

En cambio, logramos salir a un campo en llamas de lo que parece ser algún tipo de cultivo de tallo. Aunque gracias a nuestro accidente lleno de láseres, me encuentro en medio de un mar de velas. Gar, con Lan, y Viera me siguen afuera, y gradualmente nuestra atención se dirige al silbido cada vez más cercano de las dos naves Sevora.

—Se están alineando para un ataque —dice Gar—. Tenemos que irnos ahora.

Ambas formas negras parecen astillas contra el cielo mientras giran hacia nosotros, y por un momento me pregunto si puedo sacar el minero de mi máscara y empezar a disparar.

—Ni lo intentes —me dice Viera—. No les darás.

No tengo oportunidad de responder, porque Viera me jala, con T'Oli ahora sin filo todavía envuelto alrededor de mi muñeca, alejándome de la nave en llamas y siguiendo la forma galopante de Gar. El Oratus, incluso cargando a otro de su especie, nos sobrepasa fácilmente, corriendo hacia las plantas más densas.

—¿No nos va a esperar? —jadea Viera mientras nos movemos.

—¿Por qué? —responde T'Oli—. ¿Acaso Gar te debe algo?

—¿Está toda esta galaxia llena de asesinos codiciosos? —replica Viera.

—Me presentaré como evidencia de que no es así —dice T'Oli.

—¿Qué es eso? —digo, tanto para interrumpir su conversación sin rumbo como para señalar el edificio delgado y amarillo suave que se alza frente a nosotros.

Antes de que alguien responda, hay un estruendo deslizante detrás de nosotros, y una rápida mirada confirma que lo que queda de nuestra nave ha sido enviado a cualquier otra vida que espere a las naves espaciales. Los cazas Sevora se inclinan hacia arriba, luego sus propulsores traseros se vuelven de un azul blanquecino y salen disparados de regreso hacia la ciudad.

—Creo que es lo que vinimos a buscar —dice T'Oli, sus tallos oculares orientándose hacia el edificio—. Kolas rastreó la comunicación, y Lan intentó acercarnos lo más posible.

—¿De verdad crees que no nos vieron? —Viera sigue observando las estelas dejadas por los cazas veloces—. Estos tallos no son tan altos.

—O nos vieron y no les importa, o no nos vieron en absoluto —respondo—. Pero no deberíamos quedarnos aquí. Vamos.

Lo que ninguno de nosotros dice mientras caminamos entre los altos tallos hacia el edificio, es que ahora estamos atrapados aquí. Varados en un planeta que, cuando Kolas decida que nuestro tiempo se acabó, se va a poner muy caliente, muy rápido.

Mientras nos acercamos al edificio, noto que su techo cambia constantemente de color. No es solo amarillo, sino una mezcla arremolinada de tonos que se persiguen y se entrelazan entre sí. Jel, y su facción Sevora, tenían pinturas como esta en las paredes de su base que vimos en nuestro primer viaje a Vimelia.

—Al menos parece que Lan nos llevó a una de las bases de Jel —digo.

La palabra "base" exagera el edificio. No es mucho más grande que la nave, y tiene boquillas que adornan el exterior, conectadas a mangueras que, a su vez, están unidas a drones flotantes que rocían agua sobre los cultivos. No parecen importarles que la mitad de su campo se esté quemando por la explosión de nuestra nave.

—No hay puerta —dice Viera unos minutos después mientras rodeamos la estructura—. ¿Cuál es el punto de un edificio si no puedes entrar en él?

—¿Tal vez no tenemos la llave correcta? —dice T'Oli.

—¿Puedes hacer tu espada de nuevo? —digo—. Entonces simplemente cortaré un agujero.

—Eso solo funciona en metal delgado, como el casco de la nave —responde T'Oli—. Me romperé si intentas cortar roca conmigo.

Miro fijamente la estructura achaparrada. Tiene que haber algo que nos estamos perdiendo. Le preguntaría a Gar o Lan, pero los dos Oratus han desaparecido. En su lugar, paso mis manos por la suave superficie gris. Está fría al tacto, y todo el edificio vibra por la cantidad de agua que corre a través de él.

—Lan intentó volarnos hasta aquí por una razón —digo—. Tiene que haber una manera de entrar.

—Tal vez necesitamos ver primero la salida —dice Viera, y la veo mirando a T'Oli.

—No me gustan esas miradas —dice T'Oli.

—¿Cuándo fue la última vez que te diste un baño? —responde Viera, sonriendo por primera vez en mucho tiempo.

Usando una de las cuchillas de energía, cortamos un agujero en una de las mangueras que conducen a uno de los drones de riego. Las mangueras mismas son la mitad de anchas que yo, y la cantidad de agua que están arrojando es inmensa, pero tampoco es constante. Los drones apagan su rociado si tienen que moverse a través de una amplia extensión de cultivos regados. Es durante uno de estos breves momentos cuando metemos a T'Oli, o tanto del Ooblot como podemos, en el tubo.

—Son personas terribles, ambos —dice T'Oli, su voz regresando en un repiqueteo irritado.

—¿Puedes bloquearlo? —pregunto.

—Ya lo hice —dice T'Oli—. Fui un poco más abajo por la manguera también... si esto funciona, verán una gran explosión en esa esquina de allá.

El dron no parece notar que hay un problema y se dirige

a una sección de cultivos alegremente ardiendo. Hay una explosión de presión precipitada, y luego el edificio se estremece.

—Me deben una por esta —dice T'Oli.

—Lo que quieras —responde Viera.

—Ni siquiera tienes dinero.

—Te conseguiremos algo mejor —digo—. Un título. Ooblot de la Emperatriz.

—Ya basta.

El agua bloqueada se hace notar primero por el rápido traqueteo de la boquilla unida al edificio, la boquilla que T'Oli está bloqueando con su cuerpo de Ooblot. Luego el metal empieza a volar mientras los anillos de sujeción revientan, las costuras se rompen, y toda la esquina del edificio, como T'Oli predijo, se desmorona cuando la tubería estalla.

El agua explota a nuestro alrededor y, mientras el tubo se fuerza a ensancharse alrededor de T'Oli, el Ooblot sale disparado también. T'Oli aterriza a una docena de metros de distancia. Viera y yo, sin embargo, ya tenemos nuestros mineros fuera y estamos caminando a través del charco en expansión, pasando el nuevo géiser de Vimelia, hacia el edificio inclinado.

En medio del piso está la razón por la que no hay puerta: hay una plataforma, grande y metálica, con un panel en un soporte aproximadamente a la altura de mi cabeza. Claramente está diseñada para descender.

—Parece que encontramos nuestra entrada —dice Viera.

—La pregunta es, ¿a dónde?

T'Oli nos alcanza mientras jugamos con el panel. No es tan difícil de interpretar —hay una gran flecha apuntando hacia abajo dentro de un cuadrado verde— pero cada vez que intento presionarla, el panel emite un pitido molesto y toda la pantalla parpadea en rojo.

—¿Sabes cómo funciona uno de estos? —le pregunto al Ooblot mientras T'Oli se desliza hacia la plataforma.

Después de mostrarle a T'Oli lo que sucede, el Ooblot gira sus ojos hacia mí y parpadea, luego dirige su mirada hacia la parte posterior de la plataforma, detrás de donde Viera y yo estamos paradas. Allí, encajado en el estrecho espacio entre la plataforma y el resto del piso del edificio, hay un pedazo de uno de los anillos de fijación del conducto.

Miro a Viera y ella da un paso hacia la pieza, se estira y, con algo de esfuerzo, la saca del hueco. La arroja lejos mientras presiono el panel nuevamente. Esta vez parpadea en verde y los motores del ascensor comienzan a rugir.

—A veces son las soluciones obvias —dice T'Oli.

—Más a menudo de lo que pensamos —respondo.

La plataforma se hunde bajo la superficie, en un hueco no mucho más grande que la plataforma misma. Luces blancas salpican una pared pintada de azul profundo. Aparentemente este ascensor no merece el tipo de trabajo de pintura espectacular que tiene el techo del edificio, pero aun así es bastante bonito. Si regreso a la Tierra, abogaré más por este tipo de cosas: la vida es lo suficientemente dura, al menos debería ser agradable a la vista.

—Oh no —dice Viera de repente, y sigo su mirada hacia arriba para ver un par de formas masivas cayendo hacia nosotros.

Gar y Lan aterrizan en la plataforma, sus enormes cuerpos hacen que el ascensor se estremezca y los motores giman, pero aparentemente los Sevora diseñan bien sus ascensores, porque no se detiene. Miro a Lan, con la boca ligeramente abierta ante la magnitud de las heridas que recorren su cuerpo; quemaduras, escamas rotas y una larga cicatriz oscura que baja por su cuello.

—Un disparo cercano —dice Lan al ver que lo noto. Otras heridas tienen cremas claras esparcidas sobre ellas, sustancias que parecen retorcerse—. Nanobots, realizando milagros. Mi máscara evitó que muriera, y estos me mantendrán útil.

—¿Por qué huiste? —le pregunto a Gar, porque no sé qué son los nanobots, y prefiero averiguar si aún podemos confiar en las armas vivientes que acaban de aterrizar entre nosotros.

—Necesitaba espacio para ayudarla —sisea Gar—. Ustedes fueron una buena distracción.

Viera tiene su minero apuntando mientras Gar termina de hablar. —Repite lo que somos otra vez, lagarto sobrealimentado.

Por una vez, estoy de acuerdo con mi amiga, aunque estoy segura de que los dos Oratus podrían matarnos sin pensarlo dos veces. Gar, sin embargo, solo cae en un ataque de risa siseante.

—¿Lagarto sobrealimentado? —dice Lan—. Nunca había escuchado esa descripción antes —El Oratus se gira hacia Viera, quien gira su minero para seguir a Lan—. No creo que puedas ser exigente con tus aliados aquí, humana. Si nos vamos, ¿quién los sacará volando de este planeta?

—T'Oli y yo podemos volar —digo—. Viera tiene razón. Si no podemos confiar en que se quedarán con nosotros, entonces deberían irse. Estamos en esto juntos, o no lo estamos.

Gar detiene su siseo por un momento, y ambos Oratus me miran.

—Esta humana es valiente —dice Gar—. Cree que puede sobrevivir por su cuenta.

—Pero no tendrá que hacerlo —sisea Lan—. Kolas preguntó si queríamos ayudar, y nos ofrecimos voluntarios. Veremos que tu amiga regrese, o moriremos intentándolo.

Cuando Lan dice estas palabras, un peso que no sabía que estaba ahí se levanta de mi pecho. En el fondo, sé que Viera, T'Oli y yo no podremos rescatar a Malo solos: habrá demasiados Sevora y muy poco tiempo. ¿Pero con dos Oratus?

Podría haber una oportunidad.

HA pasado tiempo desde que Sax persiguió a alguien, y correr a través de las densas enredaderas de Aspicis produce una emocionante descarga de adrenalina. Opera por instinto y por los diminutos rayos de luz que logran filtrarse desde el cielo. Cada uno es una señal que guía a Sax hacia la siguiente curva, el siguiente punto donde hundir sus garras mientras él y Bas se disparan a lo largo del sendero tallado.

Los dos Oratus mantienen su silencio durante la carrera, guardando el aliento para respirar. No hay forma de saber cuánto tiempo les llevará alcanzar a los captores de Evva, o qué tan lejos necesitan llegar el Amigga y sus guardias Oratus antes de encontrar otra forma de volar.

Como si percibiera la magnitud del momento, el propio Aspicis está en silencio. Aparte de los sonidos de *rasguños* que hacen sus garras al hundirse en el suelo, hay poco ruido; ni cantos de pájaros, ni los silbidos y gruñidos propios de una jungla, ni los pesados movimientos mecánicos de la tecnología. Los Amigga han construido su mundo natal según sus propios deseos, y Sax encuentra el resultado aburrido.

Los olores también son insípidos. Las enredaderas no florecen, y el único aroma que traen es un roce tibio; una capa suave y mal definida en el aire que sabe a hierba seca. Los Amigga se han embarcado en una búsqueda para crear la mezcla menos interesante posible de sensaciones.

Ese pensamiento termina cuando Sax llega al final del sendero. No está claro cuánto han corrido, pero han llegado a otra aldea. O no, algo más.

Lo que se encuentra frente a Sax es una gran cúpula cilíndrica, hecha de enredaderas que aún parecen vivas, pero dirigidas para crecer así. La cúpula en sí es enorme, varias veces la altura de Sax y lo suficientemente larga como para ser un ala de estación espacial. En el extremo más alejado, donde la cúpula parece haber sido cortada, se encuentra la mayor concesión a la necesidad mecánica que Sax ha visto en el planeta.

Un riel de levitación magnética.

Es una única barra plateada brillante, elevada casi un metro sobre el suelo. La vía se extiende desde la cúpula alejándose de Sax y Bas, desvaneciéndose en la oscura jungla.

La cúpula y el área circundante deslumbran con su brillo, ya que las enredaderas superiores han sido despejadas. Sax puede distinguir otros senderos que se alejan de la cúpula también, y estos están ocupados por grupos de Flaum que van y vienen de la estación. Algunos arrastran maletas tras ellos, otros tiran de largos carros apilados con cajas y flotando sobre micropropulsores.

—Así que Aspicis no siempre es obsoleto —sisea Bas mientras se para junto a Sax.

—La guerra. Apuesto a que no pudieron mantener el planeta sagrado, no si necesitaban suministros.

De cualquier manera, lo que no ven mientras miran

alrededor es a Evva y sus captores. El Amigga y sus guardaespaldas no están en ninguna parte. Al menos, no a la vista.

—¿Escondidos ahí dentro? —dice Bas, adivinando lo que Sax está pensando.

—Si están ahí, sabrán que vamos —Sax señala hacia algunos de los Flaum en movimiento. Muchas de las criaturas peludas les han lanzado miradas, sus rostros transformándose en shock o confusión, para luego retroceder con miedo y pasos apresurados—. No es que importe. Si no podemos salvar a Evva, todo esto no vale nada.

Bas no discute, así que juntos los dos Oratus cruzan el claro hacia la cúpula. La entrada a la estación está, aparentemente, en el lado opuesto a su aproximación, por lo que su primera vista del Amigga llega cuando este rodea el extremo cercano e inclinado de la estación.

A diferencia de Dalachite, el último Amigga que Sax había visto, que se había integrado literalmente en la estación espacial construida bajo su dirección, este tiene una disposición más típica: envolviendo su forma redonda color carne hay una carcasa transparente, con un par de barras de metal blanco sobresaliendo de cada lado. Cada barra se divide en una variedad de apéndices, con uno sobresaliendo directamente hacia abajo y terminando en un micropropulsor de baja potencia que mantiene al Amigga suspendido sobre el suelo.

Lo realmente importante, sin embargo, es cuántos de los 'brazos' de este Amigga terminan en minadores o cuchillas afiladas. Sax cuenta media docena de armas, todas apuntando hacia los Oratus. Dos de los minadores, uno a cada lado del Amigga, se alzan más grandes; modelos de alta energía hechos para devastar y destruir. El conjunto deja claro cómo la aldea Flaum terminó siendo un desastre aplastado de hogares rotos y cuerpos quemados.

—No están autorizados para estar aquí —anuncia el Amigga, con bastante veneno en las palabras. La voz llega traducida y transmitida a través de sus altavoces, así que no hay boca que el Amigga pueda torcer en una sonrisa cáustica—. De hecho, ya no están autorizados para estar en ninguna parte, traidores.

El Amigga no espera una respuesta; tan pronto como termina la frase, esos grandes minadores a ambos lados comienzan a rociar energía fundida hacia Sax y Bas. Los dos Oratus, sin embargo, no esperaban una charla amistosa y logran esquivar la explosión inicial. Mientras salta hacia un lado, Sax usa su garra media derecha para tomar uno de los minadores de su máscara y, al aterrizar, apunta rápidamente el arma y dispara.

Su disparo da en el blanco, derritiendo el frente del minador del lado derecho del Amigga, mientras Bas hace lo mismo con el cañón del lado opuesto de la criatura. La única respuesta del Amigga es reír y apuntar su conjunto de cuatro minadores más pequeños.

Estos ni siquiera logran disparar. Al parecer, la Amigga no está acostumbrada a enfrentarse a Oratus entrenados por Vincere de tres letras, porque cada vez que uno de sus mineros apunta, Sax y Bas lo reducen a pedazos al rojo vivo. Sax tiene mineros en ambas garras centrales ahora, y no dejan de disparar hasta que la Amigga se queda sin una sola arma en su plataforma.

—¿Dónde está Evva? —gruñe Bas a la Amigga cuando esta se da cuenta de que está desarmada y finalmente deja de girar buscando un extremo armado.

—Dentro —dice la Amigga—. Esperando el tren.

Pueden unirse a ella si quieren. Estaremos encantados de llevarlos a todos.

La Amigga no dejaría a Evva sola en la estación, lo que significa que el Oratus espejado debe estar ahí dentro, así que ahí es donde Sax va. O más bien, lo intenta. Da una zancada larga hacia la Amigga, con la intención de rodear la masa inofensiva, cuando algo lo golpea en el costado y lo derriba. Luego lo levanta y lo arroja de vuelta hacia Bas.

—Kah, no necesitabas salir aquí —dice la Amigga mientras Sax sacude la cabeza para aclarar la vista borrosa—. Los tenía controlados.

Bas está junto a él ahora, ayudando a Sax a ponerse de pie, y junto con su pareja, se giran para ver las defensas rotas y chispeantes de la Amigga complementadas por un enorme Oratus espejado. Sax no puede distinguir bien los rasgos de Kah, exactamente, ya que las escamas reflectantes solo dan un contorno aproximado donde la luz parece doblarse.

—¿Esto es lo que combatiste en la fragata? —susurra Bas—. No creía que existieran.

—Existen, y duelen.

—¡Traidores! —grita la Amigga—. ¡Lo pregunto de nuevo: ríndanse, y quizás sus muertes serán rápidas!

¿Acaso la Amigga no entiende que un Oratus Vincere nunca se rendirá? ¿Que han sido entrenados para hacer todo excepto entregarse al enemigo? Una lista de cosas que, casualmente, incluye contraatacar.

—Acaba con la Amigga —sisea Sax—. Luego ayúdame.

Sax clava sus garras en la tierra, finge una arremetida hacia el Oratus espejado, disparando ambos mineros mientras se mueve. Kah no se queda quieto recibiendo el fuego, sino que salta hacia adelante y arriba, lanzándose hacia Sax justo por encima de su puntería, mordiendo el anzuelo del movimiento. Así que Sax se afirma con fuerza, se inclina hacia atrás y levanta los mineros mientras el salto de Kah no encuentra la carga que el Oratus espejado esperaba.

A su derecha, Sax capta un borrón rosa pasajero mientras Bas se dirige hacia la Amigga. Sin sus armas, el monstruo no debería ser más que un aperitivo para su pareja.

Kah, también, no es más que un blanco por un breve momento mientras su impulso lleva al Oratus espejado directo al fuego de Sax. Quemaduras abrasadoras se encienden en el pecho del Oratus espejado, derritiendo conductos y marcando cortes en la piel reflectante de la criatura.

Entonces Kah embiste con fuerza contra Sax, empujándolo hacia atrás y arrancándole los dos mineros. Es una decisión agresiva para cualquier Oratus, particularmente uno que debería haber podido enfrentarse a Sax con algo más que sus garras. Ahora, sin embargo, están en un duelo cerrado de garras cortantes, dientes mordedores y ataques arañantes con los cuatro brazos.

En la fragata de Rav, Sax no había sido suficiente. El Oratus espejado lo había superado, cortado y hecho pedazos. Aquí, sin embargo, las adiciones de Nobaa demuestran su valor; las placas metálicas proporcionan protección, y Sax se maniobra para recibir los ataques del Oratus espejado en esas piezas mientras sus propias garras arañan un cuerpo cuya única ventaja proviene de ser difícil de ver a distancia.

Kah se da cuenta rápido de que este no es un combate que quiera tener, y con un barrido de cola, el Oratus espejado fuerza a Sax a retroceder. Sangrando y quemado, a Kah le cuesta mantenerse erguido, mientras Sax soporta sus arañazos con la boca abierta, siseando.

Listo para más.

Al menos hasta que ve una segunda sombra estrellarse contra Bas y derribarla. El Flaum en la aldea había mencionado dos Oratus espejados, y el segundo comienza a golpear a Bas, inmovilizándola contra el suelo y preparándose para un golpe mortal con sus garras. La Amigga, detrás de todo, grazna de nuevo pidiendo la imposible rendición.

Sax reacciona. Cae en la sed de sangre, ese estado instintivo de vida o muerte en el que los Oratus entran cuando la supervivencia no deja otras opciones. Carga contra Kah, luego finta hacia la derecha, como si fuera a pasar corriendo junto al Oratus espejado hacia la Amigga que cacarea. Cuando Kah cae en ello —aparentemente Kah no está acostumbrado a luchadores astutos— Sax planta su garra derecha y salta.

Es una táctica que no funcionaría contra un adversario fresco, contra uno que pudiera saltar para interceptarlo o agarrar la cola de Sax y lanzarlo de vuelta al suelo, pero Kah está herido y cansado y pierde su oportunidad. Sax aterriza más allá de Kah y, con una fuerte carga de hombro, derriba al Oratus espejado que estaba sobre Bas.

Y Bas no desperdicia el momento, levantándose y sacando sus dos mineros. Apunta uno a Kah y el segundo al Oratus espejado que Sax acaba de apartar de ella.

—Tú lo dijiste —sisea Sax hacia la Amigga en el repentino momento de quietud—. Ríndete.

—No lo haremos —gruñe Kah, moviéndose con pasos lentos e inestables hacia la Amigga—. O nos matan, o nos dejan ir, traidores.

—Esa es una elección fácil —dice Sax—. Acaba con ellos, Bas.

—¡Espera! —dice la Amigga, y su voz, por primera vez, no está empapada de superioridad altiva—. Están tras nosotros por la Oratus, ¿verdad?

—Ella está dentro de la estación —dice Bas—. Nos la llevaremos después de encargarnos de ustedes.

No es que se esté desviando del conflicto actual, pero Sax está percibiendo algunos movimientos en el aire. Vibraciones en el suelo. Prestando ligera atención a su visión periférica, Sax nota que los Flaum que se movían alrededor de la estación han desaparecido —no es del todo sorprendente dado que los mineros estaban disparando constantemente hace momentos, pero ¿no tener ni uno solo yendo y viniendo de la estación?

—No la encontrarán allí —dice la Amigga—. Al menos no todavía.

Las Amigga no tienen expresiones faciales. Ni señales delatoras, especialmente cuando sus extremidades están fusionadas con sus exoesqueletos. Sax no tiene idea de si esta está mintiendo, pero la manera en que los Oratus espejados permanecen quietos significa que no está intentando darles cobertura para un ataque sorpresa.

—Dame una razón para no disparar. —Bas agita ligeramente sus mineros.

—Ahora —comienza la Amigga—. Hay una conversación...

Bas presiona el gatillo y su minero izquierdo dispara, marcando una profunda explosión en el abdomen inferior del Oratus de la izquierda, el menos herido. Ninguno de los dos, para su crédito y el respeto de Sax, se mueve.

—¡Está en la estación! —suelta la Amigga—. Estaba mintiendo. La aturdimos y la dejamos allí cuando los vimos venir. ¡Déjennos ir!

Ahí está. La cobardía que Sax cree que reside en el núcleo del Coro, de toda la especie Amigga. ¿Por qué otro motivo crearían a alguien para librar sus batallas? ¿Por qué intentar eliminar cualquier cosa que amenace su poder en lugar de trabajar juntos para encontrar una solución mutua?

Bas asiente a Sax, quien duda. No quiere dejar a Bas aquí fuera con estos tres. Sin embargo, ella le quita la opción con un simple toque de su cola, una promesa de que estará bien.

Aunque no lo dice, Sax hace su propia promesa: encontrará y acabará con estos tres monstruos si tocan cualquier parte de su pareja. Y con eso, se lanza hacia la estación, rodeando la estructura de enredaderas hacia la entrada, que no es tanto una puerta como un amplio arco sin ningún tipo de sello.

Dentro, con globos eléctricos fríos proporcionando la luz, hay una gran plataforma para el tren de levitación magnética. Tendida en el suelo, inconsciente, está Evva. Grupos de Flaum ocupan las paredes, retrocediendo para alejarse de Sax mientras él avanza, levanta a Evva en sus garras y la lleva afuera.

Cuando sale de la cúpula, el retumbar que ha estado sintiendo crece, y ahora viene acompañado de un silbido agudo. Al girar la cabeza, Sax puede ver el frente brillante púrpura y azul del tren mag-lev apareciendo. Se mueve rápido y casi en silencio, ese retumbar proviene, se da cuenta Sax, del bombeo de energía desde algún lugar profundo bajo él hacia la vía.

—Déjennos subir a ese tren —dice el Amigga mientras Sax se reúne con Bas, quien todavía mantiene sus mineros y sus objetivos inmóviles—. Es lo mínimo que pueden hacer.

—Intentaron matarnos —sisea Sax—. Hazles lo mismo.

—Váyanse —anuncia Bas—. Suban al tren y lárguense de aquí.

El Amigga y sus escoltas no esperan, moviéndose lenta y cuidadosamente mientras Bas los guía hacia el tren con sus mineros. Los vagones del tren se abren ampliamente, sus costados enteros se elevan dejando que los Flaum entren y salgan, aunque Sax ve que más de unos pocos eligen quedarse sentados en lugar de bajar en la misma plataforma que un cuarteto de Oratus ensangrentados y un Amigga que parece necesitar urgentemente un traje nuevo.

Aun así, se hace espacio. Los Oratus espejados abordan y ayudan al Amigga a unirse a ellos. Los vagones del tren se cierran y, con otro retumbar sibilante, el mag-lev se pone en reversa y desaparece por la vía.

—¿Por qué? —pregunta Sax, finalmente—. ¿Por qué dejarlos ir?

—Porque no sé si hubiera podido matarlos a todos antes de que llegaran a mí —dice Bas, sus ojos siguiendo al tren que se aleja—. Tienes a Evva. Logramos el objetivo. ¿Por qué arriesgarse?

Su pareja tiene sentido, y sin embargo...

Sax habría disparado.

CAPÍTULO 11

RESCATADOS

LA PLATAFORMA TERMINA su descenso deteniéndose junto a una copia de sí misma. Las dos plataformas quedan al ras, la segunda se inclina a lo largo de un túnel recto que sigue las luces blancas esféricas hacia la distancia.

—¿Supongo que el viaje no termina aquí? —dice Viera.

Nos trasladamos a la nueva plataforma, lo cual es un proceso complicado cuando tienes un par de Oratus de tres metros de altura maniobrando todas sus extremidades en el espacio reducido. Aparentemente los Sevora nunca esperaron usar anfitriones como Gar y Lan para el tipo de trabajo de mantenimiento para el que están destinados estos transportes sencillos.

La segunda plataforma tiene un panel como la primera, y pronto nos deslizamos por el túnel hacia un final oscuro que eventualmente se convierte en un espacio masivo. Es tan grande como los puertos espaciales que vi antes en Vimelia, pero en lugar de naves entrando y saliendo zumbando, el gigantesco rectángulo se llena con corrientes de cultivos frescos que fluyen desde una de las muchas aberturas. Otros túneles con otras plataformas hacen eco al nuestro, y todos se conectan a una pasarela enrejada que rodea la sección superior de la cámara.

—Cada vez que pienso que hemos hecho algo bien, veo que aquí lo hacen más grande —digo, recordando los graneros de Damantum. Pensaba que nuestros almacenes eran enormes, con espacio suficiente para mantener alimentada a toda nuestra ciudad durante una temporada. Este lugar, y la cantidad de alimentos que se desvían hacia el nivel inferior de la cámara, dividido por paredes de acero para clasificar los cultivos, hace que nuestros mejores esfuerzos parezcan insignificantes—. Nos queda tanto por recorrer.

—No se comparen con este lugar —dice Gar—. Será borrado dentro de poco.

Es casi triste, porque los sonidos de tanta abundancia derramándose, la vista de tanta comida que podría acabar con tanta hambre, muestra que los Sevora no son completamente malvados. Claramente se preocupan lo suficiente por mantener alimentados a los suyos, por invertir en construcciones que apoyen su civilización.

Si vas a mantener prisioneros a miles de millones, supongo que tienes que alimentarlos de alguna manera.

No hay nada a nuestra derecha excepto más portales a más plataformas, y ninguna parece diferente a la nuestra. A nuestra izquierda, la pasarela continúa un largo trecho hasta lo que parece ser una pared divisoria más permanente, con el contorno de una puerta. Las plataformas también bordean el exterior de este lado, pero al menos hay algo diferente al final.

—Por mucho que me gustaría dar más vueltas —digo, señalando hacia la izquierda—. Vamos por allá.

No avanzamos más de una docena de pasos antes de que la puerta hacia la que nos dirigimos se deslice y se abra.

Un par de Whelk, ambos de un azul enfermizo, se deslizan hacia fuera, con mineros levantados. Estoy a punto de preguntarles dónde están los prisioneros cuando abren fuego.

Viera se lanza a uno de los túneles de plataforma abiertos, con Lan siguiéndola, mientras Gar da un salto hacia la derecha, usando sus garras para agarrarse a la barandilla de la pasarela y arrastrarse hacia los Whelk. Antes de que pueda moverme, T'Oli se envuelve alrededor de mi pecho y se endurece hasta su forma impenetrable, justo a tiempo además, ya que un disparo golpea al Ooblot un segundo después, dejando una dura cicatriz negra.

—¡Cuando quieras devolver el fuego! —dice T'Oli.

Ya voy; arranco mi minero principal de mi máscara, levanto el arma y aprieto el gatillo. Brillantes rayos rojos salen disparados, trazando una línea muy por encima de los pequeños Whelk.

—¡Lo siento! —digo, lanzándome hacia la pared izquierda, tratando de entrar en el túnel de Viera—. ¡No sé realmente cómo disparar!

Arcos, sí. ¿Mineros? No.

—Para eso estoy yo aquí —dice Viera, extendiendo la mano y tirando de mí hacia el túnel.

Me sorprende que los Whelk no me alcanzaran con más de un disparo, pero después de echar un vistazo afuera, supongo que no debería sorprenderme; Gar no solo atrajo su atención, el Oratus se encargó de ambos Whelk por completo, esparciendo los restos viscosos de sus cuerpos por toda la pasarela. Con un par de mordiscos, el Oratus convierte sus mineros en chatarra.

—Es lo que mejor se le da —dice Lan mientras miramos la destrucción.

—Aparentemente —digo.

Gar no salió ileso del encuentro: su máscara está astillada en sus piernas y en medio de su pecho, donde los disparos directos del minero desintegraron la armadura, pero el Oratus no parece preocuparse.

Nos unimos a Gar en la pared divisoria, y tomo la iniciativa de mirar a través de la puerta que los Whelk abrieron. Al otro lado está la razón por la que esos guardias estaban aquí en primer lugar; los prisioneros que vimos en el video están todos agrupados en el piso inferior de esta mitad. Las paredes de cultivos han sido removidas, permitiendo que todos los prisioneros se sienten en el suelo en una multitud gigante, junto con la docena de guardias que los vigilan, mineros listos.

Hay otro cuarteto aquí arriba, en nuestro nivel, y están vigilando nuestra puerta. Tengo que retirar la cabeza bruscamente cuando un par de Flaum disparan ardientes rayos hacia mí.

—Prisioneros y guardias —digo y describo la situación—. Lan, Gar, ustedes tienen más experiencia en esto. ¿Qué opinan?

—¿Atacar y devorar? —sisea Gar.

—Sí, excepto que no queremos que nos disparen mientras lo hacemos —dice Viera.

—Capturar el nivel superior, y los guardias de abajo no tendrán posición —Lan toma el mando—. O se rendirán o, sin cobertura, los acabaremos rápido. En cuanto a cómo vencer a los cuatro guardias de aquí arriba, necesitaremos una distracción, y luego algunos disparos precisos.

Lan termina el plan con una mirada a Viera, quien asiente. —Les daré, no te preocupes.

—¿Entonces cuál es la distracción? —pregunto.

El Oratus señala su garra delantera verde escamosa

hacia T'Oli, todavía envuelto alrededor de mí. —El Ooblot debería poder atraer el fuego sin arriesgarse.

—Justo lo que me gusta oír —golpea T'Oli—. ¡Envíen al Ooblot, después de todo es básicamente un charco!

La expresión de Lan no cambia. Tampoco la de Gar. Miro a Viera y ella se encoge de hombros.

—¿T'Oli? —digo.

El Ooblot se desliza fuera de mí hacia la pasarela y se arrastra hasta la puerta. Sus tallos oculares giran hacia nosotros mientras nos aferramos a los costados, fuera de vista.

—Si muero por esto, os lo echaré en cara a todos —dice T'Oli, y entonces el Ooblot se desliza y desaparece por la puerta.

—¡Ahora! —sisea Lan a Viera, y mi amiga se dirige rápidamente hacia la puerta.

Ver trabajar a Viera es hipnótico: la Lunare empuña un minero en cada mano, gira con el hombro contra la pared divisoria para mirar a través de la entrada, y aunque solo veo su cabello blanco ceniza y el borde de su rostro decidido, sé que cada disparo de sus mineros da en el blanco.

Después de la cascada de destellos, Viera atraviesa la entrada y la seguimos. Los resultados de su trabajo son los restos humeantes de los cuatro guardias, además del fuego de respuesta esporádico y rápidamente menguante desde abajo mientras Viera continúa su limpieza. Para cuando alcanzo la barandilla, con mi propio minero y mi falta de habilidad en mano, los cinco guardias Flaum restantes han arrojado sus armas al suelo.

—Buen trabajo —le digo.

—Lo sé —Viera no me mira, mantiene su atención en los guardias.

Soy una Emperatriz afortunada por tener amigos como ella.

En el lado opuesto, contra la pared del fondo, hay otra plataforma que nos lleva al nivel del suelo. Viera elige quedarse arriba para dar cobertura, así que T'Oli —afortunadamente ileso después de su deber como señuelo— y los dos Oratus me acompañan.

Lo que veo son treinta o cuarenta prisioneros, mayormente Flaum y Whelk, alineados contra la pared a mi izquierda. Están apretados unos contra otros, y todos parecen quebrados y miserables. Como los restos que había conocido que sirvieron en el Amanecer de la Claridad, pero sin ninguna chispa de esperanza. En el centro de ellos, sin embargo, está quien vinimos a buscar.

—Malo —digo su nombre y hay más que un poco de incredulidad al hacerlo—. Estás vivo.

Él levanta la mirada lentamente mientras me acerco, y el daño que noté durante el video es peor de cerca. Malo está delgado, con cortes y moretones por todo su cuerpo, y está vestido con los mismos harapos que el resto de los prisioneros. Sus ojos están rojos, y aunque su boca forma una media sonrisa hacia mí, apenas puedo contener las lágrimas.

—Hola, Emperatriz —dice Malo, su voz un susurro.

—¿Qué te hicieron? —pregunto, y extiendo mi mano, la paso por el lado de su rostro cubierto de barba.

—Intentaron quebrarme —dice Malo.

Niego con la cabeza. ¿Cuál sería el punto de quebrar a Malo? Él no está con los Vincere, no sabría nada útil.

—Humanos, debemos irnos —sisea Lan detrás de mí—. Estos Sevora dicen que son los desechos, que todas las demás fuerzas de Jel están tratando de subir a la única nave buena que queda en este planeta. La nave que necesitamos.

Miro hacia atrás a los Oratus. —¿Nunca esperaron intercambiar los prisioneros por sus vidas?

—No creo que creyeran —susurra Malo detrás de mí—. Esperaban que a los Vincere les importara, pero no lo creían.

Cierro los ojos por un segundo. Este podría no ser el momento para la política, para la moral. Tenemos que escapar del planeta. Ahora. Y nos los llevaremos a todos con nosotros. —Los prisioneros vienen también. Ya que hicimos este viaje, bien podemos salvar a quienes podamos.

Gar sisea algo que no capto antes de que Lan silencie a su pareja con un movimiento de su cola. Sin embargo, no objeta, y en su lugar apunta una garra delantera a los cinco guardias restantes, alineados y con aspecto derrotado.

—¿Puede uno de ellos guiarnos? —le pregunto a Lan.

—Lo harán —dice Lan.

—¿Aunque sean Sevora?

Lan muestra sus dientes. —Si nos llevan a esa nave, los llevaremos. Pedirle a Kolas que, tal vez, les dé una oportunidad —Lan me está mirando, así que los guardias detrás de ella no pueden ver esos ojos amarillos, esas rendijas negras en sus pupilas. Ninguno de esos Sevora saldrá de este planeta, sin importar lo que hagan.

Y no me importa.

Pensé que me habían arrebatado a Malo. Pensé que había muerto en esa caverna mientras T'Oli nos alejaba volando. Ahora está de pie detrás de mí, y si no está muerto, está bastante cerca de estarlo. Apartarme de Malo convierte mi tristeza, la lástima y la esperanza marchita de verlo vivo en ira, rabia. La fuerza sombría que surge cuando fallaste en salvar a alguien que te importa.

Camino pasando a Lan hacia la fila de cinco guardias Sevora, todos ellos Flaum, y todos vistiendo la armadura azul oscuro de la facción de Jel, cuyo nombre ni siquiera recuerdo. Me encuentro con los ojos de cada uno, y sus negros ojos vidriosos me devuelven la mirada. Por supuesto que no saben. Por supuesto que no fueron responsables de lo que le pasó a Malo ese día.

—¿Viera? —llamo, sin romper el contacto visual con los Sevora.

—¿Emperatriz? —responde Viera desde arriba.

—Si alguno de estos cinco hace algo sin mi permiso, quiero que los elimines. No esperes. No tienen segundas oportunidades.

—Entendido.

Asiento hacia los Sevora, para que sepan que ahora les hablo a ellos. —Escucharon a la Oratus. Llévennos a la nave, para que podamos dejar este mundo miserable.

Marcho al frente, con Viera, T'Oli y Lan. Gar se ofrece voluntario para cubrir la retaguardia, siseando que disfrutará comiendo a cualquiera que se quede atrás. Los guardias Sevora nos señalan una cámara secundaria fuera de la grande, un espacio lleno de terminales que monitorizan el flujo de cultivos y el suministro de agua, y que tiene un único tubo de transporte.

Mover un grupo tan grande en uno de estos parece que será un problema, hasta que los Sevora usan el panel al lado del tubo —bajo mi orden— para solicitar un transporte más grande. Observamos cómo la única plataforma perlada, que puede moldear su superficie para adaptarse a nuestras necesidades de asiento, es unida por otras diez. No se sientan como plataformas separadas, sino que forman eslabones blancos de dos metros de largo de una a la siguiente.

—¿Subimos? —le pregunto a los Sevora, y, en particular, a un Flaum de pelaje marrón rojizo que ha tomado posición como su líder.

—Todos se mantendrán juntos —dice el Sevora—. Deberíamos ir al frente.

Viera, con sus mineros fuera y apuntando, me sigue mientras subimos al frente. Los cinco Sevora se agrupan con nosotros en la plataforma principal, con Lan en la inmediatamente posterior, junto con el primer grupo de prisioneros. Dejo que Malo, que parece cada vez más cansado, se quede con Lan, y se apoya en la Oratus como si fuera la única razón por la que está de pie.

Quiero hablar con él. Quiero decirle a Malo cuánto lo siento, pero no hay tiempo, así que me trago las palabras y me concentro en los Sevora, en la plataforma, en llevarnos a la nave.

Las plataformas se sacuden hacia adelante, luego aumentan la velocidad más y más hasta que nos deslizamos bajo tierra a una velocidad cegadora. Las luces superiores pasan tan rápido que parecen una única corriente blanca entre los costados gris-negros del túnel. La corriente, sin embargo, desaparece en un momento cuando salimos disparados desde bajo tierra hacia un tubo transparente que se eleva a través de un cielo abrasado.

CAPÍTULO 12

SOFOCACIÓN

LOS DOS ORATUS están justo fuera de la estación con un tercer Oratus inconsciente tendido en el suelo a sus pies. El rescate era el plan, y ahora que lo han logrado, Sax no está seguro de adónde ir. Los Flaum ciertamente no están ayudando: la mayoría han huido sin más, y los que no se han ido se encogen cada vez que Sax los mira mientras se aferran unos a otros en las esquinas de la estación.

—Creo que no pensamos bien esto —dice Bas.

Sax la mira y reprime una sonrisa. Todavía se ve radiante, incluso después de la pelea con el Oratus espejado y el Amigga, incluso después de correr por una jungla oscura y mugrienta. Aquí, mientras se enfrentan al desastre, está con ella. Bas y la misión. Nada más importa.

La misión, sin embargo, está actualmente aturdida, y Sax supone que no pasará mucho tiempo antes de que ese Amigga regrese con una fuerza mayor para reclamar su premio.

—Miren a estos dos feos —la voz viene de la derecha, la voz viscosa de Agra-Red—. ¡También encontraron un Oratus!

El Whelk carmesí se abre paso alrededor de la estación, apuntando su minero integrado con la mano izquierda mientras sostiene un disparador más pequeño en la derecha. Listo para desintegrar en oblivión molecular cualquier cosa que a Agra-Red no le guste. Detrás de él, armados y listos, están Plake y los dos Teven.

—Está aturdida —ofrece Sax cuando Plake le da una mirada preocupada a Evva, y la Vyphen coloca sus manos emplumadas sobre el pecho de Evva hasta que siente las ventilaciones del Oratus succionando aire.

—Entonces tenemos que sacarla de aquí —dice Plake.

—Lo dices como si no hubiéramos estado pensando en una manera de hacerlo —responde Bas.

—¿Lo han hecho? —Plake se vuelve hacia ella—. ¿Han pensado en una manera? ¿O quedarse aquí parados es lo mejor que se les ocurre?

—Estaba pensando que podríamos descuartizarte y disfrazar a Evva con tus plumas —ofrece Sax, acompañando las palabras con su hocico dentado.

Engee, el Teven, se interpone entre el grupo. —Mientras ustedes los perseguían, Nobaa y yo hablamos más con Avan. La fuerza de Evva tuvo que llegar a esa aldea de alguna manera, y él dice que tienen aerodeslizadores allá atrás. Unos que podemos usar.

Todos, incluido Sax, miran fijamente al Teven.

—¿No podías haber mencionado esto antes? —dice el Whelk.

—No había razón para ello, antes —responde Engee.

—¡Los aerodeslizadores no son seguros! —añade Nobaa.

—Quedarnos aquí tampoco lo es —dice Plake—. Vámonos.

No hay duda sobre quién tiene el placer de cargar el cuerpo paralizado de Evva. Sax empieza con ella, luego se la pasa a Bas cuando sus brazos se entumecen por el peso. Juntos, los dos juegan un extraño juego de pases con Evva hasta que llegan a la aldea Flaum.

Avan está allí para recibirlos, viéndose mejor, aunque todavía en el lado equivocado de la recuperación.

Lo que Avan sí puede hacer es señalarles la dirección de los corredores de enredaderas, pequeños aerodeslizadores apenas suficientes para un solo Oratus, que parecen trineos cubiertos de micropropulsores. Un pequeño parabrisas se curva desde el frente, con un par de micropropulsores en su parte superior para ayudar con las caídas repentinas.

—Supongo que ninguno de ustedes sabe cómo conducir uno de estos —dice Avan mientras están frente a los diez aerodeslizadores que el equipo de Evva usó para llegar al pueblo.

La líder Oratus está ahora apoyada contra Sax, recuperando la coherencia pero todavía incapaz de mantenerse en pie por sí misma o hacer más que balbucear algunas palabras a la vez. Deben haberla golpeado con una descarga muy fuerte para mantener a Evva, una Oratus grande y roja, aturdida durante tanto tiempo. Aunque, por otro lado, ¿por qué arriesgarse con la criatura más buscada de la galaxia?

—Puedo averiguarlo —anuncia Plake.

Engee y Nobaa dicen lo mismo, y proceden a subirse a uno de los aerodeslizadores, acostándose lado a lado y encajando sus pequeñas extremidades contra los bordes del trineo. En los bordes del trineo hay pequeñas palancas que van hacia arriba o hacia abajo, permitiendo ascender o descender según sea necesario. Nobaa toma una, Engee toma la otra.

—Está bien —sisea Avan cuando Agra-Red se pregunta

si los Teven se mantendrán sincronizados—. Las dos palancas están unidas entre sí. Irán donde sea más fuerte el empuje o tirón.

Eso deja un aerodeslizador para cada uno, más algunos extras que Avan no tiene problema en donar a la aldea. Un pequeño pago por el daño que han causado, pero Sax está de acuerdo en que es mejor que nada.

Pensar tanto en cómo otros ven sus acciones es frustrante; es mucho más fácil llevar a cabo la misión con los ojos puestos en los resultados y nada más.

—¿Quién llevará a Evva? —pregunta Sax mientras Avan monta su propio aerodeslizador.

—Yo la llevaré —dice Plake—. Soy la única lo suficientemente pequeña.

El Whelk tampoco es grande, pero Agra-Red todavía está cargando ese monstruoso minero, y juntos harían un ajuste muy apretado. Sax y Bas definitivamente no pueden acomodar a un segundo Oratus en ninguno de sus aerodeslizadores. Así que la decisión se toma sin lucha, y el grupo se prepara.

El aerodeslizador resulta ser un ajuste extraño, ya que Sax tiene que colgar sus garras medias por el costado y básicamente abrazar el trineo con el resto de su cuerpo. Sigue el ejemplo de Avan y mete su cola a su lado, con la punta cerca de su cabeza. Una mirada a Plake confirma que ella está en la peor posición; el volumen de Evva está presionando las extremidades emplumadas de Plake contra la nave, y la Vyphen está estirando su cuello tanto como puede para mantener sus ojos donde puedan ver.

—Las aerodeslizadoras están programadas para seguir la mía —anuncia Avan, su silbido aún débil por las heridas—. Solo tendrán que aguantar durante el viaje.

Sax se alegra de oír eso; no entrenan a los Oratus para ser pilotos, especialmente de pequeñas aerodeslizadoras. Bas ha pasado algo de tiempo con lanzaderas y similares, pero Sax prefiere centrar sus conocimientos en las armas y en cómo usarlas.

Con un zumbido sincronizado, las seis aerodeslizadoras se ponen en marcha con un poco de levitación, elevándose un metro sobre el suelo. Sax se agacha en la suya, mirando a través del parabrisas de cristal las lámparas púrpuras brillantes del pueblo mientras los microimpulsores aumentan su potencia.

—¡Toma aire profundo! —grita Avan por encima del zumbido.

¿Aire profundo? Sax abre sus conductos, aspira aire por instinto, y menos mal que lo hace, porque la aerodeslizadora se lanza hacia adelante con una velocidad cegadora un momento después. El parabrisas evita que el aire expulse a Sax, pero aun así clava sus garras con fuerza mientras las enredaderas pasan volando debajo de él.

La cálida luz de la estrella de Aspicis resulta ideal una vez que Sax se acostumbra a la velocidad vertiginosa de la aerodeslizadora, proporcionándole una vista clara de la vasta extensión esmeralda de enormes enredaderas ondulantes. Nubes nacaradas y niebla flotante interrumpen el horizonte cerúleo. Es hermoso, aunque Sax encuentra desconcertante la total ausencia de paisaje; no hay una sola colina o montaña que empuje las enredaderas hacia arriba, ni valles ni mesetas. Solo un dosel relativamente uniforme que se forma donde las enredaderas se vuelven demasiado pesadas para seguir empujándose hacia arriba.

Es un mundo completamente domesticado para adaptarse a la especie que lo posee.

Las aerodeslizadoras se mantienen fieles a su programación y todas vuelan en formación detrás de Avan durante lo que parece un largo tiempo antes de que el traidor empiece a reducir la velocidad. Entonces, Avan inclina su aerodeslizadora hacia adelante y se sumerge hacia lo que parece un denso grupo de enredaderas. Sax no espera el cambio y piensa en saltar para escapar del curso suicida, hasta que se acercan y se da cuenta de que es la luz jugando con sus ojos.

Las enredaderas no están tan cerca como parecían, y Sax, junto con los demás, atraviesa una serie de estrechos huecos, hasta llegar finalmente a una madriguera iluminada por los mismos globos de colores colgantes que el pueblo Flaum.

Mientras que aquel lugar albergaba familias y todas las piezas de una vida real y civilizada, este tiene la composición de un campamento militar. Las aerodeslizadoras se posan en el centro —donde hay muchas otras aerodeslizadoras descansando en el suelo— y Sax ve mesas talladas en enredaderas y escombros aleatorios cubiertos de armas, herramientas y Caches de repuesto, esos brazaletes de conocimiento que todo lo abarcan.

Hay terminales esparcidas por el lugar, colgando de conexiones improvisadas perforadas en las enredaderas. Sax sigue los cables y todos se deslizan hacia una placa circular —la única sección verdaderamente metálica en el suelo— que brilla ligeramente en naranja.

Mirando a los recién llegados hay un surtido de Flaum, por supuesto, pero también una variedad de otras especies. Ninguno de estos lleva uniformes del Coro, y la mayoría parece haber pasado mucho tiempo viviendo en los márgenes de la sociedad; pelaje remendado, cicatrices o incluso extremidades faltantes, ropa despareja que prioriza la función sobre la moda.

Y sin miedo.

Evva se ha encontrado una tripulación curtida, y la esperanza de éxito de Sax aumenta mientras se desenreda de la aerodeslizadora y da sus primeros pasos alrededor. Algo más delicioso que la papilla nutritiva se está cocinando en una hilera de parrillas a un lado, un Whelk verde lima cubierto con un delantal marrón sucio vigilando lo que presumiblemente es la cena.

—Bienvenidos a Quell —dice Avan una vez que el grupo baja de sus aerodeslizadoras—. Es lo más parecido a un hogar que encontrarán en este planeta. —El traidor —Avan nunca será otra cosa en la mente de Sax— señala alrededor del círculo, dando nombres básicos a lugares como la cocina, las duchas y varios espacios para planificación de misiones, ingeniería y más.

Quell está bien organizado, que es exactamente lo que Sax esperaría del campamento de Evva. Lo que no es, sin embargo, es lo suficientemente emocionante como para evitar que el agotamiento lo invada. Han estado en una carrera sin parar desde que saltaron lejos de Solis, lo que parece una eternidad.

Evva todavía necesita recuperarse, y no parecen estar bajo ninguna amenaza inminente, así que Sax obtiene indicaciones de Avan, luego él y Bas se abren camino a lo largo de un corto sendero a través de más enredaderas hasta un grupo de hamacas. Vienen en todos los tamaños y están hechas de piel de enredadera tejida y rígida.

—¿Crees que aguantarán nuestro peso? —silba Bas.

—Estoy dispuesto a intentarlo —dice Sax—. O dormiré directamente en el suelo.

Eligen las más grandes que están cerca una de la otra, luego se suben y se quedan dormidos —con las garras tocándose en el espacio entre ellas— con la suave brisa y los sonidos constantes de un campamento que se prepara para la cena.

La mañana encuentra a Quell y a su gente igual que cuando Sax se fue a dormir. No hay cambios en la luz, la temperatura, pero los olores son diferentes; principalmente, no hay rastro de comida cocinándose, ni olor a ozono de baterías siendo reparadas o conectadas a mineros. Cuando Sax entra al claro principal —Bas está aprovechando unos momentos más de descanso— hay un pequeño grupo de luchadores, todos armados y todos en silencio.

Evva también está allí, y levanta una garra delantera hacia su boca. Es una señal universal y una que Sax respeta, deslizándose bajo la cobertura de una enredadera cercana y conteniendo sus preguntas. Un momento después hay un fuerte zumbido que viene desde arriba, aullando como una abeja gigante y luego pasando casi tan rápido como llega. Solo cuando el sonido desaparece los luchadores se relajan, y Quell vuelve a sus peculiaridades normales.

—Peinan el planeta constantemente —dice Evva mientras se encuentra con Sax en medio del claro.

La gran Oratus roja, las cuatro letras de fuerza, liderazgo y compostura no parece muy afectada por su larga estancia en la inconsciencia. Sin embargo, Sax nota que parte del brillo se ha ido, Evva ya no está tan limpia ni pulida como cuando era comandante de un crucero Vincere. Sus escamas están a menudo rayadas, su cuello tiene un largo corte fruncido desde la cara hasta la parte superior del torso, algo que podría haberse curado en una nave Vincere pero que en su lugar se ha endurecido hasta formar una cicatriz.

—¿Ellos? —dice Sax.

—Los llamamos zumbadores —responde Evva, y ante la mirada interrogante de Sax, continúa—. No los he visto usar fuera de Aspicis. Buscan irregularidades en las enredaderas, en los pueblos, y catalogan cualquier cosa que destaque.

Tiene sentido que los Amigga dediquen recursos paranoicos a mantener su planeta como les gusta.

—¿No pueden detectar sus máquinas? ¿La energía?

—Si lo han hecho, no lo sabemos —dice Evva, luego señala con un gesto una placa metálica incrustada en el suelo—. La energía aquí no proviene de un generador. La robamos, como hacen los Amigga, del núcleo de Aspicis. Esto se conecta a una línea de transmisión, y extraemos lo que necesitamos.

—No parece que necesiten mucho —responde Sax, y luego mira fijamente a Evva. Hay una pregunta que ha estado esperando hacer durante mucho tiempo—. ¿Qué te dijo Avan que te hizo cambiar de opinión?

Evva resopla ante la pregunta, luego hace un gesto abarcando a los miembros del Quell que realizan su trabajo—. Ahora comprende que los Amigga no tienen interés en mantener esto vivo. Mantenernos vivos. Tan pronto como hayamos agotado nuestra utilidad, nos reemplazarán con la siguiente creación. Ya los encontró, ¿no es así?

—¿Los humanos?

—Avan me dijo que los Sevora habían enviado una de sus pocas naves semilla que quedaban a ese espacio, específicamente para la Tierra. La mente que él tomó tenía nociones de una especie creada allí, una que fracasó, pero que estuvo demasiado cerca como para abandonarla por completo —dice Evva—. Una destinada a asestar un golpe mortal a los Sevora, pero también a mantener a los Amigga alejados de nuestras garras letales si alguna vez nos volvíamos contra ellos. Necesitaba ver si Avan tenía razón.

—Así que nos enviaste a nosotros.

—Envié a los dos Oratus en quienes pensé que podía

confiar —dice Evva—. Cuando compartiste lo que descubriste sobre la especie, investigué más a fondo. Encontré la orden de eliminar a los humanos y el análisis que recomendaba una nueva versión, con cambios. El Coro no se detendrá, Sax, hasta que todos estemos pacificados o muertos. Los Amigga no están interesados en una galaxia compartida; la quieren para ellos mismos.

Uno de los miembros del Quell, el Whelk verde lima que ronda alrededor de las estufas como si fueran sus posesiones más preciadas, se acerca con un par de círculos verdes dorados. Le entrega uno a Sax, y Sax lo mira fijamente.

—Pasteles de enredadera —burbujea el Whelk—. Acostúmbrate a ellos.

La criatura se desliza después de que Evva toma su parte, y Sax da un mordisco. Es crujiente, el dorado le añade algo de sabor, pero por lo demás es un relleno insípido. Marginalmente mejor que la papilla nutritiva, pero Sax había esperado algo mejor. Ya no hay ningún lugar en esta galaxia que tenga buena comida.

—¿Qué sucede si ganamos, Evva? —dice Sax—. Cuando desmantelemos el Coro, destruyamos el Meridia?

—Primero, convencemos a los Vincere de que nos apoyen. Luego, presionamos para que representantes de cada especie se reúnan y redacten estatutos, como los que usa el propio Vincere. Con suerte, desde ahí, podremos encontrar un terreno común para comenzar una nueva civilización.

—He estado en lugares que se gobiernan a sí mismos —dice Sax—. Apenas sobreviven, Evva. Su gente lucha por la comida diaria, se destruyen entre sí por la más mínima ganancia. No hay una causa superior, ninguna gran visión por la cual esforzarse.

La *Estación Scrapper* y sus enredadas redes de poder, y la mezcla delirante de Rathfall de cacería, ganancias y castas de mineros de gas y ejecutivos permanecen firmemente en la mente de Sax.

—Al menos, de esta manera, tomamos esa decisión —dice Evva—. Puede que no sea mejor que ahora. Puede ser peor, pero al menos será nuestra decisión.

CAPÍTULO 13
A TRAVÉS DE LAS CALLES

UNA CIUDAD en ruinas se extiende ante nosotros hasta el horizonte. Las torres que una vez se alzaron como diamantes brillantes o afiladas lanzas hacia el cielo están rotas y ardiendo mientras los Vincere continúan su largo bombardeo desde el espacio. Los impactos caen como relámpagos, destrozando edificios o incinerando calles en fuegos instantáneos.

Excepto por una enorme estructura que se alza sobre las demás, una esfera cuya parte inferior desaparece en el suelo. Ahora nos dirigimos a toda velocidad hacia ella, pasando por intersecciones con otros tubos donde las plataformas pueden girar y serpentear hacia otros rincones de la ciudad o más allá.

Durante todo el trayecto nos movemos tan rápido que es imposible hablar; aparte del rugido del viento, lo único que puedo oír son mis propios pensamientos. A mi alrededor, los guardias Sevora permanecen erguidos, con la plataforma moldeándose alrededor de nuestros pies para mantenernos fijos a pesar de la velocidad. Sus ojos están fijos al frente, sus brazos relajados, como si los Sevora se hubieran resignado a su destino.

Me arriesgo a mirar atrás para ver cómo están los prisioneros, y son lo opuesto a los guardias. No están serenos, sino que se alejan de los bordes tanto como las plataformas se lo permiten. Se abrazan y se sostienen unos a otros, como madres e hijos, incluso entre diferentes especies. Supongo que el fin del mundo sería aterrador, incluso si el único mundo que has conocido ha sido uno horrible.

Adelante nos acercamos al borde de la ciudad, y esos destellos se hacen más brillantes. Desde esta distancia, puedo ver que la enorme esfera no sigue en pie porque Kolas no haya intentado derribarla, sino porque los destellos que la golpean se disipan contra lo que parece una burbuja invisible; un escudo, como el que usó nuestra nave, antes de que los cazas Sevora lo sobrepasaran.

Ese pensamiento me hace buscar más de esos cazas, y aunque hay muchas naves surcando el cielo, ninguna parece estar patrullando, sino más bien dirigiéndose rápidamente hacia un destino u otro. Incluso mientras miro, un par de naves chocan entre sí al intentar evitar un disparo orbital, y sus restos caen como lluvia de metralla sobre las avenidas de la ciudad.

La plataforma se estremece cuando entramos en el paisaje urbano, y mis ojos se dirigen bruscamente hacia adelante. Es un tiro directo desde aquí hasta la esfera, y me doy cuenta de que ese enorme edificio debe ser el cuartel general de Nasiya, ¿y qué mejor lugar para mantener tu última vía de escape que tu hogar?

También estoy lista para ello. Lista para la pelea. Mi máscara tiene dos mineros, dos espadas de filo que me resultan mucho más cómodas, y tengo la puntería de Viera y un par de Oratus muy letales listos para derramar más sangre.

Para lo que no estoy preparada es para un segundo temblor, más largo. Uno que me empuja de lado a lado y hace que todo el tubo se sacuda antes de estabilizarse. Un edificio ya dañado por las explosiones frente a nosotros y a la derecha se inclina hacia un lado y se derrumba. Al principio, pienso que debe ser un terremoto —algo que teníamos de vez en cuando en casa—, pero una forma en el rabillo del ojo me hace mirar más detenidamente.

La luna de Vimelia es una gran mancha gris. La primera vez que vine a este planeta, noté que su círculo se parecía al nuestro, pero ahora es algo estirado, como si alguien tirara de su lado derecho, causando que se deforme. Y se está estirando hacia Vimelia, la parte distorsionada expandiéndose en una fantasmal pizarra blanca mientras la luna se acerca al planeta.

Se nos acaba el tiempo.

Un destello brillante rompe el miedo helado de lo que significa una luna que se estrella, y el repentino tirón de la plataforma me hace girar hacia adelante, sujetándome a la barandilla blanca alabastro mientras nuestra velocidad disminuye. El tubo frente a nosotros está en llamas, partido en dos por una explosión desde arriba. La plataforma no se está deteniendo lo suficientemente rápido tampoco; nos estamos acercando y estamos a una docena de metros sobre el suelo.

—¡Viera! —grito mientras el rugido del viento de nuestro viaje muere junto con nuestra velocidad—. ¡Bájate de la plataforma!

—Sería una buena idea si nos moviéramos también —dice T'Oli, el Ooblot sellado firmemente a mi espalda.

Pero nuestros pies están sellados. Intento moverme,

intento alejarme mientras la plataforma se desliza por el túnel cristalino hacia la abertura dentada. Estoy mirando mis pies, tratando de levantarlos, cuando una garra de escamas verdes baja y me libera cortando.

—¡Ve! —sisea Lan mientras continúa cortando para liberar a los otros en nuestra plataforma, incluso a los Sevora.

Me echo hacia atrás, tratando de alejarme, cuando las cosas se mueven bajo mis pies, cuando mi estómago da un vuelco mientras la gravedad se apodera de mí.

Estoy cayendo.

La plataforma se aleja bajo mis pies y salto, alcanzando a Malo, que está fijado a la segunda plataforma, y mi guerrero, mi general, logra atrapar mi mano con la suya. Me quedo colgando por un momento, sintiendo sus cálidos dedos sobre los míos, sus ojos cansados y rojos, la boca arrugada por el esfuerzo de sostenerme, y entonces nos precipitamos.

Y aterrizamos en un ardiente desastre lechoso. Golpeo, y mi espalda explota en dolor por los moretones, pero estoy amortiguada, como si golpeara una masa pesada de agua. Luego reboto, rodando sobre la dura calle entre cenizas ardientes y llamas parpadeantes, el estado final del bombardeo de Kolas. Malo está a mi lado, y me lanzo sobre él inmediatamente, alejando las escamas ardientes de su piel. No tiene máscara, no tiene protección.

Solo cuando he limpiado al guerrero miro alrededor a los grupos en cascada de personas y plataformas cayendo a nuestro alrededor. La mirada me proporciona la razón por la que estoy viva: las plataformas, cuando golpean el suelo después de la caída, pierden su forma, convirtiéndose en su lugar en suaves almohadas gelatinosas. El amortiguamiento es lo suficientemente amplio para evitar que la mayoría caiga uno sobre otro, aunque los grupos de prisioneros no tienen tanta suerte. La mayoría está rodando por el suelo o yaciendo inmóvil.

—Sobreviviste —dice Viera mientras cojea hacia Malo y yo.

—Una de los pocos, aparentemente —digo, mirando más allá de la Lunare.

Ambos Oratus parecen estar bien, como si la gran caída no hubiera sido más que un salto normal para ellos. Lo cual, tal vez lo sea. Los primeros guardias Sevora también parecen estar bien, de pie agrupados a un lado, aunque sus rostros peludos están tensos por el dolor.

—Parece que nuestro rescate no va tan bien —Viera se une a mi inspección.

—Les dimos una oportunidad —declara T'Oli—. Es mejor de lo que tenían.

El Ooblot no está equivocado, y no voy a arruinar la poca oportunidad que nos queda al resto esperando en la avenida.

—¡Vámonos! —grito, llamando la atención de quienes pueden oírme—. ¡No tenemos mucho tiempo! —Ayudo a Malo a levantarse del suelo, notando que el guerrero respira con dificultad—. Vamos, Malo. Es solo otro día más para nosotros, ¿verdad?

—Solo otro día más —repite el guerrero, dedicándome una leve sonrisa—. Te extrañé, Kaishi.

Le devuelvo una sonrisa cansada y desgastada. —Yo también te extrañé.

Los escombros a nuestro alrededor hacen que este sea un mal momento para compartir emociones, ya que aparte de las plataformas suaves, la intersección que se ha convertido en nuestro punto de aterrizaje está llena de víctimas ardientes del bombardeo de Kolas. Por encima y alrededor nuestro se alzan los restos del tubo de transporte y las estructuras desnudas de los edificios con los vidrios reventados o derretidos de sus ventanas.

El cielo, noto, se está volviendo cada vez más anaranjado, y aunque no puedo ver la luna desde donde estoy, mi intuición me dice que nuestro tiempo está por acabarse.

Los que aún están vivos y pueden moverse forman un grupo tambaleante que camina bajo el tubo de transporte hacia la gran esfera. Antes, en mi primer viaje a Vimelia, la mayoría de las calles estaban desiertas, con las multitudes eligiendo aglomerarse en los tubos de transporte o naves que se desplazaban por la superficie. Caminar no es lo suficientemente eficiente para los Sevora, aparentemente. Ahora, sin embargo, con toda la normalidad hecha pedazos, los Sevora en pánico se unen a nuestro variopinto grupo de heridos en recuperación, guardias Sevora, humanos y Oratus. Muchos, con sus anfitriones, echan un vistazo a Lan y Gar y asumen que somos un grupo de asaltantes y corren en dirección contraria, gritando advertencias al viento. Otros esperan que los Vincere no disparen contra los suyos y confían sus vidas a nuestro grupo, uniéndose como rezagados detrás, donde Gar los vigila con sus dientes al descubierto.

—Tengo que decir que esto es como un sueño hecho realidad —dice T'Oli mientras caminamos por la calle devastada—. He querido ver arder Vimelia durante mucho tiempo.

—¿Con tú todavía en ella?

—No puedo dejar que lo perfecto sea enemigo de lo bueno, Kaishi.

—El Ooblot está perdiendo la cabeza —dice Viera detrás de mí—. Me sorprende que un charco viviente haya mantenido la cordura tanto tiempo, la verdad.

—Estoy mucho más cuerdo que cualquier humano —responde T'Oli.

—Los dos están locos por lo que a mí respecta —digo, agachándome bajo una ancha viga metálica que ha caído, atravesando toda la calle de un lado a otro.

Quiero moverme más rápido, pero forzar a los Sevora a correr significaría abandonar a los prisioneros, y alguien tendría que cargar a Malo. Las miradas a la luna cuando las ruinas lo permiten parecen mostrar que nuestra perdición avanza lentamente, pero claro, nunca he presenciado una aniquilación planetaria antes.

—Malo, ¿qué te hicieron? —pregunta Viera a nuestro amigo guerrero rescatado.

—Todo, y nada —responde Malo—. Poca comida, muchas preguntas. Intentos de infectarme.

—¿Funcionó?

Malo hace una combinación entre risa y tos. —Estoy aquí, pero cada vez que fallaban, lo intentaban de nuevo. Hasta que llegaron los Vincere.

Aprieto los puños. Recuerdo eso, cuando los familiares en la estación espacial *Cobalt* sacaron al Sevora de mi cabeza, y luego lo dejaron volver después de que yo hubiera echado un buen vistazo. Decir que esa experiencia fue desagradable sería quedarme corta. Decir que he tenido más pesadillas de las que puedo contar...

—Hemos llegado —anuncia uno de los guardias Sevora, y levanto la vista lo suficiente para darme cuenta de que sí, estamos casi al pie de la esfera.

De cerca, es más grande de lo que pensaba, y parece estar cubierta por filas y filas de listones oscuros que brillan bajo la luz del día. A nivel del suelo, la curva circular se funde con el paisaje como una montaña, una transición suave hacia un patrón de piedras irregulares debajo. En el patio hay postes adornados con estandartes que muestran a Nasiya y su anfitrión Oratus, aunque la mayoría están doblados y quemados en cierto grado, incluso si la esfera en sí parece intacta.

Mientras observamos, otro rayo desde arriba golpea la esfera y activa el escudo, la ligera onda azul cascadeando alrededor de la estructura y desvaneciéndose hasta desaparecer.

—¿Funciona la puerta principal? —pregunta Viera, señalando con su minero hacia una línea de listones a nivel del suelo colocados verticalmente en lugar de hacia un lado.

Cada uno de estos tiene una línea salpicada de luces verdes alrededor del exterior. Parece lo suficientemente amigable, pero cuando ninguno de los guardias Sevora responde a la pregunta de Viera, la repito.

—No lo sabemos —responde el que ha estado hablando, con su pelaje Flaum rojo y marrón chamuscado por el accidente—. Nasiya y su facción nunca han sido nuestros amigos, nunca hemos estado aquí.

—Ahora están invitados —dice Viera—. Pónganse en marcha.

Asiento, respaldando la orden. Los guardias se miran entre sí, dudando, hasta que Viera levanta sus mineros hacia todos ellos. Lan secunda la amenaza con un siseo.

Si la base de Nasiya tiene algún tipo de defensa, mejor que los Sevora la activen que uno de nosotros.

Pero no hay explosión, ni dispersión de partes de Sevora y Flaum cuando el quinteto se acerca a los listones. Más bien, cuando se acercan, esas luces verdes parpadean y todos los listones se deslizan hacia un lado, abiertos y libres.

—Bueno, eso es decepcionante —dice Viera junto a mí.

—Aún podríamos necesitarlos —respondo.

—Dijeron que nunca han estado dentro —interviene

T'Oli—. Su utilidad para la misión probablemente sea mínima en este punto. Sería más seguro eliminarlos.

Los cinco guardias tienen la espalda vuelta hacia nosotros, al menos hasta que su líder mira alrededor para ver si vamos. Estoy de pie con Viera y Malo a mi izquierda, Lan a mi derecha, unas dos docenas de prisioneros al azar, Gar y su séquito de Sevora rezagados. Viera podría acabar con los cinco guardias, no tengo duda.

—Todavía no —digo—. Aún podemos usarlos como cebo.

¿Por qué estoy manteniendo vivos a los Sevora? Tal vez sea porque estamos rodeados de tanta muerte que no puedo obligarme a ordenar más ahora mismo. Tal vez sea porque estos cinco probablemente van a morir más tarde, de todos modos, por las garras de Lan.

Y si espero hasta entonces, no seré responsable.

—Lo que tú digas, Emperatriz. —Viera baja sus mineros—. ¿Supongo que eso significa que vamos a entrar?

—Sí —respondo—. Armas listas. No tenemos idea de lo que está pasando dentro.

Cuando atravesamos los listones, sin embargo, está claro que nos hemos perdido el evento principal. El cuartel general de Nasiya se abre con un vestíbulo monstruoso que se eleva más alto que nuestros Niveles en casa, más alto que el tubo de transporte. También está lleno de color, aunque estos murales no cambian y son, en lugar de pinturas dispersas, imágenes perfectas de varios planetas. El vestíbulo mismo se organiza como una versión en miniatura del edificio en el que está: paredes curvas que terminan en un techo abovedado, del cual cuelgan esas imágenes como estandartes.

A lo largo de las paredes, también fluyen ríos sellados con vidrio del líquido púrpura como tinta que recuerdo bien desde la primera noche que encontré a los Sevora estrellados en mi hogar en la jungla. Los ríos están espaciados y se unen en piscinas a ambos lados del centro plateado, un espacio que podría ser hermoso si no fuera por todos los cadáveres.

Todas las especies que puedo nombrar están representadas entre las bajas, desde el lodo carbonizado y colorido de los Whelks hasta los caparazones rotos de los Teven. El pelaje de los Flaum abunda, y algunos trozos todavía arden.

—Esta fue una gran batalla —dice T'Oli.

Espero el comentario mordaz de Viera, pero por una vez no dice nada mientras caminamos por el cementerio. Incluso la Lunare está silenciada por la vista.

—Una que me alegro nos perdimos —digo finalmente, luego me dirijo a Lan—. ¿Dónde crees que Nasiya tiene su nave?

—En la cima —sisea Lan—. Donde Nasiya pasa la mayor parte del tiempo.

La idea tiene sentido: mantener la vía de escape donde vas a estar.

—Hay un ascensor aquí atrás —dice Viera, que ha seguido caminando mientras hablo con la Oratus—. Aunque será un ajuste apretado para todos.

—Entonces enviemos primero a los más importantes —me dice Lan, y sé lo que está sugiriendo.

Este es el momento de deshacernos de los aprovechados, los parásitos y los Sevora. Miro a los prisioneros. Los que han llegado hasta aquí parecen tener los ojos fijos en los cadáveres, y estoy segura de que se están imaginando en ese papel.

—Entonces enviaremos el ascensor de vuelta —digo—. Para el resto de ellos.

Lan asiente, y en unos segundos más hemos reunido al

equipo de ataque estelar: Malo, Viera, yo y T'Oli, y los dos Oratus. Nadie cuestiona el arreglo, porque somos los únicos con armas.

Viera tiene razón; el ascensor no está diseñado para un grupo de Oratus, pero resolvemos el rompecabezas y logramos meter a todos en la plataforma blanca. Mientras entramos, otro temblor sacude el suelo, este más largo y profundo que los anteriores, provocando algunos chillidos agudos de los prisioneros acurrucados en el vestíbulo.

—Esperemos que hayan construido bien este lugar —dice Viera.

—Es el edificio más fuerte del planeta —responde T'Oli—. El Amanecer de la Claridad intentó agrietarlo muchas veces, incluso intentó usar explosivos alrededor de la base. Nada, y perdimos algunas buenas almas en eso.

Podríamos perder algunas buenas almas en esta también, pero la plataforma no será donde eso suceda. Después de que todos estamos a bordo —Malo adopta una pose verdaderamente agotada, desplomándose en el suelo de la plataforma— T'Oli y yo configuramos el destino en el panel del ascensor. Hasta la cima.

—¿Qué creen que harán esos guardias ahora que nos hemos ido? —pregunta Viera mientras el ascensor comienza su ascenso—. ¿Volverán a tomar prisioneras a esas especies?

—No tienen armas —respondo—. ¿Qué importa? Nada aquí va a durar mucho de todos modos.

—Espero que peleen entre ellos —sisea Gar—. Esa sería una mejor manera de morir que por la caída lunar.

—¿Caída lunar? —capto la palabra—. ¿Tienen un término para esto?

—Aunque esta tecnología es nueva —sisea Lan—, se ha intentado la destrucción planetaria más gradual antes. Realizar una caída lunar puede ayudar a romper un mundo helado, agregar tierra a un planeta más pequeño o dar acceso a minerales difíciles.

Sacudo la cabeza. Una vez más, esta galaxia está demostrando ser un lugar mucho más allá de lo que creía posible.

Por ahora, sin embargo, el ascensor está desacelerando y el panel está pitando que estamos a punto de llegar a nuestro destino, lo que significa que es hora de ver si esta pelea todavía está sucediendo, o si Nasiya ya se ha ido.

Lo que significa que estamos muertos.

CAPÍTULO 14

SURFEANDO EL CIELO

LA VERDADERA SORPRESA llega más tarde, después de que Sax y Bas han comido y se han acostumbrado a Quell y a su funcionamiento. La base no tiene mucho que ofrecer, aunque Nobaa y Engee inmediatamente se fascinan con las terminales y las líneas principales que Quell ha logrado interceptar.

—¿Así que tenemos acceso a sus datos logísticos? —Sax oye exclamar a Nobaa en un momento.

Sax no es tan pesimista como para creer que tal conocimiento no sea útil, pero el Quell de Evva no está construido para sobrevivir a una larga guerra de desgaste. No hay suficientes combatientes aquí, por un lado, y, según Evva, solo tienen algunas otras casas seguras. Es decir, si el Coro encuentra esta base, toda la iniciativa está condenada antes de que realmente comience.

Así que cuando otra nave desciende hacia la base con un Flaum familiar pilotándola, Sax siente el primer verdadero atisbo de esperanza desde que llegó a Aspicis.

Coorvin, con su pelaje negro ceniza luciendo mejor de lo que Sax jamás lo ha visto, baja de la nave y es rodeado por una multitud de miembros de Quell que le preguntan sobre esto y aquello. Sax, sin embargo, se dirige a Plake con una pregunta diferente.

—¿Cómo lo trajiste aquí? —Sax asume que la Vyphen es responsable de alguna manera, y el encogimiento de hombros de Plake confirma que no está equivocado.

—No fue difícil —dice Plake—. Coorvin tiene un motivo para estar aquí: estaba en el *Cobalt* cuando explotó, y el Coro quería hablar con él al respecto. También es Flaum, lo cual, si no te has dado cuenta, es prácticamente un requisito para entrar en este planeta. Así que contactó con los Vincere en Rathfall, dijo que lo habían secuestrado y necesitaba una extracción. Vinieron a buscarlo y lo trajeron aquí.

—¿Y escapó?

—Si es que siquiera intentaron retenerlo —Plake le da a Sax una mirada escéptica—. ¿Tú dedicarías mucho esfuerzo en mantener a un Flaum encarcelado si no hay evidencia en su contra?

Sax piensa que probablemente él evisceraria a la criatura si hubiera una posibilidad de que pudiera hacerle daño, pero probablemente no sea apropiado decirlo, así que está de acuerdo con Plake.

Coorvin, sin embargo, hace que el Coro pague por su ignorancia; mientras estuvo en la Meridia, la vasta construcción que se eleva desde la superficie de Aspicis hasta casi el espacio, el Flaum tomó notas detalladas sobre cómo el Coro mantiene su seguridad funcionando. Es un sistema complejo: muchos guardias, códigos de acceso y accesos temporizados, más cuanto más alto subes. Para siquiera entrar por la entrada principal, tendrían que pasar un escáner biométrico exclusivo para Amigga.

Con cada observación sobre la seguridad impenetrable de la Meridia, Sax ve cómo la moral se desinfla entre los presentes. Una cosa es creer en una causa cuando hay una posibilidad, y otra muy distinta seguir creyendo cuando el fracaso es una certeza.

Coorvin, sin embargo, los mantiene en suspenso hasta el final, donde les da un poco de esperanza: aunque los ascensores están escalonados, por lo que nadie puede subir directamente hasta arriba, aunque las medidas de seguridad son enormes, una vez dentro de la Meridia una fuerza insurgente sería difícil de derrotar. La clave está en entrar en la base de la torre.

—Los niveles están abarrotados, con puntos fáciles de defender —concluye Coorvin—. Tendrán que encontrar formas de trabajar con los ascensores, pero una vez dentro, deberían poder subir a los niveles superiores. El punto más difícil es la entrada. Tienes que ser un Amigga para entrar, o estar con uno. Y a menos que algo haya cambiado, no tenemos un Amigga de nuestro lado.

—No necesitamos uno —interviene Engee—. Los escaneos biométricos pueden ser burlados. Si podemos tener acceso al escáner, o al control...

Coorvin asiente. —También pensé en eso, pero no podía empezar a hacer preguntas sobre eso sin parecer sospechoso.

—Puedo hacer una suposición —dice Evva, sus ojos ordenando al resto de las fuerzas de Quell que vuelvan a su trabajo—. Los Vincere tienen un protocolo para seguridades sensibles, uno que apostaría que el Coro sigue: nunca mantener el control junto a su objetivo.

Sí. Sax conoce esta: es por eso que cada nave Vincere tiene su puente lo más lejos posible de sus partes más vulnerables, los motores. Es por eso que la fuente de energía que gobierna esos mismos motores está alojada en una parte diferente de la nave, destinada a forzar a un equipo de ataque a atravesar toda la nave antes de que pueda obtener acceso completo a sus sistemas.

—¿Crees que el control de la seguridad de la Meridia está fuera de la propia Meridia? —dice Coorvin.

—La Meridia es un objetivo gigante para cualquiera que busque atacar Aspicis —dice Evva—. El Coro tiene a los Vincere, la fuerza militar más fuerte de la galaxia de su lado, lo que significa que cualquier ataque tendría poco tiempo para tener éxito. ¿Te arriesgarías a que una sola incursión concentrada pudiera romper tu sistema y llegar a la cima, solo porque guardaste tus propias llaves en el mismo lugar?

—Si los controles del escaneo biométrico están en otro lugar —dice Bas—. ¿Entonces dónde?

—¡En el lugar con menos probabilidades de fallar! —dice Nobaa—. Tus sistemas vitales deberían estar donde haya menos posibilidades de que se interrumpan, y eso significa energía.

Todas las miradas se dirigen a la placa metálica. Energía del núcleo del planeta: incesante e ininterrumpible.

El plan fluye rápidamente a partir de ahí; Nobaa y Engee se encargan de diseñar un programa de evasión, uno que debería hacer que el escaneo biométrico vea cualquier especie como la correcta, no solo Amigga. Sax y los demás usan las terminales de Quell para tener una buena idea del objetivo.

Cavignum: la planta de energía más grande de Aspicis, la más cercana a la Meridia. Una construcción masiva que, en esencia, está construida alrededor de un gigantesco agujero perforado profundamente en el planeta. La estructura absorbe el calor que emana del núcleo de Aspicis y lo utiliza para generar la energía que alimenta la Meridia, que carga un cuarto del planeta entero.

Por esa razón, Cavignum está muy bien defendida. Las

pocas imágenes que pueden obtener dejan claro que hay torretas terrestres y aéreas, abundantes guardias y todas las medidas de seguridad habituales como puertas cerradas, secciones que pueden aislarse y más. Todo esto se combina con el hecho de que, momentos después de que comience un ataque, un flujo interminable de refuerzos mortíferos está a solo minutos de distancia.

A menos que sea con una bomba orbital, Sax no está seguro de cómo van a entrar. Especialmente cuando Nobaa y Engee dicen que necesitarán llegar a la terminal correcta en la propia central eléctrica.

—No es tan simple como solo ejecutar el programa —dice Nobaa—. Necesitamos acceder al sistema de escaneo biométrico. Literalmente entrar en su funcionamiento y cambiar lo que hace. Eso no se puede hacer de forma remota, al menos no que podamos ver.

—Así que tenemos que llevarlos a ustedes dos a la central —dice Evva—. ¿Y dejarlos allí el tiempo suficiente para ejecutar su programa, y luego sacarlos?

—Eso serviría. Por supuesto, no hay forma de saber con certeza cuánto tiempo podría llevar. El sistema podría ser fácil de hackear y estaríamos listos en unos minutos. O podría llevar un día.

—Eso no va a funcionar.

La discusión fluye y refluye a partir de ahí, eventualmente llevando a Sax cerca de la locura. Hay demasiadas variables en juego, demasiadas incógnitas para hacer un plan capaz de tener éxito. Lo que realmente necesitan es más información. Lo que no tienen es tiempo para reunirla.

Esa desesperación fuerza un compromiso: Nobaa y Engee, junto con su programa, intentarán acercarse lo más posible a Cavignum para que cuando Sax, Bas, Plake y Agra-Red encuentren una forma de abrirlo, los dos Teven

puedan aprovecharlo. Evva, Avan y el resto de Quell trabajarán en crear distracciones y, si es posible, prepararse para
atacar la Meridia una vez que los dos Teven abran la puerta
principal.

Es un plan suelto y fracturado con muchos huecos.
También es el único plan que tienen.

Así que Sax, Bas y Plake abordan las aeronaves poco
después. Coorvin tiene un contacto para ellos, alguien que
debería poder acercarlos a la central eléctrica, si no llevarlos
dentro. El problema, como señala Coorvin, es que este
contacto opera únicamente por codicia.

Tendrán que convencerle de que derribar al Coro
aumentará sus ganancias.

Coorvin entrega las coordenadas y Sax, Bas, Plake y
Agra-Red las introducen en sus aeronaves. Sus mineros han
estado cargándose toda la noche, están equipados con armas
y provisiones, y tanto Sax como Bas tienen sus máscaras
puestas y listas.

Es lo más preparado que Sax ha estado en mucho
tiempo y sus garras están ansiosas por aprovecharlo.

Plake se ofrece a tomar la delantera, y enlazan su aeronave al Vyphen para que cuando ella comience su ascenso,
el vehículo de Sax se eleve con el suyo. Echa un vistazo
hacia abajo a la base de Quell y nota que ni una sola alma
está ocupada observándolos; todos están preparándose para
sus propias misiones.

Como debe ser.

Su objetivo es una ciudad, una de las pocas en el
planeta que no está directamente conectada a la Meridia.
Llamada Terrodyne, es el centro manufacturero del planeta.
Cavignum alimenta todas esas fábricas, construida alrededor de un agujero perforado hasta el núcleo del planeta.

Ubicada muy al norte de su ubicación actual, será un largo viaje.

Mientras las aeronaves aceleran, Sax coloca su cabeza bajo el parabrisas, donde el ruido del aire que corre disminuye y es posible —apenas— hablar. Plake va al frente mientras atraviesan las enredaderas, liderando una formación de diamante con Agra-Red como punto trasero. Frente a Sax, puede ver a Bas, agachada como él, luciendo hermosamente rosada bajo la luz brillante.

Es un viaje tranquilo. No hay señales de tormentas, y las interminables enredaderas debajo de ellos se interrumpen ocasionalmente para mostrar vías de tren magnético o señales de pequeños asentamientos. Sax casi lo llamaría agradable, excepto que se vuelve aburrido. No hay nada que hacer excepto sentarse y contemplar la misma vista mientras pasan los minutos.

—Ojos arriba —la voz de Plake vibra a través del pequeño intercomunicador de la aeronave—. Tenemos aeronaves acercándose desde la izquierda, y parece que vienen a interceptarnos.

Sax intenta mirar en esa dirección, pero Bas se interpone entre él y la vista. Levantar la cabeza demasiado alto podría hacer que Sax saliera volando de la nave, así que tiene que confiar en lo que el Vyphen puede ver.

—Están armados —sisea Bas—. ¿Tenemos algún arma en estas cosas?

—No veo ninguna —dice Agra-Red, y Sax sisea en acuerdo.

No hay nada en su aeronave excepto el par de palancas para controlar la inclinación de la nave, la derecha con un gatillo para acelerar y la izquierda para frenar. Una pequeña pantalla en el parabrisas muestra coordenadas contra un mapa geográfico del mundo, resaltando la ruta hacia su destino. No hay señal de un sistema de armas, de escudos, o cualquier cosa de relevancia para el combate.

—Entonces tendremos que superarlos volando —dice Plake—. Voy a desvincularnos. Si algo sale mal, reúnanse en el objetivo como puedan.

—No guíen al enemigo hasta allí —dice Sax—. La misión por encima de uno mismo.

No habría dicho esas palabras si solo estuvieran él y Bas aquí, pero Plake y Agra-Red son mercenarios. No se puede confiar en que hagan el sacrificio.

—¡Desvinculados! —dice Plake y Sax inmediatamente se siente suelto en la aeronave.

Se está desviando hacia la derecha, porque Sax está inclinado hacia ese lado. El Oratus se estabiliza, la aeronave ayudando muy ligeramente a mantener a Sax nivelado. Se empuja hacia la izquierda, luego de nuevo hacia la derecha, sintiendo cuánto tiene que moverse para hacer girar la aeronave. Luego tira de las palancas hacia atrás, enviando la aeronave en ángulo hacia arriba, por encima de los otros tres.

Ahora Sax tiene una vista clara de la persecución: media docena de aeronaves acercándose por segundo. Están en dos líneas desiguales, una formación en W, y se dirigen hacia el liderazgo de Plake. El ascenso de Sax lo coloca detrás de su propio grupo, lo que le da al Oratus la oportunidad de tomar la iniciativa.

Sax se inclina hacia la izquierda y empuja las palancas hacia abajo, dirigiendo la aeronave en picada hacia el grupo que se aproxima.

—¿Qué estás haciendo, Sax? —pregunta Agra-Red—. ¿Tratando de que te maten?

—Tal vez —es todo lo que Sax se molesta en responder.

Se lanza hacia las aeronaves que se aproximan, y Sax ve

que todas están pilotadas por Flaum que visten los mismos uniformes azul profundo del Coro, incluyendo cascos gruesos con viseras. No son élite, entonces. No esperan resistencia como esta. Cada aeronave, sin embargo, parece tener un par de mineros de asalto atados al frente, sobresaliendo como agujas.

Sin embargo, no los toman desprevenidos. Cuando Sax se acerca, los esquifes del Coro se dispersan; algunos se dirigen hacia arriba, otros hacia la derecha para pasar por debajo de Sax, y el último par reduce su aceleración bruscamente para evitar que Sax los impacte.

Una táctica que funcionaría, si no fuera por la cola de Sax. El Oratus aumenta su velocidad al máximo, se inclina fuertemente hacia la izquierda, tira de las palancas para hacer pasar su esquife sobre los dos que están frenando. Los Flaum miran hacia arriba justo a tiempo para ver al Oratus, con su esquife inclinado sobre su lado izquierdo, golpear con su cola al primer Flaum en pleno rostro.

El impacto produce ondas de dolor a lo largo del cuerpo de Sax y lanza el esquife en un bamboleo que hace que Sax gire sobre su segundo objetivo. Aparentemente, ir a tanta velocidad y golpear otro objeto no es para lo que están hechas las colas de los Oratus. Sin embargo, Sax logra girar a la izquierda de nuevo y dar la vuelta a tiempo para ver cómo los resultados de su golpe florecen en una bola de fuego naranja debajo.

—¡Esquiva a la derecha! —grita Plake por el intercomunicador y Sax cambia su peso mientras un fuego azul-blanco atraviesa donde habría estado.

Hay dos opciones aquí: Sax puede concentrarse en evadir la persecución, o encontrar un objetivo y, al atacarlo, esperar perder esa persecución. Sax, por supuesto, elige la segunda.

Como ya está esquivando hacia la derecha, Sax se inclina en el giro, dando la vuelta y poniéndose en curso de colisión con el segundo esquife que falló durante su primer ataque con la cola. Ese esquife apenas está acelerando, y el Flaum no tiene tiempo de reaccionar cuando el esquife de Sax se dispara hacia él. Sax solo logra tirar de las palancas hacia atrás en su vehículo, inclinando la nariz hacia arriba justo cuando golpea el esquife del Coro.

El casco más duro de Sax atraviesa el parabrisas del otro esquife, incluyendo al Flaum detrás de él. El impacto acaba con su enemigo como era de esperar, pero un par de luces rojas parpadeantes y una lluvia constante de chispas desde el frente del esquife de Sax indican que no salió exactamente ileso. De hecho, su esquife parece estar en un descenso constante y gradual, y esas enredaderas no están demasiado lejos.

—Voy a necesitar un nuevo impulsor —sisea Sax, aunque al menos el fuego enemigo ha desaparecido.

Aparentemente todos pueden ver que Sax ya no es una amenaza; el Oratus envía su esquife hacia la izquierda, girando en espiral su descenso, y se encuentra con un remolino de pelea; Agra-Red se zambulle y gira frenéticamente mientras un par de esquifes se aferran a su cola, llenando el aire con láseres. Bas parece tener una ventaja momentánea sobre su oponente, superando al Flaum a través de un giro cerrado y colocándose detrás, aunque Sax no está seguro de qué hará, dado que sus esquifes no tienen armas.

Plake, sin embargo, tiene a su objetivo en la mira, y sostiene firmemente un minero en su mano derecha. Está disparando por encima de su parabrisas, aunque cada vez que levanta el arma, el viento parece desviar su puntería.

En total, la victoria dos por uno de Sax es lo mejor que tiene el grupo en este momento. También le ha conseguido algo de aislamiento, así que lo aprovecha. En lugar de mantener el impulso hacia adelante, que fuerza al esquife a zambullirse, Sax activa los frenos de aire y bloquea las palancas en posición de flotación. El esquife no está perfecto aquí —esos propulsores frontales muertos significan que Sax todavía se está hundiendo en ángulo— pero ahora está lo suficientemente estable para sacar sus mineros.

—¡Alinéenlos para mí! —grita Sax por el comunicador.

Agra-Red aprovecha primero, balanceando su esquife ahora humeante y chispeante en línea por encima del ángulo de tiro de Sax. Como Sax está bajo, los Flaum del Coro no lo ven, continuando su persecución en línea recta tras el Whelk. Sax mantiene presionados sus gatillos, deja que la energía del minero fluya libremente, y dispara una serie de tiros en staccato al esquife más cercano, haciendo rebotar los rayos en la parte inferior de la nave.

Los disparos derriten los micropropulsores, dejando al Flaum en un esquife que no tiene impulso hacia arriba. La criatura es lo suficientemente inteligente para darse cuenta de que no sobrevivirá aquí y da un giro brusco para salir de la pelea, dejando a Sax apuntar al segundo.

Solo que este Flaum no es ajeno a lo que le ha pasado a su amigo, y está dando un giro hacia arriba y por encima, volteándose en picada hacia Sax. El Oratus levanta sus mineros para recibir al esquife descendente y sus dos cañones pesados. No hay esperanza de ganar este tiroteo, pero Sax aprieta los gatillos de todos modos.

Los rayos del Flaum rocían alrededor de Sax, golpeando el esquife. Los propios disparos de Sax se entierran en el frente de su objetivo, y entonces Sax salta, porque quedarse significaría la muerte. Mientras Sax vuela, gira, mantiene sus mineros enfocados, y vierte láser en el enemigo descendente. Su propio esquife explota, sobrecalentándose en una mini-nova, seguido momentos después por un segundo esquife humeante y ardiente mientras Sax derrite su objetivo hasta el punto de no control.

El Oratus, sin embargo, está ahora en caída libre, precipitándose el resto de la distancia hacia las enredaderas. Sax tiene tiempo suficiente para tomar un respiro, para pronunciar un nombre.

Hay entonces una punzada de dolor, y el mundo se oscurece.

EL ASCENSOR se abre a un vestíbulo superior que quizás fue hermoso en algún momento, pero que ahora es un desastre de muebles destrozados, con un gran agujero roto donde creo que alguna vez hubo una puerta. Las paredes coloridas —azules brillantes y amarillos— del atrio redondeado están marcadas por quemaduras, y la luz de arriba, un tono bronceado que proviene de una esfera completa y de alguna manera intacta que cuelga del techo, baña la escena en un resplandor nebuloso, como si estuviéramos entrando en un recuerdo y no en el presente mortal.

—Parece que llegamos un poco tarde a esta fiesta —dice Viera mientras salimos del ascensor.

—Desafortunadamente —añade Gar.

—Prefiero no recibir disparos —digo. Tan pronto como todos salimos del ascensor, sus puertas se cierran detrás de nosotros y comienza su descenso. Pronto tendremos prisioneros y más Sevora llegando aquí arriba—. Sigamos moviéndonos, antes de que esto se complique. Viera, Gar, ustedes dos tomen la delantera.

Lo que me deja con Malo, y Lan cubriendo la retaguardia. Calculo que tener un Oratus a cada lado nos mantendrá más seguros, especialmente mientras avanzamos desde el atrio hacia un pasillo ancho —lo suficientemente grande para los lagartos de cuatro garras— con muchas habitaciones laterales. Hay más evidencia aquí de una batalla arrastrada, con quemaduras de mineros grabando patrones entrecortados en los lados, suelo y techo a nuestro alrededor.

Algo más grande detonó no muy lejos; sus quemaduras de plasma naranja marcan un halo alrededor de nuestro camino y dejan un surco que alguna vez estuvo fundido a través del suelo.

—Las fuerzas de Jel vinieron con potencia de fuego —sisea Lan mientras avanzamos lentamente—. Sean cautelosos. Un explosivo lanzado hacia nosotros podría matarnos a todos.

—Están luchando por sus vidas —respondo—. Usarán todo lo que tengan.

Sé que yo lo haría. Sé que si estuviera luchando por el último vestigio de humanidad, lanzaría cada arma, cada alma que tuviera a la batalla incluso si no hubiera esperanza de ganar.

El pasillo termina en una puerta que ocupa todo el ancho, que también ha sido forzada. Aparentemente las fuerzas de Nasiya no pudieron usar los espacios estrechos para terminar la pelea. Nos acercamos sigilosamente, nos agrupamos y miramos hacia el vasto espacio del otro lado.

Lo suficientemente grande como para ser la otra mitad de la esfera, con el elegante efecto de pared translúcida que se extiende por todo el techo y a lo largo del lado descendente alejado de nosotros, el hangar privado de Nasiya tiene bastante tamaño. Y muchos cuerpos.

Llegamos demasiado tarde para ver la mayor parte de la

acción; como en el vestíbulo, los cadáveres humeantes cubren el suelo tanto directamente frente a nuestra puerta como en la rampa de abordaje de la nave, un gran diamante con un casco que cambia de color incluso mientras lo miramos. Al principio pienso que el cambio es aleatorio, pero luego me doy cuenta de que está respondiendo al entorno, y las rayas amarillo-anaranjadas que aparecen son el resultado de que la nave capta los destellos del bombardeo Vincere en el exterior.

—Hermoso —dice Malo suavemente.

—Claro —responde Viera—. Si quieres llamarlo así. De lo que me preocupo, sin embargo, es que no queda nada vivo aquí.

Tiene razón. Hay estantes de baterías y contenedores de cosas que no conozco esparcidos por el hangar, junto con cajas de lo que deben ser suministros de emergencia, pero nada se mueve y no hay sonido. Al menos no aquí afuera.

La rampa de abordaje de la nave, sin embargo, está bajada. También es lo suficientemente ancha para un Oratus. Aparentemente Nasiya ha tenido a su huésped durante suficiente tiempo como para haber construido esto teniendo en cuenta su tamaño.

—Si la pelea terminó, entonces quien haya ganado intentará irse —dice Lan—. Tenemos que darnos prisa.

Obedeciendo su propio mandato, Gar y Lan se lanzan a una carrera entrecortada a través del hangar hacia la nave. Tiro de Malo conmigo, mientras Viera se encoge de hombros para cubrir la retaguardia, vigilando los cuerpos con sus mineros desenfundados.

—¡No se adelanten demasiado! —intento decirles a los Oratus, pero me ignoran, golpeando la rampa a la carrera y desapareciendo arriba.

—Nunca fueron realmente tuyos para mandar —dice Malo.

—Los Oratus solo pertenecen al Coro —declara T'Oli desde mis hombros—. Cualquier otro es un aliado por conveniencia.

—Entonces asegurémonos de mantenerlo así —digo y acelero el paso.

La rampa es una cosa plateada y ranurada, con espacios que proporcionan agarre para garras como las que no tengo. Cuando llegamos a la base, dejo que Viera tome la delantera, ya que ahora hay bastante ruido proviniendo del interior de la nave; siseos, golpes y gruñidos. Algo está vivo ahí dentro.

—¿Puedes mantenerte en pie por tu cuenta? —le pregunto a Malo, y el guerrero asiente—. Entonces cúbrenos.

Le entrego al guerrero uno de mis mineros y tomo el otro —puede que no sea precisa, pero en los confines estrechos de la nave, apuesto a que puedo darle a algo. Además, con T'Oli deslizándose hacia mi mano izquierda y afilándose hasta convertirse en una espada-aguja, creo que estoy bien cubierta.

Aun así, Viera toma la delantera, y juntos subimos ruidosamente por la rampa. La nave de Nasiya es varias veces más grande que la lanzadera, y cuando llegamos arriba, entramos en un espacio amplio, el extremo grueso de la forma de gota de la nave. Aquí, al menos, las concesiones de Nasiya al lujo siguen siendo evidentes; esas pinturas que cambian de color están por todas partes, y las joyas las bordean, proporcionando divisiones brillantes entre las escenas cambiantes.

En lugar de una red, el suelo de la nave es del mismo alabastro que las plataformas del tubo, y cambia con nuestro contacto, solidificándose para atrapar nuestros pies y, estoy segura, listo para moldearse y mantenernos estables si la nave decide despegar. La luz no parece provenir de ninguna parte, sino que una suave iluminación se refleja en todo, como si estuviéramos entrando en un claro al amanecer.

Los ruidos vienen de nuestra derecha, así que Viera gira hacia allá, lanzándome una mirada rápida en busca de confirmación. Hay una puerta circular cerrada a la izquierda, atravesando la sala de alabastro y hacia lo que supongo es la parte trasera de la nave, donde, a estas alturas, he aprendido que probablemente están los motores. Sin embargo, no hay sonidos que vengan de allí, ni signos de lucha, así que dejo que Viera nos guíe y mantengo mi minero listo mientras nos dirigimos hacia el puente.

La nave de Nasiya se divide de la misma manera que el granero subterráneo: grandes paredes divisorias separan la sala principal de la siguiente sección de la nave, con puertas abovedadas que sirven como conexión. La más cercana a nosotros, que conduce hacia el frente, está abierta, y mientras nos acercamos, las palabras comienzan a fluir.

—Ningún Sevora puede igualar a un Oratus —dice la voz sibilante de Gar—. No importa cuánto tiempo hayas estado ahí dentro, no eres nada.

Se escucha una risa áspera como respuesta. —¿Nada? ¡Derroté a un ejército entero! ¡Yo! ¡Casi solo!

—Y sigues sin ser nada, y ahora *sí* estás solo —responde Lan.

Le hago un gesto afirmativo a Viera, y ambas pasamos por la puerta, entrando en la segunda y última cámara de la nave de Nasiya.

El puente de Nasiya no está diseñado para una tripulación completa; hacia el frente de la nave, todo el espacio interior se estrecha hasta un solo punto; una franja de red hacia el extremo, con dos largas pantallas que se deslizan por el parabrisas azul cristalino a ambos lados. El ápice mismo, donde apenas puedo ver alrededor del enorme cuerpo de Nasiya mientras se inclina hacia un lado, alberga la palanca de vuelo.

Lan y Gar tienen a Nasiya acorralado, aunque a primera vista parece que el Sevora no está oponiendo resistencia. Nasiya tiene más quemaduras de las que jamás he visto en un solo cuerpo, tanto que sus escamas doradas son más bien una mezcla de negro ceniza y ampollas rosadas burbujeantes. Su garra delantera izquierda simplemente ha desaparecido, y su cola yace inerte en el suelo, con algunos cortes profundos alrededor de donde se une al cuerpo de Nasiya.

Ningún daño ha impedido que Gar ponga su garra delantera derecha en la garganta de Nasiya, y sus garras medias en una posición de presión letal alrededor del abdomen de Nasiya. Si el Sevora intenta algo más que un movimiento, no tengo duda de que Gar destruiría al líder Sevora, y que Gar disfrutaría cada momento.

—¿Estás solo? —es lo primero que digo. Esperaba algún tipo de tiroteo, una lucha desesperada contra las tropas más aguerridas de Nasiya, pero aparte de los cuerpos fuera de la nave, no hay nadie aquí—. Lan, Gar, ¿no encontraron a nadie más?

—¿Quién seguiría aquí? —sisea Nasiya en respuesta, y bastante líquido fluye junto con las palabras—. Cada Sevora que puede luchar ya está muerto, o está pilotando los pocos cazas que nos quedan. Si mi especie está muriendo, ¿qué valor tiene protegerme?

Puedo conceder ese punto.

—¿Así que ibas a salir volando de aquí solo? —respondo—. ¿Dejar que el resto de tu especie muera?

—Estaba esperando —dice Nasiya—. Algunos saben sobre mi nave, pensé que vendrían. Como pueden ver, no lo lograron.

Lan me mira. —Humana, necesitamos irnos.

Quiero hacerle más preguntas a Nasiya. Quiero entender cómo el líder Sevora llegó a esto, y quién causó tanto daño a su cuerpo anfitrión. Pero también quiero evitar que una luna me aplaste.

—Bien —asiento hacia Gar—. Deshazte de él. Afuera.

Gar podría masacrar a Nasiya aquí mismo si no lo especifico, y lo último que quiero en nuestro pequeño puente son los restos del pasatiempo favorito de Gar. Nasiya, por su parte, no lucha mientras Gar lo arrastra, no dice nada más allá de sus siseos bajos. Escucho el peso de los cuerpos en la rampa de entrada mientras Lan se adelanta para tomar los controles de la nave.

—¿Puedo despegar? —me pregunta Lan.

Malo y Viera están en la lanzadera. Gar volverá pronto. Lan podría partir ahora, y dejaríamos atrás a todos los prisioneros y los guardias Sevora. Estaríamos a salvo.

Fuera del parabrisas, como si escuchara mis pensamientos, el primer grupo de prisioneros irrumpe en la bahía de acoplamiento, corriendo hacia la nave. Hay otra sacudida estruendosa, más fuerte y larga que cualquiera de las anteriores, y me veo obligada a sostenerme en la pared trasera del puente mientras mis rodillas se doblan. T'Oli nota la lucha, se desliza hacia abajo y se forma alrededor de mis pies, manteniéndome en mi lugar. Viera, sin tanta suerte, enfunda sus mineros y se apoya contra la pared.

—¿Podemos escanearlos? —le pregunto a Lan—. ¿Para ver si alguno está infectado?

Lan parpadea hacia mí. —Aquí no. En uno de los cruceros, sí. Pero ir tan lejos es un riesgo, humana. Uno que Kolas no nos dejaría tomar.

—Kolas no está aquí.

Se escucha un rugido desde la rampa de abordaje, y Lan toca el monitor izquierdo, que cambia su vista clara de la bahía de acoplamiento a una transmisión de la base de la rampa. Gar está allí de pie, con sus garras extendidas. No veo a Nasiya, pero los prisioneros y guardias Sevora están rodeando al Oratus, parloteando y gritando por un lugar en la nave de Nasiya.

—Debes pensar en la galaxia, humana —responde Lan—. Estas pocas docenas no valen la pena arriesgarlo todo.

Miro hacia abajo a T'Oli, pero el Ooblot solo parpadea sus ojos hacia mí. Malo está en la sección de pasajeros de la nave, así que miro a Viera.

—Toma la decisión, Emperadora —me dice Viera—. Pero hazlo rápido.

¿Acepto el costo de vidas inocentes como necesario, o lucho por cada una de ellas? Antes, en la intersección, tomé la decisión de dejar atrás a los heridos, aquellos que no podían seguir el ritmo. En ese momento, sentí que no teníamos opción. Si no hubiéramos llegado aquí, todos habríamos muerto.

Ahora sí la tenemos.

—Los llevaremos —digo.

Lan sacude la cabeza, sisea bajo, y luego comienza a teclear en las dos pantallas. Un suave zumbido llena la nave y, en la transmisión, la rampa bajo Gar comienza a retraerse hacia la nave.

—Mis disculpas, Humana. No puedo permitir eso —dice Lan.

Levanto mi minero, apuntando a la parte posterior de la considerable cabeza de Lan. —Baja la rampa, Lan.

Amenazar a un Oratus. Podría estar tomando la peor y última decisión de mi vida. Sin embargo, mientras mantengo el minero firme, apuntando directamente a Lan, no me arrepiento. No lo cuestiono.

Padre dejó que Malo y sus guerreros Charre me llevaran lejos de mi tribu para salvarla de lo que podría haber sido una extinción sangrienta. Tomó el camino más fácil, me dejó ir en lugar de arriesgarse a una pérdida mayor.

No soy mi padre. No cometeré su error.

—No me hagas repetirlo, Lan.

La Oratus no hace ningún movimiento para tocar el terminal y detener la rampa. —Humana, estas son las criaturas que intentaron destruir a toda tu raza. ¿Deseas salvarlas?

—No todos son Sevora —dirijo mi mirada hacia T'Oli, que tiene sus tallos oculares divididos entre Lan y yo—. T'Oli, detén la rampa.

—Creo que me comería si lo intento —responde T'Oli.

—Le disparararé si lo hace.

La Oratus se levanta de la red, aunque tiene que doblar su cuello verde para mantener su cabeza bajo el techo inclinado de la nave. Mientras se levanta, la garra central izquierda de Lan toca el monitor y la rampa se detiene, dejando a Gar de pie justo encima de la multitud que grita. Lan se gira completamente hacia mí, da un solo paso en mi dirección. El amarre de T'Oli me impide retroceder, pero Viera, con su mano derecha aún manteniéndose estable, apunta un minero con su izquierda, respaldando mi amenaza con su puntería.

—Un paso más, Lan —digo, y me impresiona lo firme que suena mi propia voz.

—Billones —sisea Lan—. Billones han muerto debido a sus esfuerzos. Devoran especies, roban la libertad. ¿Estás dispuesta a arriesgar su regreso por unos pocos insignificantes?

—Lo estoy.

Lan abre ligeramente la boca, sus dientes afilados brillan. Sé que si decide que no vale la pena mantenerme con vida, nunca lograré disparar más de una vez. El disparo de Viera probablemente tampoco mataría a la Oratus.

—Iremos directamente al *Nunilite*, hacia Kolas —dice finalmente Lan—. Nadie abandona la nave sin un escaneo. Cualquiera con un Sevora dentro morirá. Debes decírselos. Deben estar de acuerdo. Luego debemos partir.

Puedo ver que eso es todo lo que voy a conseguir de la Oratus. Lan ya me está mirando —y respirando— con puro disgusto, así que me deslizo a su alrededor y, con T'Oli guiándome, activo el altavoz externo de la nave.

—Prisioneros y Sevora —comienzo. Nunca he dado un discurso pidiendo a un grupo que decida quién debe vivir y quién debe morir, pero no tengo opción, así que continúo—. No podemos permitir que ninguna especie infectada por los Sevora abandone nuestra nave. Si están libres de infección, suban. Si son Sevora, serán descubiertos y eliminados, así que les aconsejo que busquen su supervivencia en otro lugar.

Mientras digo estas palabras, Lan baja la rampa de embarque, de modo que cuando termino, Gar está de nuevo en el suelo lidiando con una avalancha de cuerpos. La Oratus se hace a un lado ante el empuje y deja que la multitud suba por la rampa. Los prisioneros cansados logran moverse rápido y ayudan a los pocos que caen mientras suben. Los únicos que no intentan abordar, los que se dan la vuelta y corren de regreso hacia el ascensor, son los cinco guardias Sevora que vinieron con nosotros desde el complejo.

—Ni siquiera lo están intentando —digo mientras los observo correr en el monitor.

—Una muerte segura por las garras de Gar es más aterradora que una posibilidad desconocida de vida —dice Lan—. Puede que aún no entiendan que su luna se está estrellando contra ellos.

Una vez que la marea de prisioneros encuentra su camino al interior, Lan retrae la rampa por última vez, con Gar asumiendo el deber de supervisar junto con Viera al grupo de prisioneros que atestan la bahía principal de la nave.

Con los motores preparados y sus garras en la palanca de vuelo, Lan levanta la nave del suelo. T'Oli me asegura contra la pared trasera, donde me apoyo mientras comenzamos a movernos.

—Gracias —le digo a la masa dura, similar a la cerámica, debajo de mí.

T'Oli parpadea sus ojos hacia mí. —Fue valiente lo que hiciste. Te lo agradecerán. Clarity's Dawn estaría orgulloso.

—¿Incluso Sapphrite?

El Amigga había liderado la facción rebelde de especies no infectadas bajo la superficie de Vimelia. Ni T'Oli ni yo hemos oído nada sobre su supervivencia después de nuestra primera huida del planeta, lo que interpreto como que Clarity's Dawn murió cumpliendo su última misión.

—Sapphrite habría dicho que quería venganza por encima de todo —responde T'Oli—. Pero hizo todo lo posible por nutrir a nuestro grupo y darnos una misión. Creo que estaría orgulloso de ti.

Las palabras de T'Oli, transmitidas a través del extraño golpeteo de piel suave contra sí misma, y con todo el sentimiento emocional de una rama crujiente, no me inflan de felicidad, pero calman el zumbido de miedo nauseabundo de que he cometido un terrible error.

Lan teclea en los monitores a sus costados y, frente a nosotros, se abre una brecha en la pared del edificio esférico, mostrando un mundo diferente al que estábamos momentos antes. Donde antes se alzaba una vasta ciudad, ahora existen ruinas humeantes. Al abandonar la cobertura del hangar, veo que los incendios solo están parcialmente causados por el bombardeo de Kolas; los temblores ahora constantes por el acercamiento de la luna hacen que el suelo bajo nosotros parezca ondular. Las grietas abren las calles, y rompen baterías, tuberías, y edificios enteros estallan en llamas, explotan o simplemente se derrumban en grandes nubes de ceniza.

Arriba, lo que había sido una gran franja blanca de luna estirada se ha expandido para llenar la mayor parte del cielo. La forma de la luna sigue distorsionada, y también hay muchas fisuras que atraviesan su superficie, rompiendo la gran esfera en diferentes fragmentos, que se separan lentamente unos de otros, pero no obstante en movimiento mientras observo. El primero, una media luna puntiaguda, comienza a hacer contacto inicial con la atmósfera superior de Vimelia, encendiéndose en una llama azul-naranja a lo largo de toda su forma.

—Agárrense —dice Lan, y escucho la voz de la Oratus hacer eco desde atrás mientras la orden se transmite a nuestros pasajeros.

La nave se dispara hacia adelante y arriba. La aceleración es tan fuerte, tan repentina que el aire abandona mis pulmones mientras mi cuerpo se presiona contra la pared divisoria detrás de mí. Aunque no hay viento en la nave, mis ojos comienzan a lagrimear mientras la fuerza comprime mi cabeza.

Debajo de nosotros, las ruinas de la ciudad se reducen. Me doy cuenta de que no estamos haciendo ninguna maniobra evasiva alrededor de los grandes láseres de Kolas y logro, una vez que recupero el aliento, plantearle la pregunta a Lan.

—Necesitaban apartarse —dice Lan—. La luna podría dañar tanto a la flota como al planeta. Ahora están vigilando a cualquiera que intente escapar.

—¿Como nosotros?

—Eso espero —la voz de Lan suena tensa, así que detengo mis preguntas y dejo que la Oratus se concentre.

Sobre nosotros, los fragmentos de la luna que se agrieta se separan aún más mientras el fuego consume su camino a través de la superficie gris-blanca. Bits y piezas se dispersan y comienzan a caer hacia nosotros mientras ascendemos para encontrarlos. Las llamas arden alrededor de los meteoritos, y estelas de humo marcan sus cicatrices mientras cortan el cielo moribundo de Vimelia.

—Ahora veremos si la Oratus realmente sabe volar —me dice T'Oli.

Solo asiento con la cabeza; cualquier palabra podría distraer a Lan.

La Oratus, sin embargo, parece estar en total concentración. Dirige la nave de Nasiya hacia la izquierda alrededor del primer fragmento, un bloque de roca del tamaño de una torre que se desintegra en trozos más pequeños mientras pasa. Entonces Lan hace ascender la nave en espiral, trazando el contorno de una pieza más grande, usando la roca gigante para bloquear los peñascos más pequeños y veloces que nos rodean. Con un rápido giro a la derecha, Lan nos impulsa alrededor del exterior de la roca grande, dejándonos en el camino de una bola del tamaño de una colina que se precipita hacia nosotros.

No puedo evitarlo: grito. No ayuda, pero es todo lo que puedo hacer.

Un brillante rayo rojo sale disparado desde la punta de nuestra nave, golpeando la bola con energía pura y sobrecalentándola. Junto con la combustión de la atmósfera, la roca se derrite y estalla, y en lugar de atravesar materia sólida, el exterior de la nave crepita mientras miles de fragmentos se fríen en su escudo.

—¡Un punto para mí! —la risa sibilante de Gar suena por el intercomunicador.

Al otro lado del campo de escombros —mientras jadeo en busca de aire— hay otra serie de peñascos que, por suerte, mantienen suficiente espacio entre sí para que Lan pueda maniobrar entre ellos. Luego entramos en la atmósfera superior, sus llamas lamiendo los costados de la nave. A nuestro alrededor, en lugar del azul-negro del espacio tocando el cielo, flota un interminable campo minado descendente de rocas lunares. Como frutas de un árbol, los fragmentos de la luna se turnan para sucumbir a la atracción de Vimelia, cayendo de su descenso gradual a un bombardeo repentino.

—Lo vamos a lograr —dice Lan, y las palabras de la Oratus son la primera pista que he tenido de que no creía que el éxito estuviera asegurado.

—Gracias a ti —digo.

—Esta es una buena nave —responde Lan—. El transbordador en el que bajamos no habría sobrevivido ese ascenso.

Continuamos nuestro camino a través del resto de la luna, hasta que por fin llegamos al otro lado. La flota Vincere, aún más grande que cuando la dejamos, se revela a través de ocasionales explosiones y estallidos de naves Sevora que intentan una fútil y desesperada huida.

—Tienen que alejarse lo suficiente para dar el salto —dice T'Oli mientras observamos cómo una especie se extingue en pequeñas explosiones ante nuestros ojos—. De lo contrario, cuando lo intenten, podrían plegar parte del planeta, o la luna, en su espacio de salto con ellos. Un error muy fatal.

T'Oli explica esto como si nada, y lo asimilo, pero lo que realmente estoy pensando es que sobrevivimos. Lo logramos. Conseguimos bajar a la superficie de Vimelia, encontrar a Malo, y salir con vida.

DESTELLOS; parpadeos y momentos van y vienen. Sax tiene la impresión de que está tendido en el suelo, la luz de arriba cortada por gruesas líneas negras. Respira, pero el resto de su cuerpo yace a distancia, intocable, separado, así que Sax duerme.

Los sueños de los Oratus son como los de cualquier otra especie: fragmentos de vida y deseos convertidos en visiones de futuros pasados. Hay interminables horas pasadas con Bas en frenéticas misiones contra la escoria Sevora, odiseas a través de selvas del distante recuerdo de Sax, las cuevas iluminadas con neón de la Tierra donde los humanos lo guían hasta la guarida de una horda furiosa de Fassoth.

Cuando el último se desvanece, Sax abre los ojos de nuevo para ver un rostro familiar mirándolo, dorado rosáceo y maravilloso.

—Te encontré —susurra Bas suavemente.

—Lo hiciste —logra decir Sax. Tiene la garganta seca por la falta de agua, su cabeza palpita... no, todo su cuerpo duele—. ¿Cuánto tiempo?

—Todavía hay luz, si eso ayuda —dice Bas—. Han pasado más de treinta horas.

El anuncio provoca una risa desesperada de Sax.

—¿Treinta horas? ¿Tanto les tomó deshacerse de las naves?

Bas suspira.

—Me anularon el voto.

Sax, sin embargo, está descubriendo que sus conexiones con sus músculos siguen intactas. Es un proceso lento, ponerse de pie, pero con tiempo y esfuerzo lo logra. Observa, mientras mira hacia arriba, que hay varias hendiduras profundas en las enredaderas de arriba, marcando el trayecto de su caída.

—¿Plake? —dice Sax.

—La misión —responde Bas.

—¿Elegiste la misión por encima de mí?

—No quería hacerlo, mi pareja —dice Bas, y usa sus garras para ayudar a Sax a mantenerse erguido—. Pero no podíamos saber si habías sobrevivido. Agra-Red y Plake alejaron las últimas naves, pero venían más. Incluso si vivías, no teníamos forma de llevarte.

El razonamiento tiene sentido, y es imposible para Sax enojarse con Bas. Sería como enfadarse consigo mismo.

—¿Pero volviste?

Bas señala hacia un sendero obviamente cortado con sus propias garras. Las enredaderas allí están destrozadas, sus pedazos esparcidos por el suelo mientras caminan hacia un pequeño claro similarmente cortado, aunque los extremos chamuscados aquí muestran el trabajo de un minero.

En él hay una pequeña lanzadera, apenas más grande que el módulo de evacuación que llevaron a Aspicis. Plake y Agra-Red esperan fuera.

—¿Lograste sobrevivir? —dice Agra-Red cuando Sax aparece a la vista.

—Parece que me debes algo —le dice Plake al Whelk.

—¿Cuándo no?

—Uno de estos días lo cobraré.

—Y ese será el día en que descubras que no tengo nada que darte —Agra-Red emite una risa húmeda—. Todo lo que tengo es este minero y un poco de lealtad.

Plake sacude la cabeza, mira más detenidamente a Sax.

—¿Todavía puedes continuar con esto?

—La máscara amortiguó la mayor parte de la caída y las enredaderas hicieron el resto —dice Sax—. Estaré adolorido, pero aún mejor que tú.

El Whelk ríe de nuevo, y Plake simplemente señala la bahía abierta de la lanzadera. Sax entra primero con dificultad, esperando un espacio reducido y encuentra que es incluso peor de lo que pensaba. No hay una cabina real dentro; solo hay espacio para carga y ya está lleno de lo que parecen estantes y estantes de células de energía muertas. Tal como está, entrar requiere que Sax reevalúe su flexibilidad y se doble en un lío de extremidades.

Bas no recibe mejor trato, generalmente colocándose encima del camino que Sax definió entre los estantes de baterías oscuras. Plake y Agra-Red obtienen la pequeña área abierta directamente alrededor de las bahías, el Whelk acomodando su minero de asalto para que la punta apunte directamente hacia la puerta.

—¿Dónde está el piloto? —pregunta Sax una vez que están dentro.

—No tenemos uno —responde Plake—. Aparentemente Cavignum tiene una seguridad tan estricta que no dejan entrar mucha carga tripulada. Nuestro contacto dice que nuestra única oportunidad es entrar por lanzadera no tripulada.

Como para enfatizar el punto, Plake saca un pequeño dispositivo y toca un par de señales en él. El dron comienza a encenderse, elevándose del suelo con la fuerza de sus micropropulsores.

—¿Cómo los convencieron de llevarnos? —pregunta Sax.

—Usé mis garras —responde Bas—. Y, le prometimos al Flaum una posición dirigiendo toda la energía en Aspicis.

Sax emite una risa sibilante.

—¿No se suponía que el objetivo era eliminar la corrupción?

—Nah —dice Agra-Red—. Solo queremos cambiar de una corrupción que destruye galaxias al tipo usual de estafas.

No hay mucho que decir a eso, aunque Sax siente que un poco de tristeza se abre camino en su cuerpo mientras la lanzadera vuela. Evva ciertamente tenía aspiraciones más nobles que reemplazar al Coro con un grupo de patas codiciosas que negocian y estafan, pero ¿qué sabe Sax sobre gobernar? No podría dirigir un planeta, ni siquiera podría dirigir una nave.

Así que en su lugar se concentra en las cosas que conoce; principalmente, ensayar el plan de ataque. Su misión es bastante simple, ahora que están en camino a Cavignum. Una vez que aterricen, el grupo necesita irrumpir y causar una distracción lo suficientemente grande para que Nobaa y Engee encuentren una manera de entrar. Luego, por supuesto, salir con vida y, si es posible, reunirse con Evva en la Aguja.

Simple.

—¿Ustedes dos han hecho algo como esto antes? —

pregunta Sax después de haber repasado el plan dos veces
—. ¿Un asalto real a una posición enemiga?

—Estás hablando con una comerciante y su matón —
responde Plake—. Hemos asaltado a muchos enemigos, pero
no así.

—Usualmente son uno o dos, muy de cerca —añade
Agra-Red.

—Entonces dejen que Bas y yo hagamos la mayor parte
del trabajo —sisea Sax—. Cúbrannos. Mantengan los ojos
abiertos por cualquier cosa que nos perdamos, y limpien
cualquier cosa que dejemos atrás.

—Lo haces sonar muy glamuroso.

—Esto no tiene nada que ver con el orgullo —dice Bas—.
Lo único que importa es la misión.

—Entonces creo que tenemos un problema —dice Plake,
su voz elevándose con preocupación—. Porque no vamos al
lugar correcto.

CAPÍTULO 17

SALVAR A UNA ESPECIE

LAN ESTABLECE el rumbo hacia el crucero de Kolas, el *Nunilite*, mientras nos alejamos de los últimos fragmentos de la luna. Más allá de la atmósfera de Vimelia, la gravedad en nuestra nave se reduce a cero, dejando que mi cabello negro flote mientras T'Oli trabaja manteniéndome sujeta al suelo.

—¿Así que nos deslizamos hacia casa? —le pregunto al Oratus—. ¿Y después qué?

—Kolas hará que escaneen la nave en busca de Sevora antes de que se nos permita abandonarla —responde Lan—. Después, tras un tiempo de descanso, imagino que te enviarán a Aspicis para presentar tu especie ante el Coro.

Supongo que ese era el propósito original de la misión de Lan.

A mi izquierda, la puerta que separa el puente de la abarrotada parte trasera de la nave se desliza y me sorprende ver a Malo flotando hacia dentro, seguido por Viera. El guerrero Charre todavía parece enfermo, pero logra dirigirme una débil sonrisa.

—Lo siento —dice Malo—. Está muy abarrotado allá atrás, y cuando todos empezaron a flotar...

—Y el vómito —añade Viera—. Si crees que los humanos vomitando es malo, prueba con un montón de Flaum. Es asqueroso. Todo en su pelaje, y...

—Creo que me quedaré aquí arriba entonces —interrumpo a Viera antes de que sus descripciones hagan que mi propio estómago se revuelva, y los dos se acomodan contra el lado opuesto al mío.

Viera asiente hacia Lan, sentada en la red. —¿Cómo está la piloto?

—Bien —sisea Lan.

—Lo hizo muy bien —digo—. No se asustó en absoluto.

—Ayuda cuando no le temes a la muerte —dice Malo, y el guerrero suelta una risa débil.

—¿Qué?

—Ellos. Los Oratus. No le temen a nada, ¿verdad? —dice Malo a Lan—. No como nosotros, como los humanos.

Lan gira un ojo amarillo-negro hacia Malo. —Lo único que tememos, si quieres llamarlo así, es perder a nuestra pareja.

Afuera, nos acercamos a las afueras de la flota Vincere. El espacio abierto se llena de pequeñas naves zumbando alrededor, cargueros más grandes y lo que deben ser cruceros de batalla pasan junto a nosotros, dirigiéndose hacia las ruinas de Vimelia. Probablemente para asegurarse de que nada sobreviva al plan de Kolas.

—Los humanos somos así también —digo—. Con aquellos que amamos.

—Yo amo estas mineras —Viera gesticula con las armas en cada una de sus manos—. Tampoco querría perderlas. Aunque no puedo decir que me asuste.

—Eres terrible para estas conversaciones —le dice Malo.

—Elijo ser terrible, Malo, porque es divertido. Así es como lidio con esta locura.

Lan, al menos, le responde a Viera con una leve risa siseante. La conversación fluye desde ahí, con Malo contándonos su tiempo en Vimelia después de que nos marchamos del planeta y lo dejamos colapsado en la caverna del muelle.

Al principio, Malo despertó sin idea de dónde estaba, solo que todo estaba oscuro y el aire olía espeso y podrido. Todo su cuerpo dolía, y Malo no podía moverse realmente, así que se quedó ahí en la oscuridad hasta que se dio cuenta de que el olor era el mismo que el de las alcantarillas por las que todos habíamos estado corriendo no mucho antes. Malo pensó que si estaba de vuelta allí, entonces tal vez había sido capturado por uno de los miembros del Amanecer de la Claridad, y comenzó a intentar hacer ruido.

—Es difícil gritar cuando tienes la garganta seca y los pulmones te arden —dice Malo—. Pero logré gruñir una llamada de auxilio, y alguien vino.

Ese alguien resultó ser Rackt, un miembro Vyphen del Amanecer de la Claridad, y Rackt dijo que estaba sorprendido de que Malo siguiera vivo. Nadie sabía cómo funcionaba el cuerpo de un humano. Todo lo que tenían eran experimentos, crema médica destinada para escamas o piel peluda de Flaum. Pero los humanos no son tan especiales después de todo, o eso descubrió Malo cuando no murió.

—Me quedé en la oscuridad por un tiempo, mejorando —dice Malo—. Al principio pensé que habíamos ganado; Rackt dijo que ustedes habían logrado escapar, y me alegré por eso.

Los Sevora, sin embargo, no estaban tan contentos con Malo y el resto del Amanecer de la Claridad. Atacaron lo que Malo cree que fue el tercer día, golpeando el cuartel general del Amanecer de la Claridad bajo la superficie.

Tomaron algunos prisioneros, los que no se resistieron demasiado, los que aún podían ser útiles como huéspedes. Otros, como Rackt y Sapphrite, desaparecieron en una lluvia de fuego láser ardiente.

—Para cuando me di cuenta de lo que estaba pasando, ya era demasiado tarde —dice Malo—. Logré salir de mi cámara, y ese fue el fin. Me aturdieron, y he pasado cada día desde entonces con estos prisioneros, esperando ver qué iban a hacer los Sevora.

Para cuando Malo termina su historia, Lan anuncia que nos estamos acercando al crucero de Kolas y al borde posterior de la flota. Con T'Oli aflojando su agarre en mis pies, logro flotar hacia Malo y envolver al guerrero en un fuerte abrazo.

—No te volveremos a dejar atrás —digo—. Lo prometo.

—No deberías prometer cosas que no puedes controlar, Emperatriz —dice Malo, pero creo que está bromeando, aunque sus ojos tienen una mirada cautelosa.

Todavía se está recuperando, aún recomponiéndose. Yo también sería cautelosa.

El rugido de Gar sorprende a todos. Estamos en la aproximación final, y el ruido estruendoso, siseante y doloroso surge del aire quieto. Me separo bruscamente de Malo, justo a tiempo para que Lan me empuje fuera del camino mientras la Oratus se lanza desde la red al llamado de su pareja. Intento mirar a través de la puerta, pero Lan la bloquea y cuando ella la atraviesa, lo único que veo es una masa caótica de agitación mientras los prisioneros golpean, cortan y muerden al Oratus.

—¿Están locos? —digo—. ¿Qué están haciendo?

—¿Un caso de locura espacial? —dice Viera, y levanta sus mineras.

Hablando de eso, un par de destellos atraviesan la

puerta, seguidos por otro rugido siseante, esta vez de Lan. Más sorpresa, más dolor.

—Viera, ve —le digo—. Ayúdalos. Yo mantendré el puente con T'Oli y Malo.

—¿Quieres que me meta en ese lío? —Viera me mira—. No sé...

—Si Lan y Gar resultan heridos, Kolas podría no dejarnos volver a bordo —respondo.

Viera capta la indirecta, se impulsa desde el suelo y se dirige a través de la entrada hacia el área principal de la nave. Le digo a T'Oli que la siga y mantenga una barrera entre el puente y el resto de la nave; lo último que necesitamos es que quien sea que esté causando problemas allá atrás ponga sus garras o lo que tenga sobre la palanca de control.

—Emperatriz —dice Malo, y me giro para verlo flotando hacia la red de la cabina—. Deberías sujetarte a algo.

—¿Qué?

Malo alcanza la palanca de control y la empuja hacia adelante. La nave se inclina hacia abajo, alejándose de nuestra trayectoria de aterrizaje con la *Nunilite*. La nueva velocidad me empuja contra la pared, y escucho más siseos frustrados y un único aullido furioso de Viera.

—¿Qué estás haciendo? —grito mientras Malo aumenta la velocidad de la nave, cada vez más rápido mientras nos alejamos más allá del final de la flota Vincere.

—Salvando a mi especie, Kaishi —dice Malo—. Lo que intenté hacer en la Tierra. Lo que no fallaré en hacer ahora.

—Sevora —T'Oli escupe la palabra mientras yo lo comprendo todo.

—¿Ignos? —pronuncio un nombre que creía muerto y enterrado—. ¿Estás vivo?

—Apenas —dice Malo, no, Ignos. El Sevora hace que las

manos de Malo tecleen a un ritmo febril—. Como tu guerrera aquí, casi muero en tu escape.

—¡Tú mismo estrellaste la lanzadera de transporte! —grito—. ¡Elegiste perseguirnos!

—No, Kaishi —responde Ignos—. No elegí nada; todo lo que he hecho me ha sido impuesto por los Vincere, por tus amigos Oratus. ¿Crees que queríamos escapar de nuestro hogar así?

Los prisioneros. Nunca hicimos un escaneo para buscar Sevora en ellos. Jel o Nasiya podrían haber infectado a todos. El pensamiento me revuelve el estómago, pero aparto la náusea. No hay tiempo para eso ahora. En cambio, presiono mis piernas contra la pared y me impulso hacia adelante, volando hacia la red del piloto.

—¿Cuántos? —pregunto mientras me dirijo hacia Malo, hacia Ignos—. ¿Cuántos de ellos son Sevora?

—Hasta el último —dice Ignos, y el Sevora no gira la cabeza hasta que agarro la red. Entonces el rostro de Malo, contorsionado en una mirada triste y firme, me observa—. Es la única vez que Nasiya y Jel estuvieron de acuerdo en un plan. Uno que habría fracasado por completo si no hubieras aparecido para ayudarnos.

Intento rodear la red, pero Ignos niega con la cabeza de Malo. —No lo intentes, Kaishi. Si me tocas, te mataré. —Con la mano derecha de Malo, Ignos blande un pequeño cuchillo brillante desde debajo de los pliegues raídos de su ropa—. Voy a hacer un salto en un momento, antes de que esos cazas Vincere decidan que no valemos el riesgo. Encuentra dónde sujetarte.

Ignos mira de nuevo los monitores, y su mano derecha suelta el cuchillo, dejándolo flotar en el espacio, para introducir un comando. Empiezo a soltarme, para volver a la pared donde había aguantado la aceleración, luego me impulso alrededor de la red, esta vez hacia la derecha de Ignos, intentando alcanzar el cuchillo.

Y recibo un codazo en el estómago. Es un golpe duro, que me saca el aire de los pulmones y, sin nada a lo que sujetarme, me envía flotando hacia atrás por el mismo camino que había fingido un momento antes.

—El cuerpo humano no está mal —dice Ignos, y ahora, afuera, puedo ver los escasos destellos mientras los Vincere empiezan a disparar. Espero que nos acierten—. Lleva tiempo controlar los nervios, pero con Malo atrapado en nuestras instalaciones, y con mi experiencia en tu propio cuerpo, tuvimos ese tiempo.

—Lo robaste.

—Kaishi, no seas ingenua. Estás luchando por la supervivencia de tu especie, como nosotros. —Ignos toca una última caja con contorno verde en el monitor derecho y las alarmas de la nave se activan, anunciando una cuenta regresiva para un salto corto—. Que hayamos ganado no significa que seas mejor que nosotros.

Los siseos y rugidos detrás de nosotros han cesado, y no escucho ningún comentario sarcástico de Viera. T'Oli tiene sus tallos oculares divididos, uno hacia atrás en el desorden, otro hacia nosotros.

—Todos están aturdidos —dice T'Oli cuando miro en su dirección—. Llevaban pequeños microaturdidores bajo sus harapos. Ingenioso, la verdad.

No. Un intento desesperado que solo tuvo éxito porque ignoré todos los consejos. Lan, Kolas, incluso Viera intentaron advertirme. Traté de hacer lo que mi Padre no haría, y por eso, lo he perdido todo.

El salto es instantáneo y eterno a la vez, una distorsión de todo lo que soy que va de la mano con el borrado mental que estoy experimentando. La parte posterior de la cabeza de Malo, cubierta de pelo negro desaliñado, parece dividirse en una docena de copias que se derraman alrededor de un prisma. Miro a la izquierda y en lugar de ese lado del puente, veo a T'Oli extendido por el cosmos; una expansión infinita de crema mezclándose con las estrellas.

Entonces el universo vuelve a su lugar y estoy allí de nuevo, atrapada con un montón de mis peores enemigos. Afuera, justo frente a nosotros, puedo ver una nave que definitivamente no es parte de la flota Vincere: es enorme, para empezar. Más grande que la *Cobalt*, aunque comparten su exterior redondeado.

—Una nave semilla —dice T'Oli desde su posición extendida a través de la única puerta del puente, aunque no estoy segura si el Ooblot me lo está diciendo a mí o silbando su propia sorpresa.

—¿A dónde nos has traído? —le pregunto a Malo, empujándome desde la pared.

Una parte de mí quiere ir a la puerta, para revisar a Lan, Gar y Viera. T'Oli dice que están aturdidos, un destino que creo que compartiría si fuera por allí. Así que en su lugar, con Malo e Ignos todavía mirando hacia el frente, a través del parabrisas, le hago señas a T'Oli, le digo al Ooblot con la mano que venga, y T'Oli obedece.

—El espacio profundo —dice Ignos—. Bien lejos de cualquier ruta cartografiada, cerca de ningún planeta habitable o punto de interés. Un lugar ideal para estacionar el último santuario de nuestra especie.

T'Oli envuelve su forma cremosa alrededor de mi brazo izquierdo, afilando su borde hasta convertirlo en una hoja. Me deslizo hacia Malo, un guerrero al que le había dado todo por salvar, uno que deseaba desesperadamente que estuviera vivo, y esa desesperación me cegó.

Hora de corregir ese error.

—Kaishi —dice Ignos mientras me acerco—. No...

El Sevora no termina. Ataco hacia adelante con T'Oli, dirigiendo la punta dura como diamante del Ooblot hacia mi amigo. Pero es difícil conseguir impulso sin peso, y en lugar de la tajada decisiva que esperaba, mi estocada apenas atraviesa la red. Malo tiene tiempo de sobra para apartarse, para presionar su espalda contra el parabrisas mientras mi golpe queda corto.

—Bájalo —dice Ignos, levantando las manos de Malo, palmas hacia arriba, hacia mí.

—No. —Corto la red—. Me has traicionado a cada paso. Me has usado, como estás usando a Malo ahora. Nunca más haré lo que digas.

—Tus amigos morirán si me matas —dice Ignos, y no hay ni un ápice de miedo en su voz, incluso mientras echo mi brazo hacia atrás para otro golpe.

Ignos no tiene espacio para moverse esta vez, ningún lugar donde enviar el cuerpo de Malo para escapar de mi espada Ooblot. Sin embargo, sé por qué no tiene miedo. Sé por qué simplemente me mira ahora, tomando un respiro lento y profundo.

No puedo. No puedo matar a Ignos si significa que el resto de mis amigos morirán.

—¿Qué sucede ahora? —digo, manteniendo a T'Oli nivelado, listo—. ¿Qué vas a hacer?

Ignos señala hacia la enorme nave semilla, hacia la bahía de acoplamiento que se ha abierto para nuestro acercamiento. —Vamos a empezar de nuevo. Los Sevora crecerán, encontraremos un nuevo hogar y nos expandiremos.

—Hasta que el Coro los encuentre y todo este proceso se repita.

Ignos ríe. —Como ha sucedido antes, puede que vuelva

a suceder. Pero estamos aprendiendo y los Amigga, creo, están empezando a perder su control sobre la galaxia.

—¿Qué quieres decir? —T'Oli hace la pregunta, alejándose de un punto entre los tallos oculares, cerca de mi codo —. El Coro es más fuerte que nunca.

—Ooblot, has estado enterrado bajo la roca de Vimelia demasiado tiempo. Hay una podredumbre dentro de tu civilización, una que está creciendo demasiado rápido para que el Coro la contenga. Incluso si los Amigga sobreviven a esta revuelta, no serán lo suficientemente fuertes para luchar contra nosotros.

Ver a Ignos convertir a Malo en un payaso jactancioso solo me enfurece, y presiono la punta afilada contra el cuerpo de Malo, inmovilizando a Ignos contra el parabrisas. En ninguna parte de los planes de Ignos había algo para nosotros, lo que significa que la única salida que tenemos es la misma que ha tomado Malo: a través de la mente de un Sevora.

Prefiero morir antes que dejar que otra de esas criaturas entre en mi cabeza. Viera, Lan y Gar también.

—Espera —dice Ignos, y ahora, al menos, hay un atisbo de miedo en esa voz—. Kaishi. Podemos hacer un trato aquí. Uno bueno.

—Hazlo, entonces.

Afuera, nuestra nave se desliza hacia una amplia bahía de acoplamiento iluminada con luz azul. Es enorme, y hay una dispersión de otras naves alrededor, pero a diferencia de todas las otras bahías en las que he estado, no se mueve ni un alma. No hay robots, ni Flaum correteando, ni ningún signo de vida.

—Estoy seguro de que Nasiya y Jel estarán de acuerdo conmigo —dice Ignos—, si les prometemos sus vidas. Tú, Viera, y este. Malo. Te lo devolveré.

—¿Y yo qué? —dice T'Oli.

Ignos se encoge de hombros. —Ve con ellos.

—¿Gar y Lan? —pregunto.

Ahora hay vacilación mientras la nave se asienta en el suelo, el zumbido de los micropropulsores se escucha claramente. Al aterrizar en la nave semilla, siento que regresa algo de gravedad, presionando mis pies contra el suelo. Si tuviera que golpear ahora, el corte sería rápido. Mortal.

—No podemos arriesgarnos a que escapen —dice finalmente Ignos—. Volverán al Vincere y les dirán lo que hemos hecho.

—Yo también podría hacer eso.

—Pero no lo harás —responde Ignos—. Antes de que logres averiguar dónde, con quién hablar, nos habremos ido. Y si nos traicionas, entonces en poco tiempo, tu preciada Tierra verá otra semilla Sevora, y otra tribu encontrará a su dios. Solo que esta vez, yo tendré el control total.

Mi especie por los Sevora. Un intercambio.

Solo hay una cosa que hacer. Un camino que tomar.

—Acepto.

CAPÍTULO 18

DENTRO DE LOS MUROS

LAS PUERTAS de la bahía del dron están cerradas y no hay ventanas de las que hablar, así que la primera vista que Sax tiene de su destino es después de que la nave aterriza con un golpe sobre algo claramente metálico. Las puertas de la nave se abren con un silbido. Hay muchos gritos, órdenes para que Plake y Agra-Red suelten sus armas.

Desde su rincón aplastado, Sax solo puede ver un poco, pero lo que alcanza a distinguir es un recinto metálico de un azul profundo, muy diferente de los espacios cubiertos de enredaderas que ha visto en otras partes de este planeta. No puede distinguir a los enemigos, pero deben ser peligrosos, ya que Plake suelta su minero y Agra-Red expulsa la batería de su propia arma fija. Ambos objetos son recogidos por dedos peludos de Flaum tan pronto como tocan el suelo.

Las oportunidades de sorpresa son escasas, así que Sax y Bas esperan, con esta última posicionándose de manera que pueda desenroscarse de Sax hacia las puertas de la nave, con las garras fuera y listas.

—O ustedes dos salen ahora, lentamente, o fundimos la nave donde está —la voz es el zumbido mecánico de un

Amigga—. Escaneamos la nave en busca de fuentes de calor durante el ingreso. Sabemos que están ahí.

—Esta es la última vez que confío en alguien que no seas tú —le susurra Sax a su pareja.

—Es solo otra aventura, Sax —dice Bas con ligereza, y luego se baja de Sax y sale.

Sus músculos todavía están adoloridos, así que a Sax le toma un tiempo liberarse de los estrechos confines de la nave, pero cuando el Oratus logra salir al aire frío del norte, la primera vista le explica por qué está oscuro: el campamento está en el mismo borde de la línea nocturna de Aspicis, con la enana blanca poniéndose muy lentamente en el horizonte lejano.

A su alrededor se alzan imponentes muros metálicos, por encima de los cuales cuelgan trozos de enredaderas enmarañadas. Sin embargo, ninguna parte de la vegetación logra penetrar muy adentro del recinto, el cual, Sax nota, está cubierto por un tenue escudo láser, el tipo de pantalla que solo es visible por los pequeños insectos y ocasionales partículas de polvo que la golpean y, a su vez, son incinerados por ella.

Plake y Agra-Red ya han sido alejados de la nave, donde un cuarteto de Flaum los vigila. Otra docena más o menos de las criaturas peludas apuntan sus propios mineros hacia Sax y Bas, mientras un Amigga que porta un exoesqueleto más alto, con orugas y aparentemente sin armas, se alza sobre todos ellos.

—Plake, cuando esto termine, voy a encontrar a tu contacto y me lo comeré —dice Sax a través del patio hacia la Vyphen.

—Yo te lo serviré —le responde Plake bruscamente.

—Basta —ordena el Amigga, y Sax resiste el impulso de dar un salto hacia la cosa y destruirla ahí mismo.

El Oratus lleva una máscara —aunque dañada— y con Bas ahí, los dos tienen una buena oportunidad de acabar con todos los Flaum. Sin embargo, Plake y Agra-Red no tienen tal defensa, y sacrificar a sus compañeros por una movida arriesgada parece una mala elección.

—Han llegado a Fenebris, y será su nuevo hogar hasta que el Coro decida qué quiere hacer con ustedes —dice el Amigga—. Primero, por supuesto, recogeremos sus nombres. Luego, los someteremos para que se decidan sus destinos. Mi suposición es que todos morirán horriblemente dentro de las próximas veinticuatro horas. Cualquier resistencia solo confirmará ese destino.

Los Flaum se acercan a Sax y Bas, alcanzan sus máscaras y el equipo colgado en ellas. Sax busca la mirada de su pareja: ¿contraatacan? Ella niega ligeramente con la cabeza, y la decisión está tomada. Sin resistencia por ahora.

—Pueden quitarme mis mineros —dice Sax a los Flaum mientras retiran las armas—. Aún tendré mis garras, y eso es más que suficiente para ustedes.

Las criaturas peludas se miran entre sí, y Sax disfruta de sus rápidos pasos alejándose de él un segundo después. Un poco de miedo llega lejos.

La escolta desde el área de aterrizaje es corta. Sax espera celdas, alguna forma de centro de detención, pero lo que obtienen en su lugar es un cambio desde el área amplia de la plataforma de aterrizaje a un patio más amplio y mucho más descuidado donde el suelo, en lugar de piedra pavimentada, es mayormente tierra fangosa. Sobresaliendo de la tierra cada tanto hay varas térmicas de cuatro metros de alto con bombillas naranja brillante a lo largo de su longitud y suaves ventiladores en la parte superior para soplar el calor hacia abajo, y agrupada alrededor de esas varas está la colección más triste de criaturas que Sax ha visto desde la *Estación Scrapper*. Flaum, Whelk, Teven y más se apiñan unos contra otros, hablando en voz baja o simplemente pareciendo dormir en el suelo.

En medio del espacio hay un gran comedero circular. Algunas especies se demoran allí, picoteando lo que parece ser un flujo de papilla nutritiva que se mueve lentamente a través del contenedor, fluyendo hacia arriba desde un extremo y hacia abajo en el otro.

En el extremo más alejado del espacio, apoyada contra otra gran pared, se alza una puerta ligeramente más alta que Sax, y aparte del camino por el que entraron —una puerta similar— parece ser la única manera de entrar o salir de este espacio.

En conjunto, la sensación que Sax percibe es deprimente.

—La mejor parte de estar aquí —está diciendo el Amigga cuando Sax vuelve a prestar atención a su interminable arenga—. Es que nunca tendrán que preocuparse por irse. No hay más sueños que tener, no más problemas que resolver. Solo este espacio, la papilla nutritiva y los gusanos brillantes.

¿Gusanos brillantes?

Sax no es el único con preguntas, ya que nota un encogimiento de hombros de Plake y una similar confusión con la cabeza ladeada de Bas. El Amigga, sin embargo, no parece interesado en continuar; la criatura, junto con los guardias Flaum, se retira con los mineros fuera y listos a través de la puerta, que retumba al bajar y se asienta pesadamente en el suelo.

—No puedo decir que esto sea lo que esperaba —anuncia Agra-Red resoplando—. Siempre pensé que moriría en un tiroteo, no desmoronándome en un campo de trabajo forzado.

—No pensé que el Coro tuviera estos lugares —dice Bas —. Los Vincere nunca los mencionaron.

—Supongo que si infringes la ley en Aspicis, no se preocupan mucho por el debido proceso —Plake barre el espacio con un ala—. Miren todas estas criaturas miserables.

La Vyphen no se equivoca. Sax normalmente vería a un montón de criaturas indefensas como comida para tener, presas para cazar, pero nada aquí despierta su instinto cazador. La papilla nutritiva significa que ninguna de las especies que ve está marchita o desnutrida, pero están muertas en espíritu. No hay fuego aquí.

Sin embargo, si Plake tiene razón y estos son criminales, entonces no deben ser graves. El Coro intentó matarlos a todos en las naves hace poco, pero ¿ahora se contentan con dejar a cautivos peligrosos en un campo de trabajo?

—Tu contacto —dice Sax—. No le dijeron al Coro quiénes éramos.

Ante la mirada de Plake, Sax explica su razonamiento. Es decir, que los cuatro deberían haber sido ejecutados a la vista, o aturdidos y usados como ejemplo. ¿Por qué dejar vivo a un cuarteto peligroso con amigos en el exterior?

—Así que no nos traicionaron del todo —burbujea Agra-Red—. Aun así voy a desintegrarlos.

—Y yo me comeré lo que quede —sisea Sax—. Lo que digo, sin embargo, es que podríamos tener una oportunidad de salir de esta. Si no saben quiénes somos, entonces podríamos tener tiempo.

—Hasta que decidan investigar —responde Plake—. No confío ni por un momento en que el Amigga de aquí no ejecute nuestras imágenes para ver qué encuentra. Digo que encontremos una manera de atravesar estos muros ahora.

Y así es como pasan las siguientes horas. Sax y Bas,

Agra-Red y Plake se separan y rodean los amplios muros del campo, atrayendo miradas errantes de vez en cuando mientras se acercan a las barreras. Son de roca dura, aunque Sax siente que sus garras podrían penetrarlas.

—Si trepáramos, ¿entonces qué? —dice Bas cuando nota que Sax pasa sus garras metálicas por parte de la piedra, dejando una línea blanca astillada—. O nos disparan a nosotros, o a Plake y Agra-Red.

—¿Entonces qué, esperamos? —pregunta Sax, y no puede ocultar el desdén en su voz. No hay nada peor que esperar, especialmente cuando no sabes cuánto tiempo—. Prefiero hacer algo a no hacer nada.

Su conversación —los tonos acalorados, más probablemente— atrae la atención de un Teven mayor, su caparazón marrón fango astillado y agrietado, que Sax ni siquiera notó hasta que la criatura similar a un palo se levanta del suelo cerca de sus pies.

—¿Han oído hablar del sueño? —anuncia el Teven—. Es una práctica donde aquellos que hemos trabajado nuestros pellejos todo el día recuperamos un poco de energía para poder hacerlo todo de nuevo.

Sax le muestra los dientes a la criatura. Quiere darle un zarpazo con sus garras porque Aspicis, en general, ha sido un montón de basura para él, pero Plake se interpone y habla directamente con el Teven.

—¿Escuchaste lo que decíamos? —pregunta Plake.

—¿Cómo no podría? Todos hablan como si se estuvieran perdiendo algo importante por estar aquí.

—¿Sabes mucho sobre este lugar?

El Teven ríe, algo siempre extraño, ya que Sax no puede ver sus bocas, así que sus risas aflautadas salen de sus caparazones a una aparente distancia de la criatura misma. Como escuchar un eco.

—He estado aquí casi toda mi vida —responde el Teven—. Intenté arreglar una forma de salir de este mundo, me atraparon por ello, ahora he atrapado tantos gusanos brillantes que es todo lo que veo cuando duermo.

—¿Entonces no hay salida?

—No dije eso —responde el Teven—. Solo que no hay formas para un viejo Teven solo. Un grupo como el suyo, podría haber opciones. Esta gente no está acostumbrada a la resistencia. Empujen un poco, tal vez descubran que se quiebran. O tal vez se encuentren fritos y muertos en el suelo.

—Una de esas opciones suena bien —dice Agra-Red.

Sax, sin embargo, está cansado de escuchar al Teven. Cansado de estar parado aquí. No hay un solo Oratus en este patio, lo que significa que es posible que esta prisión no esté diseñada para contener a una criatura como él.

—Mira —sisea Sax a Bas, y luego rompe en una larga carrera hacia el muro más cercano, uno de los laterales largos sin puerta.

La luz escasa hace difícil distinguir algo más que piedra lisa elevándose seis o siete metros antes de terminar en una serie ondulante de lo que parecen pequeñas púas. Sax salta antes de llegar al muro, su salto lo lleva casi hasta la mitad antes de que sus garras metálicas se claven en la piedra. Sus garras delanteras y medias cortan directamente, y Sax trepa hacia la cima sin dudarlo.

Tendrá que agradecer a Nobaa por las garras la próxima vez que vea al Teven.

Sax alcanza la cima del muro y no hay alarma, ni rayos disparados de un minero tras otro. Sobre el borde, Sax ve muchas de las enredaderas, claro, pero hay algo más. Algo enorme, brillando en naranja que abarca la mitad del horizonte y se eleva hacia el cielo. Las luces brillan en el largo crepúsculo púrpura mientras docenas de naves y otros transportes entran y salen de la estructura, los que parten desapareciendo en todas direcciones.

Cavignum.

Sax coloca su garra delantera izquierda entre los salientes, mira hacia atrás a su equipo para contarles lo que está viendo, cuando su garra delantera se entumece. El vacío helado se extiende por su brazo, hacia el torso de Sax y a lo largo de cada parte de él, hasta que incluso sus ojos se relajan y sus párpados se cierran a la mitad.

Entonces, sin fuerza que lo mantenga arriba, Sax se precipita de vuelta al suelo.

ANTE MIS PALABRAS, Ignos asiente detrás de mí, y me giro para ver a un Flaum con parches rojos en la entrada, sosteniendo a dos mineros en sus garras mientras me apuntan.

—No causará problemas —dice Ignos al Flaum.

—Eso nos dijiste la primera vez —responde el Flaum—. Me inclino por destruirla ahora mismo.

—Puedes intentarlo —replico. T'Oli capta mi tono, ensancha y endurece su caparazón de modo que tengo lo que equivale a un escudo en mi brazo izquierdo.

—Nasiya —percibo que Ignos dice el nombre tanto por mi beneficio como por el del líder Sevora—. Este no es el lugar, y ya no tienes tu huésped Oratus. No eres un arma. Ella podría matarte fácilmente.

El cuerpo de Nasiya mantiene a los mineros firmes por otro latido más, luego los baja a los costados del Flaum. —Hiciste un trato, Ignos. Lo honraré.

Desembarcamos de la nave en silencio. Ni siquiera T'Oli tiene palabras para las formas inmóviles de Gar, Lan y Viera mientras los Sevora Flaum y Whelk los sacan de la nave. Puedo ver el pecho de Viera subir y bajar mientras respira, pero sus ojos están cerrados. Sus manos vacías, colgando de sus costados mientras la bajan por la rampa que yo, de vuelta en Vimelia, ordené bajar para estos monstruos.

Como una destartalada procesión ceremonial, Nasiya nos guía a través del hangar hacia una extraña y enorme sección llena de edificios con ventanas que se elevan del suelo al techo. Son más pequeños que las alturas imponentes de las estructuras en Vimelia, pero hacen que todas las otras naves en las que he estado parezcan diminutas. Sin embargo, a diferencia de Vimelia y las viviendas subterráneas en Marilo, hogar de los Lunare en la Tierra, todas estas ventanas están oscuras.

Las avenidas que dividen los edificios también están tenues, con solo un resplandor ocasional proveniente de altos postes salpicados de ganchos y ramas. No estoy segura para qué son, pero Ignos y Nasiya, que caminan cerca de mí al frente del grupo, pasan varios pasos mirando los perchas vacías.

Lo que está claro, sin embargo, es que esta nave semilla está destinada para muchos más que los pocos que estamos aquí. Miles y miles podrían caber en estos espacios, y ese hangar tenía recursos para docenas de naves.

—Un último recurso debería estar vacío —me dice Ignos mientras caminamos—. Aun así, estas calles deberían estar repletas de Sevora. Esta nave debería vibrar con las posibilidades de nuestra especie.

—¿No es ese el plan? —replico—. ¿Si los Vincere no los vuelven a hacer explotar?

Ignos ignora mi pulla. —Ese es el plan, pero primero necesitamos decidir a quién sacrificar.

—¿Sacrificar?

—Los Sevora no nos reproducimos como ustedes —dice

Ignos mientras nos acercamos a una gran puerta en forma de media luna que Nasiya llama *portal*—. Uno de nosotros tendrá que madurar, y de él, podremos engendrar un millón más.

—Eso no suena como un sacrificio.

—En el centro de esta nave hay una prisión. Está revestida de gloria, pero no deja de ser una prisión. El Sevora que tome residencia allí nunca la abandonará. Controlará la nave semilla, y nada más.

La siguiente área a la que entramos está nuevamente llena de edificios, pero en lugar de la utilidad cuadrada de la última sección, estos están dispuestos en diseños vibrantes y serpenteantes. Como si alguien hubiera encogido y trasplantado una parte de la gran ciudad de Vimelia a la nave. Excepto que esta gran ciudad está vacía. Una cosa es mirar las ventanas oscuras de hogares desocupados, y otra es mirar una gran plaza, con una lanza de cristal serpenteante sobresaliendo de una fuente seca. Los bancos están solos, prístinos y nunca usados. Las terminales alineadas en bancos contra las paredes nos devuelven la mirada con pantallas en blanco.

Todos nosotros, incluso los Sevora, nos apresuramos a atravesar la sección.

La siguiente área me aprieta el pecho como un torniquete. No había visto una semilla literal desde que encontré a Ignos hace tanto tiempo en aquella noche en la jungla, pero aquí están colgando fila tras fila alrededor de un gran anillo. Sus narices afiladas apuntan hacia abajo, hacia un suelo metálico gris muy por debajo de nosotros.

—Se abrirá —dice Ignos cuando me sorprende mirando—. Cuando sea el momento de que nos dispersemos, así es como lo haremos. Una sola semilla puede transportar a un

Sevora por muchos, muchos años luz hasta que alcance su objetivo.

—¿Cuánto viajaste para llegar a la Tierra?

—Comparativamente poco —responde Ignos, haciéndome un gesto para que siga caminando con ellos mientras rodean el anillo—. Ya sabíamos de la Tierra, que los Amigga estaban realizando algún tipo de prueba allí. Me enviaron para ver los resultados, para corromperlos si podía.

—Lo lograste.

Ignos ríe. —¿Lograrlo? Aquí estás tú, a pesar de todos mis esfuerzos por convertir a tu especie en esclavos para la mía. Si acaso, Kaishi, ayudé a tu gente a alcanzar la proeza tecnológica antes de lo que debería.

—Pero si no lo hubieras hecho, tú y todos los tuyos estarían muertos ahora.

—Tal vez sí, tal vez no —dice Ignos, luego el Sevora señala con la mano izquierda de Malo hacia un delgado puente metálico que cruza el vacío debajo de las semillas hasta una puerta cuadrada y achaparrada—. Eso es lo que estamos buscando. El puente final. El Sevora que lo cruce nunca volverá.

Espero que Ignos explique por qué, pero se queda callado después de decir las palabras, y me doy cuenta de que Ignos mismo está pensando en tomar esa decisión. El Sevora hace avanzar a Malo, uniéndose al huésped Flaum de Nasiya y a un tercero, un pequeño Whelk de piel lima al pie del puente final.

—Están eligiendo —dice T'Oli.

—Me di cuenta. —Miro alrededor a los otros Sevora. La mayoría está observando la discusión del trío, y los que no están vigilando a Viera, Lan y Gar. Los portadores han dejado a los Oratus y al humano en el suelo, y descansan allí, rígidos e inmóviles—. T'Oli, tenemos que encontrar una manera de salir de esto.

—No creo que nosotros dos podamos vencerlos a todos.

—Si no podemos, nos tomarán a nosotros también —respondo—. No confío nada en Ignos.

—Cierto. Parece lógico. Ese Sevora te ha traicionado en cada oportunidad.

—Gracias por recordármelo. —Me muevo, con T'Oli alrededor de mi muñeca, más cerca de los cuerpos aturdidos. Si alguno de ellos está cerca de despertar, podría distraer a los Sevora lo suficiente para conseguir un aliado...

—¡Yo reclamaré el honor! —la voz de Nasiya es aguda, nerviosa y, bajo la bravata, temblorosa—. Caminaré por el puente final y me convertiré en la fundadora de nuestro nuevo comienzo.

Las palabras parecen ceremoniales, pero el zumbido y las respuestas airadas que Nasiya recibe del resto de los Sevora muestran que la proclamación no es definitiva. Todo el grupo de Sevora, incluso los que vigilan a los Oratus y a Viera, se abalanza sobre el trío, empujándose y gritándose entre sí.

—Parece que las facciones no han terminado su lucha después de todo —dice T'Oli.

—Nos están dando una oportunidad. —Miro los cuerpos. La gravedad de la nave semilla no es tan alta como la de un planeta —una carrera agresiva y siento como si fuera a flotar—, pero no creo que pueda cargar sola a un Oratus.

Viera, sin embargo, es mucho más pequeña.

Mientras los Sevora luchan entre sí, T'Oli se desliza de mi muñeca mientras me agacho y deslizo mis brazos bajo la espalda de Viera. Con mis piernas, intento levantar a mi amiga. Me esfuerzo, tiro con fuerza, esperando resistencia y no encuentro mucha. Viera no flota, exactamente, pero logro inclinarla hacia arriba y adelante, donde, cuando comienza a caer con su rostro destinado a estrellarse contra el suelo, la atrapo, levantando mi brazo para mantener el pecho de Viera presionado contra mi hombro.

Probablemente no sea cómodo para ella, pero como Viera está en un aturdimiento inconsciente en este momento, no me preocupa demasiado.

—Se están dando cuenta —dice T'Oli.

—Entonces distráelos —respondo, comenzando a correr alrededor del anillo.

Los pies y tobillos de Viera se arrastran por el suelo mientras avanzamos —ella es más alta que yo—, pero mi trote flotante nos da algo de impulso. Algunos de los Sevora gritan, pero ningún minero dispara a mi espalda, ningún arma me derriba.

Me pregunto si no querrán dañar su última nave.

Después de unos pasos, con las semillas colgando como picos sobre mí y las brillantes paredes exteriores del anillo central a mi derecha, me arriesgo a mirar atrás. T'Oli ha tomado el control. El Ooblot nada alrededor de un quinteto de Flaum que me persigue, usando sus cambios líquidos y sólidos para hacer tropezar e irritar a los perseguidores. Cada vez que uno de los Sevora intenta sacar un minero, T'Oli se licúa por su cuerpo y se desliza en los recovecos del arma, luego se solidifica para hacerla estallar en pedazos.

Aun así, T'Oli es solo un Ooblot, y eventualmente un par de Flaum lo superan y vienen tras de mí. Es una carrera a pie que no voy a ganar, pero estoy lo suficientemente cerca de la puerta abierta de mi destino: el sector de entretenimiento vacío.

—¡Detente!

Ignos grita la palabra. Sigo moviéndome.

—¡Kaishi, detente!

La entrada está allí, Viera está en mis brazos. Todo lo que queda es poner un pie delante del otro.

—¡Dispararemos!

Alcanzo la rampa que sube hacia la entrada. Me arriesgo a mirar rápidamente detrás de mí y veo a los dos Flaum acercándose, con T'Oli cerca de ellos. Veo a Ignos con varios más atrás, con mineros apuntando en mi dirección.

—¡Confié en ti! —le grito a Malo, a los Sevora dentro de su cabeza.

Y corro. Llevo a Viera a través de la entrada y de vuelta a la oscura y vacía confusión del sector de entretenimiento. Ningún disparo de minero atraviesa el espacio que dejo atrás. Los dos Sevora Flaum ni siquiera alcanzan la entrada.

Lo que significa que soy libre de cargar a Viera a través de la oscuridad, corriendo entre edificios, tratando de encontrar un lugar para escondernos.

El lugar debe ser un restaurante. Las únicas pistas son los grandes equipos en una habitación separada en el nivel inferior, piezas metálicas voluminosas que parecen bien adaptadas para cocinar. Quedarse en la planta baja es un mal plan, así que arrastro a Viera —que está comenzando a sentirse terriblemente pesada incluso en la baja gravedad— hacia lo que parece un ascensor.

No se mueve.

Por supuesto que no. Los Sevora no encenderán esta sección hasta que haya una razón para hacerlo, y mis necesidades definitivamente no son una razón. Elegí el restaurante porque el exterior carecía del estilo de los otros edificios, solo una placa con letras blancas curvas sobre una pancarta negra que etiquetaba el lugar como "Verdant". Supongo que registrarán todos los edificios eventualmente, así que bien puedo ser atrapada en un lugar con un nombre que me guste.

Si no consigo que este ascensor se mueva, sin embargo, me van a encontrar demasiado pronto. La idea es conseguir algunas armas, defenderme y dar a la humanidad una última buena demostración antes de que los Sevora devoren a mi especie o el Coro los reduzca a polvo galáctico.

—¿Tienes problemas? —la voz pegajosa de T'Oli es un alivio en la oscuridad solitaria, y miro hacia la entrada para ver al Ooblot deslizarse dentro.

—¿Cómo escapaste?

—Lo bueno de los Ooblots es que son muy difíciles de matar —responde T'Oli—. Logré arrebatar un minero a uno de ellos, esta belleza de aquí, y tu amigo Ignos decidió dejarme ir en lugar de iniciar un tiroteo.

—Supongo que nos conformamos con eso. ¿Alguna idea? —suspiro, mirando la plataforma a mi alrededor—. Quiero subir al segundo nivel, pero no puedo llevar a Viera allí.

T'Oli se desliza por la pared a mi lado, se eleva un poco por encima de mi cabeza y luego solidifica parte de sí mismo. —Un nuevo punto de apoyo. Uno de mis muchos talentos.

—Bien. Viera primero.

Juntos, el Ooblot y yo levantamos a Viera cada vez más alto por el hueco del ascensor, usando mis piernas y toda la energía que me queda para empujarla metro a metro. T'Oli se envuelve alrededor del cuerpo de Viera, estabilizándola para mi siguiente empujón. Hasta que, con un último impulso, logro que los hombros de Viera queden al nivel del siguiente piso.

Al igual que en las profundidades del alcantarillado de

Vimelia, T'Oli se convierte en una palanca, tirando de Viera hacia arriba y sobre el borde.

—¿Te queda otro salto? —me pregunta T'Oli un momento después.

Asiento. Reúno fuerzas en mis piernas y salto. Hacer esto en baja gravedad es una sensación liberadora que trae una momentánea creencia de que podría nunca volver a bajar. Con T'Oli atrapándome, nunca lo hago realmente. Trepar con el Ooblot no es en absoluto como trepar un árbol; es más como meter tus extremidades en un tornillo de banco inamovible, luego usar ese tornillo como palanca para impulsarte hacia arriba y alcanzar con la otra mano el cuerpo extendido de T'Oli, y repetir.

—¿Nunca te cansas de ser utilizado? —le pregunto a T'Oli cuando estamos en el segundo nivel, mayormente vacío. Mientras que la planta baja de Verdant estaba llena de mesas y aparatos de cocina, este espacio parece dedicado a un tipo diferente de reunión: largas mesas anchas dividen el área, y cada una está rodeada de sofás acolchados.

—¿Me estás preguntando si sueño con hacer más? —dice T'Oli—. ¿No crees que debería disfrutar ser útil?

—Bueno, yo... —empiezo, pero T'Oli tiene razón. Mi pregunta ociosa llega a un punto más profundo: ¿qué quiere T'Oli? ¿Por qué este Ooblot me sigue?

—¿Si dijera que quiero ver muertos a los Sevora, eso funcionaría?

—No. —Levanto a Viera sobre uno de los cojines, luego me dirijo a las amplias ventanas del segundo piso. Las tenues luces amarillas en el techo de la sección proporcionan la poca luz que tenemos, y todo lo que veo en la calle son sombras estáticas. Esquinas de edificios dobladas, aceras redondeadas alineadas con calles destinadas a multitudes bulliciosas—. Eres demasiado tranquilo para eso. He visto cosas impulsadas por el odio antes.

Sax, cuando el Oratus persiguió al Amigga en el *Cobalt*. El Fassoth que intentó devorarme en las cavernas bajo la superficie de la Tierra. Incluso los asesinos después de la muerte del Emperador, que creían que yo sería el fin de toda su civilización.

—¿Y si simplemente vivo?

—¿No entiendo?

—Yo no sueño, Kaishi —dice T'Oli como si eso lo explicara todo, sin pena, sin emoción, simplemente como un hecho—. Pasé tanto tiempo bajo tierra en Vimelia, viendo a tantos llevarse a sí mismos a la muerte persiguiendo metas imposibles, que perdí mi propia necesidad de tenerlas. En cambio, hago lo que creo que es mejor y ayudo a quienes elijo.

—¿Has elegido ayudarme?

—Es bastante entretenido —dice T'Oli, mientras el Ooblot se desliza cerca de mí—. No tengo ningún motivo grandioso. Estás aquí, eres amable, y ayudarte me ha llevado a lugares que nunca hubiera visto de otra manera. Eso es más que suficiente para mí.

CAPÍTULO 20

DE CACERÍA

BAS LO DESPIERTA de una patada, con risa en sus ojos mientras Sax parpadea para despabilarse. Está tirado en la inmundicia fangosa bajo el muro, y el resto de su grupo está de pie a su alrededor. También es evidente que ha estado inconsciente más de unos segundos.

—Es hora de irnos —dice Bas—. Te hubiera dejado dormir más, pero... —Su compañera señala hacia la puerta lejana y Sax se pone de pie para ver una falange de Flaum armados parados fuera del portal abierto—. Aparentemente necesitamos recolectar gusanos luminiscentes.

Este parece ser el propósito de los prisioneros aquí, ya que todos los que antes estaban tirados por el patio ahora se arrastran hacia la puerta abierta, sin el menor entusiasmo.

Mientras Sax se levanta, nota algunos dolores nuevos que se unen a los moretones de su caída anterior a través de las enredaderas. Está poniendo la máscara a prueba, y aun con su protección, Sax se hace una nota mental de evitar caídas largas en el futuro cercano; no es que le tema al dolor, pero lidiar con él a cada segundo se vuelve agotador.

—¿Alguien sabe siquiera qué son los gusanos luminiscentes? —pregunta Agra-Red.

—¿Mi suposición? —dice Plake—. Los Amigga crearon todo en este planeta, así que deben tener un propósito.

Antes de que cualquiera pueda seguir con la idea, una explosión musical suave y grave emana de los altavoces incrustados en las esquinas de los muros de la prisión. Es lo suficientemente fuerte como para ahogar cualquier conversación, y los prisioneros a su alrededor aceleran el paso hacia las puertas.

—¡Vamos, mis amigos! —resuena la voz del Amigga en su gloria sintética—. ¡Es otra oportunidad para ganar mi respeto, otra oportunidad para alimentar la galaxia cuyos dones rechazaron tan ignorantemente! ¡Apresúrense ahora a las minas Luminiscentes, como saben, cualquier rezagado será derretido cuando suene la trompeta final!

Sax se estremece cuando la voz retumbante del Amigga hace que su cabeza duela aún más. Sin embargo, el mensaje queda claro y marchan bajo nubes oscuras en la tenue luz hacia la puerta abierta. Son el último grupo en pasar, y los guardias Flaum no dudan en lanzarles miradas despectivas bajo sus cascos con visera.

—¿Debería destrozarlos? —sisea Sax a Bas—. Solo son unos pocos.

Dos docenas, en realidad. Todos armados y nerviosos. Sax no tendría muchas posibilidades, pero eso no es lo que busca; cuando los Flaum entran en pánico leve, cuando retroceden y algunos chillan y levantan sus minadores, Sax obtiene su risa.

—Vas a hacer que nos maten a todos —refunfuña Agra-Red—. No quiero morir solo para que te diviertas, Oratus.

—No me importa lo que quieras, Whelk —responde Sax.

Luego atraviesan la puerta, que se abre a un túnel ancho que desciende inmediatamente. Como el patio de la prisión, el Túnel Luminiscente, como Sax decide llamarlo, tiene el mínimo de soportes sosteniendo las paredes de roca negra y resbaladiza. El suelo del túnel está hecho de parches de roca mezclada y arena resbaladiza, y con cada respiración, los conductos de Sax captan el olor rancio de cientos de especies sin lavar y sudorosas.

Hasta ahora, como experiencias, esta no es precisamente agradable.

Los túneles se ramifican rápidamente, dividiéndose en corredores más grandes y pequeñas grietas. El par de Oratus, de tres metros de altura, se encuentran con opciones muy limitadas. Plake y Agra-Red, con el interés de seguir los rastros de los otros prisioneros que, presumiblemente, saben más sobre dónde se esconden estos gusanos luminiscentes, se separan y dejan a Sax y Bas solos.

Tienen dos opciones frente a ellos: una, iluminada por las luces habituales incrustadas en el techo, parece la ruta más transitada. La otra, con algunas estacas luminosas clavadas en las paredes, se tuerce y gira fuera de su vista a pocos pasos.

—Ninguno de estos caminos nos va a sacar de aquí —dice Sax. Está demorándose en parte porque este cruce es el único lugar donde ha podido estar de pie derecho en un rato, y su adolorida espalda está disfrutando del estiramiento.

—Sax, mi compañero, ¿las caídas han roto tanto tu mente que solo declaras lo obvio? —sisea Bas en respuesta. Sin embargo, envuelve las palabras en una suave sonrisa, así que Sax no siente el corte—. No vamos a escapar mientras estemos aquí abajo, así que bien podríamos tratar de encontrar una de estas criaturas.

—¿Te refieres a una cacería?

—Ha pasado mucho tiempo.

Desde una cacería real, de un animal y no de un criminal, o un Sevora. Sí. De vez en cuando con los Vincere habían tenido suerte, siendo enviados en una misión a un mundo salvaje que, después de asegurar el objetivo, ofrecía la oportunidad de deleitarse en sus instintos. Si estar prisionero por el Amigga les va a ofrecer algo, Sax aprovechará la oportunidad de sumergirse en su verdadero yo y deleitarse en la cacería que sigue.

Primero, Sax abre sus conductos y capta otra bocanada profunda de los múltiples olores de la cueva. Está el hedor ya mencionado, y debajo de eso el mantillo de plantas en crecimiento, el toque goteante del polvo húmedo, pero bajo todas esas cosas, hay algo más. Una sacudida que se mantiene al final de cada respiración.

El olor viene de su derecha, por el túnel serpenteante. Sax se gira en esa dirección mientras Bas da un paso hacia el mismo lado. Sus colas se tocan: no son necesarias las palabras aquí.

Mientras parten, Nobaa demuestra una vez más que sus modificaciones valen el esfuerzo. Las garras de Sax, cuando las coloca contra las paredes de roca, captan vibraciones. Como los olores, cada pequeña sacudida lleva un patrón que Sax analiza para encontrar lo que busca. Están las pisadas constantes causadas por los muchos pies que golpean el suelo aquí, y entre ellas, un retorcimiento, un temblor constante en la tierra.

—No puedo interpretarlo —dice Bas, con sus garras junto a las de Sax—. Hay demasiado ruido.

—Estas pueden —dice Sax, retirando sus garras metálicas—. Hay una serpiente por aquí.

Sax toma entonces la delantera, atravesando el estrecho

túnel. Doblan en las esquinas, se agachan bajo rocas amenazantes y saltan sobre pequeños arroyos. Cuanto más avanzan, menos frecuente es la luz, hasta que las barras luminosas desaparecen por completo y los dos Oratus usan sus máscaras para cubrir sus ojos con visión nocturna. Lo que era negro y marrón se convierte en tonos de verde, permitiéndoles continuar su camino.

De vez en cuando, Sax toca la pared nuevamente y confirma que va por el camino correcto. Cada vez, las vibraciones están ahí, solo que más pronunciadas a medida que el ruido extra de las otras especies se desvanece. Bas también las capta ahora.

No se pronuncia palabra hasta que el túnel desemboca en una nueva cámara amplia cuyas paredes son perfectamente visibles para Sax debido a la cosa retorciéndose que cuelga en el centro. Que la criatura iluminada de azul neón es un gusano luminiscente resulta obvio, no solo por la luz blanco-azulada que emite, sino porque ha perforado un agujero en el techo y ahora está en proceso de masticar una gran geoda brillante que descansa en el suelo de la caverna.

Con un parpadeo, Sax se deshace de la cegadora visión nocturna y observa al gusano luminiscente, que parece ser más alto que Sax, aunque delgado. Su piel, pulsando con luz, está cubierta de pequeños pelos, cada uno ocasionalmente lanzando chispas hacia otro. El gusano no tiene pies, y la cabeza que devora la geoda es el único espacio oscuro, donde pequeñas lenguas azules se lanzan y toman pequeños trozos de su comida.

—Lo encontré —dice Sax.

—¿Recuerdas lo que dije sobre lo obvio?

—Para nada —dice Sax mientras se mueve hacia la caverna, dirigiéndose lentamente hacia el lado opuesto de la cámara.

La mayoría de las presas pueden correr. Es mejor cortar cualquier escape antes de que comience la batalla.

Sin embargo, Sax no llega a la mitad de la sala antes de que el gusano luminiscente pause su crujiente comida. La criatura gira su rostro negro como roca, con las puntas de sus lenguas azules apenas visibles en la propia luz del gusano, hacia Sax. Ambos dudan, entonces Sax mueve su cola muy levemente.

Vivo. Así es como se supone que deben entregar los gusanos luminiscentes. Muertos no valen nada. Así que cuando Bas reacciona a la señal de Sax, salta hacia el gusano luminiscente con toda la intención de taclearlo y derribarlo al suelo.

En cambio, el gusano se succiona de vuelta hacia su agujero, haciendo que Bas pase por debajo. Sax toma su turno de saltar tan pronto como el gusano luminiscente se retrae, apuntando a agarrar la cabeza de la cosa, y logra atraparlo. El rostro del gusano luminiscente es tan rocoso al tacto como a la vista, y el peso pesado de Sax arrastra al gusano de su agujero, el cuerpo parpadeante cayendo sobre Sax mientras el Oratus aterriza de espaldas.

Cualquier pensamiento de victoria se desvanece en un destello brillante cuando el gusano luminiscente toma su luz azul brillante y resplandece. La caverna se inunda de blanco, y Sax cierra sus ojos, retrae sus garras para cubrirlos, y para cuando el resplandor se desvanece, el gusano se está retorciendo más allá por el túnel.

—Eso, eso fue terrible —logra decir Sax.

—No sabemos nada sobre estas criaturas —sisea Bas—. Estos Amigga están jugando con nosotros, enviándonos tras presas sin preparación.

—Morirán por ello —dice Sax—. Pero ahora quiero este gusano. Configura las máscaras.

Sax cambia su visión a infrarrojo, un espectro que funciona con calor. No la deja ahí -perseguir al gusano a través de los túneles será imposible si no pueden ver ninguna de las vueltas y giros- pero ahora la máscara cambiará entre la visión nocturna y el infrarrojo con apenas un parpadeo de los ojos de Sax.

Entonces, con garras arañando las rocas, los Oratus comienzan la persecución. Perseguir a una presa es emocionante -cada paso, cada respiración en búsqueda de algo que usa cada momento para escapar. No hay comparación más pura de fuerza, habilidad e inteligencia que una cacería.

Desafortunadamente para el gusano luminiscente, los Oratus son grandes cazadores, y las cuevas no le dan a la criatura muchas opciones para escapar. Mientras Sax y Bas lo alcanzan, comienzan a seguir el ritmo del gusano.

—Debe ir a alguna parte —dice Sax mientras él y Bas se conforman con mantener a la vista el extremo luminoso azul del gusano.

—O simplemente está huyendo de nosotros.

—En Rathfall, encontré un nido que me permitió sobrevivir —responde Sax mientras saltan sobre un conjunto de rocas puntiagudas y salpican a través de un arroyo al otro lado—. Si este gusano tiene su propia guarida...

—¿No pudimos atrapar uno y ya estás pensando en más?

—Planeando para el futuro, Bas.

—Este nuevo tú es extraño.

Bas, sin embargo, no suena muy molesta.

La pista que están esperando llega poco después en forma de un resplandor creciente más adelante. Pasar de la oscuridad de visión nocturna al verde advirtiendo que es demasiado brillante es desconcertante, pero Sax cambia al infrarrojo justo a tiempo para ver una masa hirviente de rosas, azules y naranjas.

Debe haber una docena de gusanos o más aquí.

El que están persiguiendo se zambulle en la pila, pero la masa retorcida no hace ningún movimiento para escapar. Los gusanos podrían estar resplandeciendo constantemente, por lo que Sax sabe, no les ayudará aquí.

—¿Tomamos el más cercano? —dice Sax.

Bas toca su cola con la de él en señal de acuerdo, y dan unos pasos adelante, extienden sus garras y agarran al primer gusano. Lucha, pero una vez que Sax y Bas lo liberan del resto de su grupo, el gusano parece darse cuenta de que está capturado y cae inerte.

—¿Fingiendo estar muerto? —dice Sax, sosteniendo el cuerpo flácido en sus garras medias.

—Esta es una criatura Amigga —responde Bas—. Cualquier instinto que tenga está programado en ella. Si realmente quieren estos gusanos, entonces mi suposición es que están programados para volverse pasivos una vez capturados.

—¿Entonces por qué brillarían?

—Porque no quieres que cualquiera tome tus gusanos luminiscentes. Solo aquellos que sepan, con tu permiso, cómo hacerlo.

Por divertida que fuera la cacería, un final sin pelea, sin sangre y matanza, desvanece la emoción de los dos corazones palpitantes de Sax.

Aun así, al menos atraparon uno.

No logran retener al gusano por mucho tiempo; después de que Sax y Bas llevaran la criatura de vuelta a la entrada del túnel, les indicaron que depositaran el gusano en la parte trasera de una gran aeronave de carga, donde un piloto Flaum se sentaba frente a un contenedor rectangular. Mientras el gusano se desliza dentro, uniéndose a otros tres, la aeronave se enciende y aparece un suave brillo púrpura en la parte superior, uno que sin duda daría una desagradable descarga a cualquiera que intentara atravesarlo.

Los guardias Flaum que observan a Sax y Bas dejar su presa les dan más espacio que antes al Oratus, lo cual Sax atribuye a su constante flexión de garras y exhibición de dientes. Es demasiado divertido mantener a los Flaum nerviosos como para detenerse.

—Baterías —dice Plake más tarde cuando se han reunido en el patio abarrotado—. Para eso son los gusanos luminosos.

Esta vez, Sax y los demás tienen su propia lámpara de calor. Nadie quiere meterse con un par de Oratus, así que les dan bastante espacio. Con sus máscaras, Sax y Bas no tienen frío, pero la piel de Agra-Red está opaca por el frío y Plake mantiene sus plumas apretadas. Si van a necesitar a toda su tripulación para salir de aquí, Sax bien puede ayudar a mantenerlos cómodos.

—¿Por qué no usan simplemente baterías normales? —responde Agra-Red—. ¿Como todos los demás?

Plake sacude la cabeza. Sax tampoco lo sabe, pero Bas emite un silbido bajo y todos se giran hacia ella.

—Es pura vanidad. Los Amigga crearon especies para resolver otros problemas, así que ¿por qué no este también?

—Eso es mucho esfuerzo solo por orgullo —dice Agra-Red.

Nadie lo disputa, y nadie sabe otra explicación, así que Sax dirige la conversación a burlarse del Whelk y el Vyphen por no haber podido atrapar un gusano propio.

—Podemos ayudarlos mañana —dice finalmente Sax, una vez que se ha ganado miradas fijas—. Encontramos un nido entero. Incluso ustedes dos deberían poder atrapar uno allí.

—¿Un nido entero? —pregunta Plake, y la manera en que gira la cabeza hacia Agra-Red hace que Sax detecte capas ocultas en sus palabras.

—Podría ser suficiente —responde Agra-Red—. Nunca lo he intentado con un gusano luminoso. Podría simplemente explotar.

—¿Qué? —sisean Bas y Sax al mismo tiempo.

Agra-Red agita su piel suelta, similar a un gel—. Soy un Whelk. Mis órganos flotan en su mayoría en agua. Si podemos sacar un gusano luminoso del túnel sin que lo recojan, debería poder transmitir su corriente a la puerta y cortocircuitarla.

—¿No podría cualquiera de nosotros hacer eso? —pregunta Bas—. Todos somos orgánicos.

—Sí, si quieres diluir la corriente. Lo he hecho antes, para ayudar a arrancar máquinas en el *Mobius*.

—¿Y no te mata? —dice Sax.

—Pica un poco —ríe Agra-Red—. Hay una teoría de que los Whelk surgieron porque los rayos golpearon el charco equivocado. Métenos en una fuente de energía y transmitiremos la energía como un cable.

El plan del Whelk, sin embargo, requiere que saquen un gusano luminoso de las cavernas sin ser detectados. Dado que los gusanos miden más de un metro de largo, eso será todo un truco en sí mismo.

—Causaremos una distracción —sisea Sax—. Ya me tienen miedo; no apartarán la mirada si empiezo a mostrar las garras.

Nadie objeta, aunque Bas pone los ojos en blanco. Ella sabe tan bien como él que Sax quiere la oportunidad de cortar y morder un poco.

Él sabe que ella quiere lo mismo, aunque no lo admita.

CAPÍTULO 21

REENCUENTRO

—NECESITO QUE TE QUEDES AQUÍ —le digo a T'Oli mientras me alejo de las ventanas.

Los dos tallos del Ooblot me miran fijamente. Es inquietante que no haya expresión, ningún rostro que leer en la criatura viscosa, así que después de un segundo empiezo a caminar hacia el otro lado de la habitación, hacia el hueco del ascensor que desciende.

—Vas a necesitar armas, ¿sabes? —me dice el Ooblot a mis espaldas.

—Ya encontraré algunas.

Los Sevora se llevaron el equipo que tenía en Vimelia, y aunque todavía tengo mi máscara, no soy tan tonto como para pensar que puedo hacer lo que hay que hacer solo con las manos.

—¿Por qué no empezamos con estas? —T'Oli se desliza hacia mí, sube por mi brazo y se endurece convirtiéndose en una hoja otra vez, y señala con sus tallos oculares hacia una de las mesas.

Con tres cortes rápidos, parto una de las patas y corto el extremo redondeado para convertirlo en una punta dentada.

Hago una segunda y luego coloco el par de lanzas cortas improvisadas en mi máscara, donde quedan suspendidas como si las hubiera pegado.

—¿La mantendrás a salvo? —le digo a T'Oli mientras me dirijo al hueco, armado y ligeramente peligroso.

—Un Ooblot por sí solo no puede detener mucho —responde T'Oli.

—Mantenla viva hasta que despierte, luego ven a buscarme.

—¿Qué vas a hacer?

—Lan y Gar son las únicas cosas en esta nave que pueden detener a los Sevora —respondo—. Voy a rescatarlos.

—¿Una misión suicida? El Amanecer de la Claridad tuvo muchos mártires. Nunca lograron lo que querían.

Esbozo una sonrisa irónica. —Es mi culpa que estemos en esto. Le dije a Lan que dejara subir a los Sevora a la lanzadera. Tengo que intentarlo.

—O podríamos intentar volver a la lanzadera.

—Tú y yo sabemos que es allí donde pensarán que iremos.

Los Ooblots no pueden suspirar —que yo sepa—, pero los borboteos que emite T'Oli en ese momento se parecen bastante. —Entonces hazte un favor y mantente vivo. La galaxia es mucho más divertida con ustedes los humanos en ella.

Bajar por el hueco es más fácil que subir: me cuelgo del borde, luego me impulso hacia una voltereta, como cuando caigo de un árbol de la jungla, aunque el suelo aquí es más duro que la tierra cubierta de hojas a la que estoy acostumbrado. Mis lanzas improvisadas también raspan contra las baldosas, algo a tener en cuenta si intento ser sigiloso.

Desde allí vuelvo a la tenue y oscura sección de entretenimiento, donde paso el tiempo escabulléndome hacia la puerta del anillo. Todavía no hay señales de los Sevora aquí, y me sorprende que Ignos y los demás me consideren tan poca amenaza como para no asignar ni siquiera un par de Flaum.

Pero claro, Ignos ha estado cerca de humanos. Ha estado dentro de mi cabeza. Si algo puede juzgar lo peligroso que soy, son los Sevora.

Así que trato de no tomarme personalmente la falta de interés mientras llego a la puerta, que está cerrada. Intento hacer lo que hizo Ignos y me acerco a un nódulo negro. Ignos lo había mirado desde el ojo de Malo, y trato de hacer lo mismo, pero no obtengo respuesta. Tampoco hay ningún panel a la vista, lo que significa que estoy atrapado.

No, significa que tengo que buscar otra manera de entrar.

Repaso rápidamente mis pasos: detrás de mí está el distrito de entretenimiento. Luego el área residencial vacía y aún más espeluznante. Después de ambos está la bahía de atraque. Este último es el único lugar donde estoy seguro de que los Sevora no me dejarán en paz: si llego a la lanzadera y envío un mensaje a Kolas y al Vincere, su nueva civilización terminará rápido.

Ahora bien, nunca he enviado un mensaje a través del espacio, pero Ignos no lo sabría.

Retrocedo, mis botas pisando suavemente sobre el metal. A solas, el distrito de entretenimiento pasa de ser una curiosidad a una caverna de sombras. El vacío adquiere un tono ominoso, y el débil zumbido de la electrónica que bulle bajo la superficie lo impregna todo, un gemido continuo que me pone en tensión. Lo que daría por el canto de un pájaro o la brisa ondulante entre los árboles.

Lo que daría también por un bocado de comida: no he

comido nada desde antes de nuestro asalto a Vimelia, y mi estómago considera esto una emergencia comparable a ser un insurgente solitario en una nave semilla.

La puerta del otro lado del distrito de entretenimiento está abierta. Hay un nódulo negro aquí, en el lado derecho, así que no creo que sea una configuración diferente a la puerta que da al anillo. Ambas se abrieron cuando pasé con los Sevora, así que si ahora solo una está abierta...

Los Sevora están tendiendo una trampa.

Me muevo rápidamente hacia un lado de la puerta y miro a través de ella hacia el distrito residencial. Aunque no es un oasis de luz, ha habido un cambio desde la última vez que estuve aquí: las luces a lo largo de las avenidas y en algunos de los edificios están brillando, y proyectan un resplandor verde-azulado por el espacio. Las entradas a esos mismos edificios, oscuras y cerradas cuando pasamos por aquí la primera vez, ahora están abiertas, invitando a interiores suavemente iluminados llenos de pantallas.

Lo que no veo son amenazas: ni Flaum, ni Whelk, nada. Así que doy un paso cauteloso a través. El resplandor de un edificio a mi derecha inmediata, una estructura inclinada de cinco pisos que parece una ladera de montaña convertida en domicilio, me atrae hacia su fluorescencia anaranjada. No son los fuegos parpadeantes de casa los que veo a través de su entrada irregular y curvada, pero el parecido es suficiente para que no pueda resistirme a acercarme, sosteniendo mis lanzas cortas listas.

Hay un silbido y un golpe detrás de mí y me giro, apuñalando el aire. No hay nada allí. Excepto, noto, la puerta. Está cerrada.

No tengo forma de volver.

Que la puerta se cierre ahora parece demasiado sospechoso para ser coincidencia. Me vuelvo hacia el edificio de grava, pero en lugar de fascinación, busco trampas, trucos, ojos en la oscuridad. Una tenaza sujeta cada nervio.

Respira, Kaishi. Ya estarías muerta si eso fuera lo que quieren. Has llegado hasta aquí, más allá de los cielos de tu hogar, en una nave de una especie alienígena, uno de los cuales se ha apoderado de la mente del hombre que te trajo en este viaje para empezar, un hombre del que te estás dando cuenta que...

Es demasiado imposible tener miedo.

Pero no puedo dejar que eso me distraiga.

La respiración profunda ayuda. Al igual que mi agarre en las lanzas, la ligera sensación de la máscara en mi piel. Estoy muy lejos de lo que conozco, pero soy una Emperatriz. He sobrevivido hasta ahora.

Cuando cruzo el arco hacia la entrada del edificio, veo los fuegos artificiales ardiendo en jaulas de cristal que cuelgan de un techo bajo. Su fuente, en lugar de madera seca o maleza, son pequeños discos colocados en el fondo de las jaulas, y sus chorros esporádicos de naranja y rojo brillan a través de los prismas que los encierran para bailar a lo largo de las paredes.

Digo paredes, pero tan pronto como las reconozco como tales, tan pronto como me sitúo en el centro de la entrada, cambian, desapareciendo del marrón rocoso a un azul profundo que absorbe la luz del fuego artificial. En grandes letras de bloque, aparece una pregunta:

¿Cuál es tu nombre?

Me quedo mirando la imagen. ¿Cuál es mi nombre? ¿Qué clase de pregunta es esa?

—¿Vas a responderla?

Las palabras de Ignos tienen el revelador entusiasmo de una transmisión, un tono cableado que dice que el sonido no es completamente natural. Es una versión retorcida de la voz de Malo y la odio. Sin embargo, no hay nadie en la habitación. Ignos debe estar observándome, desde fuera de mi mente esta vez.

—Kaishi, tienes que seguir el juego.

No hay un punto focal que mirar. Ninguna dirección hacia la que deba dirigir la mirada. Solo la pantalla. Solo esas palabras.

—No voy a *jugar*.

La pantalla no cambia. Ignos no aparece por ninguna puerta oculta. Pero hay un indicio, un susurro de un suspiro que se abre camino a través de los canales mágicos que conectan la voz de Ignos con mis oídos.

—Kaishi, nos estamos cerrando a tu alrededor en este mismo momento. Incluso si Malo o esos Oratus te dieron suficiente entrenamiento para evadirnos, te encerraré en esta sección. Esta nave es enorme. Te morirás de hambre antes de que necesitemos pensar en abrirla.

La puerta por la que entré sigue cerrada, así que si esos Sevora vienen, aún no están aquí. Sin embargo, no hay otra salida de esta cámara. Solo las pantallas azules. Ignos tiene razón: no tengo mucho margen de maniobra.

—¿Entonces cuál es el punto?

—¿El punto? Kaishi. El punto eres tú. ¿Imaginas lo que podría pasar si enviáramos una semilla de vuelta a la Tierra contigo dentro? ¿Qué simple sería tomar la humanidad de un solo golpe? Tú y yo casi habíamos completado las piscinas de nacimiento en Damantum. Podríamos terminar lo que empezamos.

Los insultos mueren en mi boca junto con las proclamaciones desafiantes. Eso no servirá de nada aquí.

—¿Todavía quieres tomar la humanidad? —me mantengo en el centro de la habitación, mis lanzas cortas listas.

—Todas las especies, Kaishi. Todas ellas deberían tener la oportunidad de unirse a los Sevora —responde Ignos—. Mira a Malo. Vive porque yo se lo permito. Sin los Sevora, habría muerto en ese espaciopuerto, donde lo dejaste.

—Tú causaste todo eso.

—Porque no querías abrir los ojos. Ahora elige, Kaishi. Queremos entrar. Nasiya y Jel, ellos no confían en ti. Yo sí. Sé que lo verás. Deja que los Sevora entren en tu mundo, y tu gente nunca carecerá de milagros. Sobrevivirán a cualquier mal que el Coro diseñe para ellos. La humanidad prosperará.

Apunto mis lanzas al suelo. Dejo que cuelguen sueltas en mis manos y hago un ligero gesto de asentimiento hacia la puerta. Mis hombros se hunden, y tomo una respiración profunda mientras cierro los ojos.

La puerta se abre, y allí está Malo, está Ignos, y mi guerrero-campeón está flanqueado por un par de Flaum sosteniendo minadores. Están rectos, silenciosos. Resueltos en la manera del control total de los Sevora.

Ignos entra en la cámara, los brazos de Malo alcanzando las lanzas, y los dos Flaum vienen detrás. Los ojos de Malo son de un azul desafiante, incluso cuando el resto de él sigue demacrado, hambriento y débil. En algún lugar detrás de esos iris está mi amigo. Lo dejé atrás una vez. No lo haré de nuevo.

—La humanidad será libre —susurro.

Ignos inclina la cabeza de Malo, y me muevo. Mi lanza corta derecha acompaña mi embestida, barriendo hacia arriba incluso mientras me agacho bajo el giro rápido como un latigazo del minador del Flaum. Cuando dispara, el tiro del Flaum pasa por encima de mi cabeza. Mi lanza corta no va debajo de su estómago.

Ignos, con el cuerpo de Malo entre mí y su segundo

guardia, agarra mi brazo izquierdo. En lugar de tratar de luchar contra el tirón, suelto mi lanza corta, dejo que Ignos tropiece hacia atrás con su propia fuerza. El Sevora despeja la línea para su aliado, justo cuando me preparo y giro, con mi lanza corta derecha, arrastrando al Flaum atrapado en ella hacia la izquierda. Su cuerpo bloquea el segundo destello del minador, que llena el aire con el punzante olor a pelo quemado.

La gravedad más baja de la nave semilla me ayuda a empujar mi escudo Flaum hacia adelante, y el huésped Sevora recibe otro par de impactos de minador en la espalda antes de que me estrelle contra el tirador. Antes de que atraviese con mi lanza a una víctima y luego a una segunda.

Antes de que la mía se clave en mí.

Es una lanza entumecedora, una repentina anomalía en mi espalda. Hay dolor, sí, pero es blanco-frío con shock. Ignos me empuja hacia adelante con el ataque, ayudándome a empalar a los dos Flaum y empujándonos contra la pared. El calor se duplica con el frío, y se siente como si mi estómago estuviera goteando, extendiéndose a mi alrededor.

La máscara no está hecha para detener lanzas cortas.

Ignos retira el arma y los tres, los dos Flaum silenciosos y yo, nos derrumbamos uno sobre otro. El pelo quemado del primero roza mi cara, un color amarillo desértico, aunque ahora manchado de rojo. Sin embargo, es la primera cosa suave y cómoda que he sentido en mucho, mucho tiempo. Casi podría dormir.

—Detente —dice Ignos detrás de mí—. Deja de luchar.

No. Parpadeo. No.

Oigo a Ignos retroceder. —Conocemos a tu especie. Yo soy tu mente.

¿Ignos es... mi mente?

La pregunta corta a través de la neblina del dolor. El

Sevora y su huésped están apoyados contra una de las llamas, todavía sosteniendo mi lanza corta, su metal oscuro brillando con rojo húmedo. Los ojos cerúleos de Malo ven los míos, e incluso desde el otro lado de la habitación, los reconozco.

Dejé a Malo atrás una vez. No lo haré de nuevo.

Mis dedos encuentran el minador, lo liberan. Duele, desgarra girarme, pero necesito el disparo.

—Oye —digo, y mi voz no suena como yo. Es espesa, extraña y densa y corre por mis labios.

Malo me mira. Ignos agarra la lanza, abre su boca.

—Hazlo —dice Malo.

Aprieto el gatillo.

CAPÍTULO 22

RUPTURA

EL VIAJE de ida y vuelta al nido al día siguiente transcurre sin problemas, aunque Sax disfruta del asombro que se apodera de Plake y Agra-Red cuando llegan a la esfera de relámpagos que gira en el fondo de la caverna. El nido ha crecido durante la noche también: ahora hay una docena o más de gusanos brillantes.

Sax y Bas toman uno, estirando el brazo y sacándolo del enjambre, luego se lo entregan al Whelk y al Vyphen. Toman un segundo para ellos mismos.

—Miren esto, los Oratus encontraron el tesoro —dice una voz detrás de ellos, una voz aguda y anciana que pertenece al anciano Teven del patio. La criatura no está sola; hay un grupo de Flaum, Whelk y otros apiñados detrás de él —. Les dije a todos que sería inteligente seguir a estos dos. Los Amigga no jugaron cuando crearon a los Oratus. Para nada.

Un momento de tensión se cierne mientras ambos grupos, los cuatro y las dos docenas, deciden qué sucederá a continuación. Sin armas entre ellos, sería un ejercicio trivial para Sax y Bas abrirse paso a través de todos los prisioneros. Sin embargo, ¿qué beneficio traería tal masacre?

—Tenemos una oferta para ustedes —Bas ataca primero, y cuando expone los términos y condiciones, no hay una sola disidencia de la multitud desaliñada.

La oferta, sin embargo, requiere que los dos Oratus guíen la fila azul brillante de portadores de gusanos hasta la entrada de la caverna. Al principio, la media docena de Flaum que custodian el esquife de carga se sorprenden cuando los gusanos comienzan a aparecer, luego, cuando cada par de prisioneros que emerge sale cargando otro, se vuelven suspicaces.

Entonces Sax hace su movimiento.

Los guardias Flaum están observando cómo el siguiente grupo descarga sus gusanos en un esquife de carga repentinamente lleno cuando Sax se acerca por detrás, extiende sus garras y toca a dos de los guardias en los hombros. Se dan la vuelta y comienzan a retroceder tambaleándose al verlo, cuando Sax aprieta su agarre en sus hombreras. Con sus garras delanteras, Sax golpea a cada uno de los Flaum entre sí, estrellando sus mineros y cabezas con casco y dejándolos caer, inertes e inconscientes, al suelo.

Esto llama la atención de los otros guardias, quienes, lanzándose en una alarma chirriante, comienzan a apuntar sus mineros hacia Sax. El Oratus ya se está moviendo hacia el siguiente par, mientras Bas, que se ha posicionado detrás de los dos más cercanos al esquife de carga —y más alejados de Sax— neutraliza a sus objetivos.

Los prisioneros entran en su parte del juego, abalanzándose hacia adelante y agarrando los mineros de sus opresores. Un par de Teven saltan sobre el esquife de carga y derriban al piloto, sofocando al Flaum chillón contra el suelo, donde un destello azul aturdidor lo adormece un momento después.

Un cuerno resonante rueda por el patio mientras la resistencia se expande, y la puerta lejana que conduce a la plataforma de aterrizaje se abre un momento después, con otra docena de Flaum armados derramándose en el patio.

Y todo sale mal.

No hay advertencia del Amigga, ni llamado a rendirse: los guardias Flaum simplemente avanzan más allá de la puerta y comienzan a disparar. Los rayos no son azules tampoco, sino del rojo ardiente y mortal. Flaum, Teven, Whelk caen cuando son alcanzados.

Sax reacciona por instinto. Antes, había estado tratando de mantener vivos a los Chorus Flaum con la esperanza de que cambiarían de bando. Ahora, las apuestas son mortales. Preservar la vida significa tomarla.

Mientras algunos de los prisioneros que han agarrado mineros de los guardias caídos devuelven disparos dispersos, el Oratus toma una ruta directa; da dos largos saltos hacia Bas, quien se arrodilla, fija sus garras medias, luego atrapa a Sax cuando salta. El impulso hace que el Oratus llegue lo suficientemente alto para agarrar la parte superior de un palo térmico.

Los Oratus son criaturas enormes, altas y pesadas con interminables cordones de músculos bajo sus escamas. Cuando Sax golpea la parte superior del palo térmico, este se dobla, se rompe y envía a Sax cabalgando de vuelta hacia el suelo. Lo que también hace el palo térmico es brillar intensamente, una onda de choque de luz comprimida y energía repentinamente liberada en el patio.

Es un destello cegador, acompañado por una explosión que lanza a Sax, con las garras aferradas a la parte superior del palo térmico, a través del patio húmedo y fangoso hacia los Flaum. El aturdimiento momentáneo del destello hace que los Flaum bajen las manos de sus ojos justo a tiempo para ver a Sax saltando desde su montura hacia el medio de su formación.

Lodo, pelaje, armadura desgarrada vuelan por el aire y se deslizan por el suelo mientras Sax azota y golpea. Sus garras desgarran, su cola hace tropezar, y con cada mordisco de su boca, Sax desarma a un enemigo. Bas se une segundos después, estrellándose contra las filas Flaum desde el otro lado. El enemigo está superado, sobrepasado, y es cuestión de momentos antes de que los guardias de la prisión no sean más que aperitivos destrozados sobre los que se abalanzan los prisioneros restantes.

Sax se encuentra con su pareja en el medio, sus escamas, como las de él, cubiertas con toda la evidencia de su victoria. Después de una rápida confirmación de que ninguno de los dos tiene más que las más ligeras quemaduras, se dirigen a través de la puerta abierta hacia la zona de aterrizaje de la prisión.

La única torre y el cuartel que componen el espacio habitable de la prisión se encuentra en el lado opuesto del claro. El Amigga estará ahí dentro.

—¿Lista? —sisea Sax a Bas.

—Muy lista.

Trotan a través de la plataforma de aterrizaje, y están casi al otro lado cuando un creciente zumbido de microjet los hace detenerse, dar la vuelta, listos para alguna nueva amenaza.

En cambio, es Plake, sentada en los controles del esquife de carga. Agra-Red, con su minero de asalto reconectado a una fuente de energía, está sentado atrás sobre una pila de gusanos brillantes pacificados.

—Es hora de irnos —anuncia Plake.

—Todavía hay un Amigga aquí —protesta Sax—. Merece lo mismo que esos Flaum.

—Oratus, no es momento para tu sed de sangre —responde Plake—. Piensa en algo más grande por una vez en tu vida de cerebro escamoso. Tenemos que salir de aquí antes de que lleguen los refuerzos de ese Amigga.

Plake tiene razón, por supuesto. Deberían estar saltando a esa nave y dejando que el Vyphen llevara a Sax y Bas hacia el cielo.

Pero.

—Esta prisión termina ahora —sisea Sax, y corre hacia los barracones mientras Plake llena el aire de maldiciones tras él.

Los barracones y su torre tienen una amplia puerta doble bloqueando la entrada, pero no está reforzada como las puertas principales. Tampoco hay guardias en el exterior, lo que permite a Sax golpear la barrera con toda la fuerza de su ser furioso y desgarrador. El metal se rasga, la puerta se hunde hacia adentro y luego se cae completamente de sus soportes.

Dentro hay una sala amplia, un comedor y área recreativa combinados. Un ascensor lo suficientemente ancho para el Amigga y su exoesqueleto se encuentra al fondo, y Sax se dirige directamente hacia él. Hay otras personas dentro, más Flaum, pero estos son o personal de apoyo de la prisión o han decidido que ser mutilados no está en sus intereses, porque se presionan contra las paredes de la sala.

Sax está conforme con dejarlos vivir. Por ahora.

Alguien está observando arriba porque el ascensor se sacude antes de que Sax pueda alcanzarlo, las puertas cerrándose mientras comienza su viaje hacia el segundo nivel. Sax sigue moviéndose, clava sus garras y salta, girando su hombro mientras vuela para que el Oratus atraviese la pared y las puertas del ascensor, cayendo dentro del elevador en movimiento. Sax mete su cola antes de que quede atrapada por el movimiento del ascensor, luego gira sobre sí mismo para estar listo cuando el ascensor llegue al siguiente piso.

Está cubierto de mortero, polvo y trozos de metal roto. Sin embargo, hasta ahora, la máscara mantiene sus escamas intactas, y aparte de los constantes dolores en sus huesos por las caídas, Sax está listo para continuar.

La sensación dura hasta que las puertas del ascensor se abren y el Amigga, completamente equipado, dispara láser a través de las puertas abiertas. El fuego traza una línea en la parte trasera del ascensor, fallando a Sax, quien está pegado al techo. Después de unos segundos, el fuego constante se detiene, y la risa modulada del Amigga se derrama por el pasillo.

—¿Vas a quedarte colgado ahí para siempre? —dice el Amigga—. Los refuerzos están en camino, Oratus. Aplastarán tu pequeño levantamiento sin dificultad.

¿Un Amigga demasiado confiado? Imposible.

Sax sisea, luego usa sus garras delanteras para destrozar las baldosas del techo del ascensor, enviándolas en cascada al suelo del elevador.

—¡Ni siquiera nos retrasarás! —continúa el Amigga—. ¡Ordenaré nuevas recolecciones y tendremos muchos más Flaum rotos aquí recolectando gusanos luminosos antes de que termine otro día. No habrás logrado nada, excepto matar soldados inocentes!

Sax apenas escucha la última parte mientras se arrastra fuera del ascensor hacia el estrecho hueco que lo rodea. No hay mucho espacio sobre él, salvo los imanes que mantienen estable el ascensor. Sin embargo, Sax no necesita mucho. Las paredes en este lugar son delgadas, claramente diseñadas para la conveniencia y no para resistir asaltos. Se presiona contra la parte trasera del hueco del ascensor, luego se lanza hacia adelante, atravesando la pared.

Mientras Sax atraviesa, empuja hacia adelante con sus garras, saltando mientras la pared se derrumba. El Amigga está frente a él, vistiendo su exotraje, con este portando un par de mineros rudimentarios unidos a cardanes en los costados. Nada como el conjunto más elegante que llevaba el Amigga que Sax y Bas encontraron fuera de la estación del mag lev.

No es que ningún equipo pudiera hacer una diferencia aquí.

El Amigga intenta ajustar su puntería, intenta retroceder sobre esas orugas, pero solo logra disparar un tiro rápido y fallido antes de que Sax colisione con su exoesqueleto. Sax clava sus garras en el suelo embaldosado y empuja, empujando al Amigga —que ahora grita, suplicándole a Sax que se detenga— a través del suelo, atravesando la línea de terminales y el bosque de chispas que crean mientras la armadura del Amigga destruye sus frágiles pantallas, y a través de las ventanas.

El Amigga se precipita hacia abajo, estrellándose contra el suelo en una lluvia de barro. Los prisioneros, habiéndose liberado del patio, descienden sobre la criatura, golpeando y destrozando su protección con la intensidad enloquecida de especies que saben que sus vidas están perdidas y quieren pasar sus últimos momentos en venganza.

—¿Listo ahora? —grita Plake mientras hace descender la nave de carga frente a la ventana destrozada.

Sax encuentra a su pareja, sentada en la parte trasera con Agra-Red, y Bas le da un asentimiento. Es todo lo que necesita. Con otro salto, Sax aterriza en la parte trasera de la nave y Plake los aleja volando. El Vyphen los mantiene bajos, mantiene sus luces de navegación apagadas en la oscuridad.

Sin embargo, es fácil ver las lanzaderas del Coro descendiendo hacia la prisión, y la noche se rompe cuando sus pesados láseres comienzan a destellar en el patio.

Al menos están demasiado lejos para oír los gritos.

IGNOS COLOCÓ su trampa cerca del portal. El que se había cerrado detrás de mí, el que Ignos atravesó, está completamente abierto mientras arrastro el cuerpo de Malo hacia él. Ignos dijo que estaba cerrado, que yo estaba atrapado. No debería sorprenderme otra mentira de Ignos, y esto solo se suma a todo lo demás.

Cada pisada, incluso con el suave aterrizaje de la baja gravedad, viene acompañada de punzadas. Mi cuerpo se está entumeciendo lentamente, y tropiezo, pero logro extender una pierna y mantenerme en pie. No estoy seguro de poder levantarme de nuevo, después del charco sangriento que produjo el primer y último intento.

Mi mano izquierda cuelga hacia atrás, aferrada con fuerza a la muñeca helada como piedra de Malo. El guerrero todavía respira, lo que significa que el Sevora dentro de su cabeza también sigue vivo. Lan me mostró cómo cambiar entre los modos del minero, y el destello azul funcionó como el Oratus dijo que lo haría. Malo está vivo, aunque yo podría no estarlo por mucho más tiempo.

El portal es una amplia entrada cuando está abierto, en

lo alto de una rampa que se está manchando mientras subo cojeando. Tengo mi lanza en la mano derecha —el minero es inútil para mí a menos que esté a menos de un metro del objetivo— y cuando llego a la cima de la rampa, mi pierna derecha decide que ya no da más y amortiguo mi caída con la culata del arma.

—Parece que tendremos que arrastrarnos desde aquí —le digo a mi amigo.

No es que tenga un plan. Tal vez llegar hasta T'Oli. En realidad, sé que no llegaré tan lejos. Espero, sin embargo, poder acercarme lo suficiente para que T'Oli encuentre a Malo. Tal vez el Ooblot tenga una manera de eliminar al Sevora. Hacer lo que yo no pude y salvar a mi amigo.

Me arrastro a través del portal. Cruzo el umbral hacia los destellos dorados del distrito de entretenimiento muerto. Las tenues luces se vuelven borrosas y se estiran, desapareciendo y regresando a su propio ritmo. La nave misma parece inclinarse. ¿Han volteado los Sevora la nave semilla de lado? ¿Es esto lo que pasaría?

No. Me he caído, eso es todo. Y no estoy solo.

Cuatro Flaum coronan la rampa, cada uno portando un minero. Dos levantan sus armas y me apuntan, como si de alguna manera fuera a reunir la energía para contraatacar. Cada respiración cobra su precio, requiere atravesar una red enmarañada de nervios rotos y huesos traqueteantes. Todo lo que puedo hacer es mirar mientras arrancan a Malo de mi lado. Con Ignos a salvo, los dos verdugos fijan sus miras para una descarga mortal.

Lo intenté, Malo. Viera. Lo intenté.

Mis oídos están zumbando, mi audición también se está apagando, así que los destellos se desarrollan como un sueño. Carmesí intenso, los disparos disipan la oscuridad. Los dos Flaum que me apuntaban caen primero. Son alcanzados por detrás y su pelaje fibroso se incendia cuando los rayos caen en cascada sobre ellos. Los otros dos, junto a Malo, apenas logran darse la vuelta antes de que el asalto caiga sobre ellos.

El humo me rodea mientras este distrito recibe su primer espectáculo real.

—¿Sigues vivo? —dice T'Oli, aunque el sonido proviene de otro cuerpo.

Viera atraviesa el humo disperso, tambaleándose hacia adelante mientras el Ooblot mueve sus extremidades, dobla sus rodillas y brazos, aunque noto que sus ojos parpadean por su propia cuenta. Su boca también cae en un gesto apretado cuando le ofrezco una sonrisa, aunque como mi cara se ha entumecido, realmente no sé lo que estoy haciendo.

—Desafortunadamente, no puedo cargar a tres humanos —dice T'Oli, y el Ooblot deja a Viera suavemente a mi lado—. Parece que estás muy herido, Kaishi. No soy experto en anatomía humana, pero esa es mucha sangre.

Abro la boca —sé que estoy haciendo esto porque mi pecho aún no está entumecido, y la bocanada de aire que se filtra en mi cuerpo delata mi movimiento— pero solo logro toser.

—Sí, esa es la situación —T'Oli se transforma de nuevo en su charco cremoso, ambos tallos oculares moviéndose a mi alrededor, observando más de cerca—. ¿Qué tal si tapamos el agujero aquí mismo?

Un frío repentino y paralizante me golpea desde la parte baja de la espalda. Mis ojos se abren de golpe, aspiro aire, intento gritar y solo lo logro a medias. Antes de que me recupere de la punzada polar, T'Oli se entrelaza a lo largo de mi cuerpo. Siento al Ooblot amasar a través de mis dedos mientras se extiende fino.

—Vas a tener que ayudarme, ¿de acuerdo? —susurra

T'Oli, un sonido de leve chapoteo dado que la mayor parte de su cuerpo me está cubriendo—. No soy muy bueno moviendo humanos.

Quiero decirle al Ooblot que no puedo ayudarme a mí mismo, pero entonces mis manos se mueven un poco; un empujón del cuerpo endurecido y contraído de T'Oli. Me dejo llevar, prestando mi diminuta fuerza al esfuerzo. Es suficiente, de alguna manera, para ponerme de rodillas. Desde ahí, T'Oli se acumula debajo y detrás de mí, luego lentamente se endurece y se empuja hacia arriba, poniéndome de pie.

Durante todo este tiempo, Viera me parpadea desde el suelo. Creo ver sus piernas y brazos temblar, pero entonces T'Oli me hace tambalear de vuelta al distrito residencial.

—Nadie va a tener primeros auxilios en el barrio de fiesta —chapotea T'Oli—. Pero ¿donde viven? Eso parece más probable.

Pensé que ya estaría muerto a estas alturas, pero el apoyo de T'Oli me da energía, me da esperanza, y me aferro a ella. La oscuridad borrosa todavía persiste en los bordes, mis músculos se estremecen y duelen, mis pulmones se sienten como si estuviera bajo el agua, pero seguimos adelante. Pasamos el lugar anaranjado donde Ignos intentó atraparme, hasta el siguiente edificio, una estructura cuadrada ordinaria con ventanas ovaladas y una puerta oscura.

—Voy a apoyarte aquí un momento —dice T'Oli, y el Ooblot hace exactamente eso, presionándome contra el costado del edificio cerca de la puerta.

El Ooblot se desliza hacia la puerta misma, una más pequeña y achaparrada por la que apenas podría pasar estando de pie, y se presiona contra el metal. Después de un momento, T'Oli se estremece, y la puerta tiembla. Hay un sonido de metal desgarrándose, y entonces algo estalla en el lado opuesto y la puerta cae hacia dentro de la casa con un fuerte golpe.

—Menos mal que hay tan pocos Sevora en esta nave —dice T'Oli mientras regresa a mí—. De lo contrario, ya nos habrían sobrepasado. Entre nosotros, creo que hemos eliminado a un tercio de ellos. No está mal para una especie blanda como la tuya.

A diferencia del hogar al que Ignos me condujo, este edificio parece más ordinario. Pasillos rectos con puertas alineadas a los lados. A diferencia de la entrada, estas están completamente abiertas en los pasillos sin luz. Ignos puede haber enviado energía a su estructura elegida, pero esta aún no está activada. En cierto modo, agradezco la oscuridad.

He llegado hasta aquí y ahora, intento decirle a T'Oli, estoy acabada. Mis piernas ya no parecen poder levantarse, incluso con el Ooblot potenciando cada paso. T'Oli entiende la idea y nos desviamos hacia una habitación abierta donde me derrumbo, con la suave ayuda de T'Oli, sobre lo que parece ser una gran esponja rojiza.

—¡Vuelvo pronto! —gorjea T'Oli y el Ooblot desaparece.

Y con él, también mi consciencia.

Despierto de golpe, en la misma habitación oscura. La única luz proviene de la ventana, destellos de las dispersas lámparas azules por toda la sección. Lo primero que hago es respirar, y es asombroso. Increíble.

Estoy viva.

De alguna manera, estoy viva.

—Emperatriz —la voz de Viera es suave, y está apoyada contra la pared frente a mí—. Kaishi. Lo siento.

—¿Por qué? —intento decir, y sale como un desastre áspero y ronco.

—Te he fallado —Viera mira los mineros que tiene en cada mano, como si también reprendiera a las armas por sus propios fracasos—. Debería haberme quedado en el puente.

—Habría terminado igual —digo—. ¿Cuánto tiempo estuve inconsciente?

Viera niega con la cabeza. —No hay forma de medir el tiempo aquí, pero no creo que fuera mucho. T'Oli encontró unas cremas muy potentes. También me terminaron de despertar. Le dije al Ooblot que no le diera nada a Malo.

—Todavía está poseído.

—Me lo imaginé, al ver lo asustados que estaban sus ojos cuando lo miré.

—¿Dónde está?

—Encerrado al otro lado del pasillo.

—¿Y T'Oli?

—Vigilando —dice Viera—. Ese Ooblot es despiadado. Después de traerte aquí y reanimarme, T'Oli atravesó a todos y cada uno de los Sevora dentro de esos cuerpos Flaum. Dijo que la única forma de estar seguros es atrapar a los pequeños desgraciados.

Después de lo que el Ooblot ha pasado, un experimento genético forzado a huir a las alcantarillas bajo la ciudad Sevora en su mundo natal, T'Oli probablemente tiene rabia de sobra.

—Bien —respondo.

Probar mis brazos y piernas es una cascada de milagros. Cada uno funciona, y aunque hay bastante dolor punzante y picazón, logro rodar fuera de la cama. Viera me atrapa cuando me caigo de la esponja y me ayuda a ponerme de pie. Ahora llevo un conjunto de ropa holgada, los chalecos y pantalones destinados a un Flaum, y una de las piernas se desliza bajo mis pies y casi me hace tropezar.

—¿Tienes un cuchillo? —le pregunto a Viera, y ella saca

una hoja de aspecto extraño, un borde serrado contra un mango negro plateado.

—Ten cuidado con él —responde Viera—. Se lo quité a uno de los Flaum. Cuando presionas este botón aquí, se pone interesante. —Lo hace, y el borde zumba, suave y afilado.

Soy cuidadosa y uso la hoja para cortar la ropa para que sea menos como un conjunto sofocante y desordenado y más como un conjunto de harapos funcionales, aunque feos. Nadie me confundirá con una Emperatriz, pero al menos no me tropezaré y caeré de cara.

Ahora hay dos prioridades. A unos metros de mí está el guerrero que he estado tratando de recuperar desde el momento en que lo perdí. Más lejos, en algún lugar de esta nave, hay un par de mortíferos Oratus siendo llevados, cada segundo, más cerca de su propia captura por los Sevora.

Quiero preguntarle a Viera qué hacer, pero ya lo sé. Solo hay una decisión de la que me arrepentiré si no salimos vivos de aquí.

—Vamos a verlo.

Ignos, y Malo, siguen rígidos y aturdidos. Su cuerpo, el cuerpo de Malo, está tendido sobre otra de las esponjas, que debe ser lo que pasa por camas en toda la galaxia. Los ojos de Malo se mueven hacia mí cuando Viera y yo entramos en la habitación, aunque solo puedo notar que se mueven porque las pupilas de Malo captan el destello de luz azul de la ventana. Por lo demás, la habitación está demasiado oscura para distinguir mucho.

—Ve a buscar a T'Oli —digo después de mirar a Malo por un momento—. Es hora de que le devolvamos su cuerpo a Malo.

Viera pone una mano en mi hombro. La aprieta. Luego

desaparece en el edificio. Adopto su postura, apoyándome contra la pared y mirando a Malo.

—Ignos, podía oír a la gente mientras estaba aturdida, así que supongo que puedes oírme —digo. De alguna manera, la oscuridad lo hace más fácil, se siente como si estuviera hablando con Ignos como solíamos hacerlo, en las cavernas de mi mente—. Me dijiste que estaba destinada a cosas más grandes. Que yo sería la fuente de milagros, que salvaría a mi tribu. Mentías, pero tenías razón. Me dijiste que Viera sería una buena amiga, que Malo tenía posibilidades. Me estabas usando, pero tenías razón.

Me pongo de pie, me muevo hacia la esponja. Coloco mis manos contra su suave superficie mientras me inclino e intento no estremecerme por el dolor persistente.

—Te quedaste conmigo durante las sesiones en el *Cobalt*, me dijiste que no tuviera miedo, y aunque solo decías esas cosas para que no te dejara atrás, tenías razón. —Miro fijamente esos ojos y no sé si es Malo o Ignos quien me devuelve la mirada—. Por todo eso, en Vimelia, elegí perdonarte. Hice lo que me habrías advertido que no hiciera: le di a mi enemigo otra oportunidad.

Oigo un ruido de chapoteo y deslizamiento desde el pasillo. El tiempo casi se ha acabado.

—Enseñaste esa última lección cuando volviste por mí. Gracias, Ignos. Y adiós.

T'Oli no necesita una orden para saber qué hacer, y el Ooblot capta el ambiente del momento y no dice nada mientras su cremosa forma se desliza por la esponja, rodea la cabeza de Malo y desliza una parte de sí mismo dentro.

Me obligo a mirar. A ver cada pequeña parte del Sevora mientras T'Oli lo saca, luchando, del oído de Malo. Mientras T'Oli coloca el nido retorciéndose de tentáculos puntiagudos en el suelo. El cañón del minero es casi más grande que el propio Sevora.

No puedo fallar.

Los tres nos reunimos en la entrada del edificio. Malo sigue tendido en la esponja, con los nervios fritos por el fuerte aturdimiento que le propiné hace poco. Como tal, mi consejo de guerra consiste en tres: yo, vistiendo túnicas destinadas a otra especie y todavía débil por una herida mortal apenas curada. Viera, la más saludable de nosotros, sostiene un par de mineros en sus manos y mira fijamente por la puerta detrás de mí, eternamente buscando la siguiente amenaza.

Luego está T'Oli, una gota perlada decorada con dos tallos oculares. De todos nosotros, supongo que el Ooblot es quien tiene más razones para estar aquí. Creado por los Sevora y abandonado por ellos, T'Oli ha estado en un lento camino hacia la venganza desde su creación.

—Vas a llevar a Malo a la lanzadera —le digo a T'Oli. No estoy tanto de pie como apoyada en mi lanza corta, el dolor en mi costado drenando la fuerza de mis piernas—. Ustedes dos necesitan escapar y saltar de vuelta a la Tierra.

—Si crees que advertir al resto de los humanos les ayudará a sobrevivir —responde T'Oli—, estás sobreestimando a tu especie. Cualquier incursión Sevora los superará.

—La última vez los derrotamos —dice Viera.

—Tuvimos suerte, y los Sevora estaban distraídos por el asalto de los Vincere a Vimelia. Con su supervivencia en juego, no jugarán. Se infiltrarán, desestabilizarán, infectarán y destruirán.

—Me gustabas más cuando no eras tan deprimente.

—Por eso necesitas recuperar a Malo —me apodero de la

conversación—. Él tuvo a Ignos en su cabeza, conoce a los Sevora, como tú. Y nuestra gente lo seguirá.

Como me siguieron a mí, cuando lo necesitaron.

—Podríamos ir todos por la lanzadera, ¿sabes? —dice Viera—. Tendríamos tiempo de enviar otro mensaje, dejar que ese Kolas tan feo y el resto de sus amigos lagarto salven a Lan y Gar.

He considerado esa opción. La he seguido hasta sus posibles finales: ¿qué pasa si Kolas no alcanza esta nave? ¿Si los Sevora escapan y reinician esta guerra que ha durado tanto tiempo?

—Hay una oportunidad de acabar con todo aquí —respondo—. Si los detenemos y tomamos esta nave, los Sevora habrán terminado. No habrá otra guerra, no se perderá otra especie.

—¿Desde cuándo te volviste tan grandiosa? —me pregunta Viera, aunque lo dice con una leve sonrisa—. La chica que recuerdo solo quería tener un papel en su propia tribu.

—Mi tribu es mucho más grande ahora.

T'Oli no pone más resistencia, aunque el Ooblot me ayuda a romper más metal para tener un bastón largo además de mi lanza corta. Viera tiene sus mineros, y después de despedirnos una última vez de Malo, que nos mira parpadeando, Viera y yo nos marchamos.

Solo hay un lugar al que ir, y es de vuelta hacia el anillo central. Desde allí tenemos que tener suerte y encontrar donde están los Oratus. Luego tenemos que tener mucha más suerte y atrapar a los Sevora antes de que conviertan a Lan y Gar en los esclavos más mortíferos imaginables.

Cambiamos las luces azules de la sección residencial por el suave dorado del distrito de entretenimiento, e intento no detenerme mientras pasamos junto a los cuerpos de los Sevora Flaum.

—Parece que nadie los está buscando todavía —dice Viera mientras avanzamos—. T'Oli realmente ayudó. Apenas podía moverme, Kaishi. Sin ese Ooblot, ni siquiera habría podido apretar el gatillo de esta cosa.

—Elegimos la alcantarilla correcta para zambullirnos, aquella vez.

Cruzar la sección de entretenimiento lleva algo de tiempo, mientras Viera toma la delantera y explora el camino, y yo cojeo detrás de ella con mi bastón. Lo que sea que T'Oli usó para ponerme en pie, definitivamente no es un milagro total. Tal vez debería haber ido a la lanzadera y enviar al Ooblot con Viera en la misión de rescate.

Pero no soy de las que envían a otros a limpiar sus propios desastres.

—La puerta está cerrada —dice Viera cuando la alcanzo en lo alto de la pequeña elevación que conduce de vuelta hacia el anillo central. Como los otros, hay un nudo negro junto a esta que no reacciona en absoluto cuando paso la mano cerca—. También intenté eso. O no hay nadie vigilando, o están contentos dejándonos aquí.

—Bueno, yo no estoy contenta quedándome.

No nos lleva mucho tiempo idear un camino a través de la puerta; Viera robó dos mineros, pero entre todos los Flaum quemados, hay varios más. Tomamos las armas extra, las apilamos contra la puerta y retrocedemos. Viera prepara la puntería, me mira.

—¿Lista? Porque no habrá más misión secreta después de esto. Sabrán que vamos por ellos.

—No me importa.

Viera se ríe. —Mentirosa.

Tiene razón, y dispara directo.

La bola de fuego es ruidosa y breve, llena de metal deformándose y el crepitar hambriento de llamas momentáneas sin nada más que acero para morder. El humo es momentáneo, una neblina dispersada por brisas invisibles e imperceptibles que deja tras de sí un agujero destrozado en el centro de la puerta.

—Estas puertas no detienen mucho, ¿verdad? —dice Viera.

—¿Acaso pones tus puertas más pesadas en el interior de tu propia casa? —respondo, luego levanto mi bastón y avanzo—. Vamos. Lan y Gar nos necesitan.

—Sí, eso lo has dejado claro —responde Viera, manteniendo sus mineros listos—. Solo prométeme una cosa.

—¿Qué cosa?

—Cuando salvemos sus traseros escamosos, harás que admitan que necesitaban nuestra ayuda.

El anillo es más ominoso cuando está vacío. Brillante y plateado, pero todas las semillas suspendidas arriba parecen dientes de una pesadilla. Que el vasto corredor se extienda en ambas direcciones sin fin también añade un lado inquietante, como si hubiéramos entrado en un universo de espejos donde las cosas simplemente continúan para siempre.

—Creo que tenemos dos opciones —le digo a Viera mientras miramos el suelo de acero negro—. O intentamos entrar al núcleo de la nave semilla y esperamos atraer su atención, o intentamos encontrar qué sector tiene a los Oratus.

—O una tercera —dice Viera, poniéndose frente a mí—. Simplemente empezamos a disparar.

El sonido de botas sobre metal resuena hacia nosotras desde la derecha, y un trío de Whelk viene deslizándose por la esquina. Dos de ellos tienen mineros, y uno lleva un par de lo que parecen bastones cortos negros.

Su impulso los lleva a la vista justo cuando Viera abre fuego, eliminando a los dos primeros en un instante caliente, sus cuerpos gelatinosos sobrecalentándose y estallando en chorros de líquido pegajoso. El último, con su minero, intenta una retirada dispersa, disparando tiros que logran grabar un patrón sin sentido de quemaduras en las paredes a nuestro alrededor.

—No le dispares —pongo mi mano en el brazo de Viera—. ¿Qué apuestas a que esa cosa va exactamente a donde queremos ir?

—Me gusta tu forma de pensar, Emperatriz —responde Viera, y nos lanzamos tras él.

O, al menos, Viera lo hace. Le digo que siga adelante, que mantenga el rastro del Whelk mientras yo me arrastro. No soy de mucha utilidad en una persecución —no tengo idea de qué tan buena sería en una pelea tampoco—, pero mi total inutilidad en este encuentro momentáneo me impulsa a cambiar mi lanza corta por uno de los mineros de los Whelks destrozados. Puede que no sea muy buena tiradora, pero quizás pueda distraer a alguien el tiempo suficiente para que Viera los termine.

El Whelk recorre la mitad del anillo —pasando por una gran puerta cerrada— antes de escabullirse a través de un portal ampliamente abierto que conduce a algún lugar nuevo y diferente. Me sorprende ver, desde el anillo mientras alcanzo a Viera, respirando con dificultad, que esta sección no está envuelta en oscuridad como las otras. Es incluso más brillante que el propio anillo; un blanco casi abrasador.

—¿Juntas? —le digo a Viera mientras ella me da una

mirada que dice mucho sobre qué tan lista para la batalla cree que estoy.

—Kaishi, puedes quedarte atrás. Por mi cuenta, solo había unas docenas de Sevora en esa nave. Hemos eliminado casi la mitad. Tal vez más. Puedo manejar esto.

—No te voy a abandonar.

—Entonces no hagas que me maten tampoco.

Esta vez agarro su brazo con fuerza, hago que Viera me mire. —Los Oratus son la prioridad. No yo. Sácalos y ellos se asegurarán de que los Sevora sean eliminados.

Busco su mirada, observo ese mechón de cabello blanco cada vez más sucio y deshilachado que cae sobre la frente de Viera. En la selva, hace tanto tiempo, la humedad constante mantenía el cabello de Viera encrespado, al menos hasta que cedió y empezó a usar los mismos ungüentos que habíamos cultivado de las plantas durante años. Ahora, en el aire seco y apagado de estas naves, está casi perfecto.

Sin contar la suciedad, el sudor, las manchas dispersas de sangre y ceniza.

Viera no necesita responder. Un simple y leve asentimiento muestra que comprende.

CAPÍTULO 24

LA CENTRAL ELÉCTRICA

CAVIGNUM, durante las largas noches de Aspicis, parece una bola de fuego congelada expandiéndose en el cielo. Un resplandor anaranjado y turbulento que de alguna manera se mantiene contenido en una esfera casi perfecta. La parte inferior se corta en una estructura colosal iluminada por un ejército centelleante de luces. Las aeronaves entran y salen a toda velocidad, aunque Plake vacila, flotando bajo y acurrucada entre algunas enredaderas antes de añadir su propio vehículo robado al montón.

—No podemos simplemente entrar —dice Plake—. No tenemos credenciales, y aunque yo pueda ser persuasiva, el resto de ustedes hará que nos disparen sin más.

—Hay otro problema —dice Bas—. Necesitamos avisar a Nobaa y Engee cuándo entrar a la estación.

—Espero que recuerdes el canal que están escuchando —refunfuña Agra-Red—. Porque yo no lo recuerdo. No después de que nos quitaran todo.

Sax suelta una risa sibilante. —He tenido que memorizar tantos códigos y coordenadas. No te preocupes,

Whelk. Cuando tengamos la distracción creada, podremos enviar el mensaje.

—Excelente. —Plake, apenas visible en la luz ambiental, agita un brazo emplumado hacia las aeronaves que pasan—. ¿Alguna idea de cómo entramos? No voy a preguntar por la distracción porque sé que tu respuesta será 'destruir cosas'.

—¿Podemos usar estos? —Bas levanta uno de los gusanos luminiscentes—. ¿Dijiste que podrían ser baterías?

—Tal vez —responde Plake, y la Vyphen examina detenidamente a la criatura retorciéndose—. Si no hay otra opción, podrían esconderse debajo de ellos y dejar que yo nos meta.

—O podría hacerlo yo —ofrece Sax—. Así, si algo sale mal, puedo pelear.

—Si tienes que pelear desde el principio, estamos todos muertos —dice Plake—. Si nadie tiene una mejor idea, agarren algunos gusanos y pónganse cómodos.

La aeronave de carga no es lo suficientemente grande para que dos Oratus gigantes se acuesten en ella, al menos no con ningún grado de comodidad. Sax y Bas tienen que enroscarse completamente uno alrededor del otro, encajando brazos y piernas en cualquier hueco posible, y rodeándose con sus colas. Plake y Agra-Red se dedican a cubrir a la pareja con gusanos luminiscentes, cada uno golpeando a Sax como un paquete blando de papilla nutritiva.

Agra-Red, entonces, se aprieta entre algunos de los gusanos, descansando como una capa entre los dos Oratus. Los Whelks no tienen exactamente los niveles de flexibilidad de los Ooblot, pero se acercan bastante. Una ventaja, nota Sax, es que Agra-Red no puede hablar cuando está así de expandido.

—Espero que estén todos cómodos —dice Plake.

Apretujado en la parte trasera de la aeronave de carga,

Sax solo puede saber lo que Plake está haciendo por el peso de su cuerpo cuando la nave desciende, gracias a la ligera brisa que logra atravesar las capas. No está encantado de estar empaquetado como una pieza de carga, pero no parecía haber alternativas, y-

—Sax —le dice Bas, y su siseo le recuerda que sus cabezas están realmente tocándose—. ¿Estás bien?

—Perfecto —responde Sax, lo cual está tanto lejos de la verdad como lo suficientemente cerca para que no importe.

—Bien. No sería justo de otro modo.

—¿Qué no sería justo?

—Cuando empiece, no quiero sentir que mi puntuación no cuenta solo porque estés herido.

Ha pasado tiempo desde que llevaban la cuenta de los puntos. Las misiones casuales parecen tan lejanas; cuando su equipo caía en una zona de guerra o en una instalación Sevora con simples órdenes de búsqueda y destrucción. Era más fácil entonces encontrar diversión extra en la carnicería. Ya no tanto ahora, no cuando las consecuencias parecen mucho más graves.

Aunque, tal vez las apuestas hacen que sus juegos sean aún más importantes. ¿Qué importaría si salieran vivos de este conflicto, pero habiéndose perdido a sí mismos?

—Ya voy ganando —responde Sax—. Me cargué al menos a siete Flaum allá atrás. Y al Amigga.

—No mataste al Amigga, lo hicieron los prisioneros.

—Pero yo-

—Las reglas, Sax. Me cargué a cinco Flaum en la prisión. Así que tienes una ligera ventaja, por ahora.

—Por ahora.

La aeronave se mueve lentamente durante mucho tiempo, con Plake diciéndoles a todos que se mantengan en silencio mientras pasan junto a otra nave. Es un viaje aburrido, pero a Sax no le decepciona estos momentos tranquilos con Bas. Antes, con los Vincere, Sax siempre se sentía invencible. Que él y Bas siempre llegarían al siguiente.

Ahora ese sentimiento se ha ido, reemplazado por un fatalismo sombrío. Las probabilidades de éxito son tan bajas, la importancia tan alta, que Sax se siente mejor asumiendo que no llegará al final, reemplazando el miedo con una determinación macabra.

—Llegando a la primera puerta —dice Plake—. Parece que las plataformas de aterrizaje están más allá. Quédense quietos.

La aeronave reduce la velocidad, luego se detiene.

—¿Manifiesto? —anuncia una voz chillona de Flaum.

—Eh, gusanos luminiscentes —responde Plake.

Hay un momento de silencio, luego Sax ve una luz azul rastrera pasar sobre su área de carga. Es un rastreo lento, detallado.

—¿Te enteraste de lo de la otra prisión? —dice Plake de repente, en voz alta.

—¿Qué prisión? —responde el guardia Flaum.

—Por allá atrás, ¿parece que los prisioneros se rebelaron?

—Eres una Vyphen, ¿no es así? —dice el guardia después de dudar—. Bastante extraño ver a una de ustedes aquí, ¿y transportando carga?

—¿Ves lo que está pasando en la galaxia? —dice Plake—. Todo es un desastre. Al menos aquí puedes conseguir un trabajo estable. Transportar gusanos luminiscentes es mucho mejor que morir allá arriba.

Eso, sorprendentemente, arranca una risa del Flaum. —Es cierto. Estuve con los Vincere por un tiempo, y cada día pensaba que sería carne de cañón en otro ataque. Cuando surgió la oportunidad de transferirme aquí, la aproveché de inmediato.

La luz que flotaba sobre su bodega de carga se apaga.

—Parece una buena carga —dice el guardia—. Diríjanse a la plataforma B y descarguen los gusanos allí.

—Entendido. —Plake pone la nave en movimiento otra vez, ajustando su ángulo hacia abajo y a la derecha.

—No pensé que pasaríamos por ahí —dice Plake un minuto después—. Me deben la vida.

—¿Después de que te salvamos en la prisión? —sisea Sax—. Estamos a mano.

—¿Salvarme? El Whelk y yo estábamos perfectamente bien. No necesitábamos tus garras.

Sax sabe que Plake está jugando con él y no se molesta en responder. La nave está reduciendo la velocidad para aterrizar, lo que significa que sus disfraces están a punto de arruinarse.

Sax no puede esperar.

—Hay guardias y personal por todas partes —dice Plake—. Tengo un nuevo plan. Agárrense.

—¿Qué? —alcanza a decir Sax mientras Bas emite un siseo interrogativo.

De repente, Plake inclina la nave bruscamente hacia la derecha, y un segundo después Sax escucha un chillido sorprendido seguido del estruendo de una colisión metal contra metal. Se oyen estallidos desde su propia nave, que se tambalea en el aire mientras los micropropulsores intentan compensar a sus compañeros ahora inoperantes. Sin embargo, el momento de inestabilidad se corta cuando Plake impulsa la nave hacia adelante, forzándola en una fuerte aceleración.

—¡Salgan, ahora! —grita Plake.

Sax no entiende, pero Bas sí. Su compañera usa sus

garras para cortar la parte trasera de la nave, destrozando la delgada barandilla en una lluvia de chispas. Sax gira la cabeza para poder, por primera vez, ver realmente por la parte trasera, y alcanza a ver la amplia extensión bronceada de la plataforma de aterrizaje, las diversas naves posándose sobre ella, y toda la gente corriendo hacia otra nave que aparentemente se ha estrellado y arde en el suelo.

—¡Salta! —sisea Bas, y Sax sigue su ejemplo, empujando con sus garras y escabulléndose por la parte trasera de la nave.

En el camino, con su cola, Sax recoge a Agra-Red, arrastrando al Whelk detrás de ellos mientras caen los pocos metros hasta la superficie de la plataforma de aterrizaje. Apenas han aterrizado cuando la nave de carga golpea algo detrás, estallando en llamas crepitantes. Las alarmas suenan inmediatamente, aunque la desastrosa sucesión de eventos parece haber confundido a los guardias de Cavignum.

Plake, bien alejada de los otros tres, ya está corriendo hacia los guardias más cercanos, agitando su cuerpo emplumado y exclamando amenazas extravagantes sobre la nave que supuestamente golpeó la suya.

—Nos está dando cobertura —sisea Bas, aunque Sax piensa que las llamaradas de humo y fuego están haciendo un mejor trabajo que la Vyphen.

Una mirada hacia la explosión muestra que Plake tampoco apuntó al azar: alrededor de los restos doblados y rotos de su nave está la forma similarmente destruida de una puerta de carga que conduce al interior de Cavignum. Es una apertura que Sax y Bas están más que felices de usar.

—¿Me pueden llevar? —dice Agra-Red cuando los Oratus se disponen a moverse—. No puedo mantener el ritmo con sus piernas gigantes.

Después de un resoplido despectivo de Sax, Bas se hace

cargo, recogiendo al Whelk mientras corren hacia la puerta. Sax cierra sus conductos, contiene la respiración mientras atraviesan las chispas humeantes, y luego están del otro lado.

Dentro de la planta de energía más grande de la galaxia.

Tienen dos objetivos: encontrar una entrada a la base que Nobaa y Engee puedan usar, y luego asegurarse de que esa entrada esté abierta cuando el par de Teven intente escapar.

—¿Cavignum tiene un centro de control? —pregunta Sax mientras atraviesan corriendo la puerta destrozada y entran en un amplio corredor de carga.

Es un espacio plateado, metal ajustado y pulido para manejar los extremos de calor posibles en lo que equivale a un gigantesco agujero que succiona calor del núcleo del planeta. La temperatura interior ya es bastante cálida, especialmente en comparación con la fría noche exterior, y el techo del corredor está salpicado de agujeros que conducen a ventilaciones en la parte superior.

Sax recibe esta información de la máscara sin sentirla, ya que el traje transparente hace lo posible por mantener su cuerpo a la temperatura óptima de funcionamiento. La máscara también amortigua el olor a cosas quemadas, permitiendo que Sax se concentre en lo que tiene adelante: específicamente un bosque de caminos ramificados, puertas y rampas que conducen a otros niveles.

Casi todas estas entradas y salidas tienen señales móviles al lado, colgando encima o impresas en el suelo. Solo un par parecen estar encendidas, y es porque los trineos de carga se dirigen hacia ellas, con las señales mostrando nombres de envíos y direcciones.

Excepto que todo se ha detenido ahora, y docenas de ojos los miran fijamente desde el corredor.

—¿Siempre eres tan obvio? —dice Agra-Red—. Por supuesto que tiene un centro de control. Solo tenemos que encontrar dónde está.

—Me caías mejor cuando no podías hablar.

—Yo nunca te he soportado.

Bas aparentemente no tiene tiempo para ellos, ya que sale corriendo. Sax la sigue, porque ¿qué más puede hacer excepto perseguir a quien ama? Detrás de ellos, Agra-Red les grita que vayan más despacio, pero cada segundo significa más guardias, y el Whelk no vale el fracaso de la misión.

—¿Adónde vas? —sisea Sax a su compañera mientras ella pasa la primera bifurcación del corredor, con rampas a ambos lados que suben y bajan.

—Los Amigga están obsesionados con estar en el centro de sus creaciones —dice Bas—. Si este lugar tiene un control, va a estar lo más cerca posible de ese centro.

—¿Qué hay de la Meridia? El Coro está en la cima.

Bas se detiene derrapando, mira fijamente a Sax. —Viven en el medio. Confía en mí.

Nunca ha tenido problemas para hacer eso, y no los tiene ahora, así que cuando Bas reanuda su carrera, Sax la sigue.

Pasan junto a esos trineos de carga, y los Flaum que los pilotean ni se molestan en gritar. Tampoco lo hacen los trabajadores uniformados que se mueven de una estación a otra, ni la delegación de lo que parecen ser inspectores, guiando sus peludos cuerpos Flaum por la estación en uniformes completamente blancos.

No, los primeros obstáculos aparecen cuando se acercan al final del corredor. Un trío de Flaum, pero estos en pesados exo-trajes. Sax casi se ríe: son reliquias Vincere, usadas antes de que los Oratus llegaran al poder para dar a los Flaum alguna ventaja en combate. Son de metal negro y dan a los Flaum dos metros extra de altura, diseñados para exploración y supresión hostil.

Normalmente, Sax esperaría ver un amplio soporte para hombros con mineros en los exo-trajes. Sin embargo, estos no portan armas láser, y en su lugar parece que han fundido y refinado esos soportes para convertirlos en grandes martillos, creando un par de ellos por traje. Sax supone que podrían tener aplicaciones industriales, pero estos tres están claramente alineados para evitar que los Oratus que se acercan atraviesen la pequeña puerta detrás de ellos.

Es difícil saber qué es más gracioso: la idea de que tres Flaum puedan enfrentarse solos a los Oratus, o que pensaran que estos exo-trajes les darían alguna oportunidad.

—Izquierda —sisea Sax mientras se acercan.

Bas capta la indirecta, y cuando están a una docena de pasos de los Flaum, que están levantando sus lentos puños para hacer... algo, los dos Oratus saltan a las paredes, sus garras y zarpas mordiendo los costados mientras siguen avanzando.

Los Flaum en sus caballos de hierro no pueden responder lo suficientemente rápido. Sax está a la izquierda, y su objetivo hace un torpe y pesado paso y golpe hacia él. La puntería es baja, y apenas sería suficiente para rozar las garras inferiores de Sax si el Oratus no saltara desde la pared y aterrizara sobre el brazo extendido que golpea. Con un giro mientras sus garras desgarran el metal, Sax arranca el brazo del constructo de su socket.

Desafortunadamente, la máquina del Flaum tiene un segundo brazo, y respalda a su compañero caído, atacando a Sax, que ha cabalgado el miembro de su víctima hasta el suelo. Tumbado de espaldas, Sax se ancla con sus garras y patea, deslizándose fuera del camino del martillazo, hacia el Flaum y su traje. Cuando el puño del Flaum golpea el suelo, hace añicos las baldosas cromadas como si fueran de vidrio. Lo que el puño no logra es impedir que Sax plante sus garras delanteras en el suelo detrás de su cabeza y use el impulso y su palanca para dar una voltereta.

Sax da una voltereta sobre el pecho del exo-traje, con el Flaum obteniendo una terrible vista de las garras de Sax. El Oratus comienza a desgarrar, apuntando a cualquier cable. Las chispas vuelan y estallan en la boca de Sax, cada una picando con victoria. Siente que el exo-traje se inclina hacia un lado cuando la pierna derecha pierde energía, y Sax está a punto de escalar y atacar al piloto cuando algo golpea la parte trasera del exo-traje y lo hace inclinarse hacia adelante.

Sax no puede escapar —sus garras están todas atrapadas en medio del desgarro— y todo el traje cae sobre él, inmovilizando al Oratus contra el suelo. El escudo de vidrio que bloquea al Flaum se hace añicos, presionando a la criatura peluda contra el torso de Sax mientras el Oratus intenta respirar. Los exo-trajes, resulta, son pesados, y Sax no está en posición de moverlo.

La presión sobre las ventilaciones de Sax es demasiado intensa; todo su aire se está escapando. Sax muerde el exo-traje con su boca, pero es un gesto fútil —todo lo que hay es metal, y no hay manera de que pueda liberarse antes de asfixiarse, incluso si la máscara evita que el peso aplaste sus huesos.

De todas las formas de morir. Asesinado por un Flaum.

El calor atraviesa el exo-traje, y Sax siente que el piloto Flaum se eyecta, atravesando la jaula metálica que había estado estabilizando ese parabrisas de vidrio. El calor, sin embargo, no desaparece, y de repente el exo-traje se siente más ligero, un estruendo metálico resuena por el pasillo cuando su otro brazo cae al suelo.

—Vamos, Oratus tonto —se escucha la voz de Agra-Red
—. No tengo suficiente energía para cortar toda la cosa.
¡Levanta!

Un poco de inspiración puede ser muy útil cuando se
trata de fuerza. Sax toma la provocación del Whelk y
empuja. El exo-traje se mueve ligeramente. Las cuatro
garras, zarpas y cola, sin embargo, no son suficientes para
liberarse. Aun así, ese mínimo espacio es suficiente para que
Sax abra sus ventilaciones magulladas y aspire algo del aire
tan necesario.

—¡No puedo! —logra sisear Sax.

—Tu pareja está ocupada con los otros dos —replica
Agra-Red—. ¿Quieres que muera? ¿No? Entonces ponte en
marcha.

Hay otra explosión de calor, y el pie del exo-traje cae
cerca de la cabeza de Sax. Esos pocos kilogramos, junto con
la adrenalina, el miedo por Bas y el soplo de aire fresco, le
dan a Sax suficiente motivación para intentar otro empujón.
Esta vez, en lugar de levantar el traje directamente, opta por
deslizarse, moviéndose por el suelo mientras inclina el traje
muy ligeramente. Lo suficiente para escabullirse.

Lo suficiente para que Sax se ponga de pie, mire y vea a
Bas apoyada contra la pared lejana, riendo, mientras el
Whelk sacude su cabeza, su pesado minero de asalto
brillando por su propio calor.

—Ella me dijo que tienes que aprender a ser paciente —
burbujea Agra-Red—. Te estás lanzando directamente sin
analizar el campo de batalla. Podrías haber esperado a que
quemara cada una de esas cosas desde una distancia segura,
¿o no notaste que solo tenían grandes garrotes?

Bas... ¿lo observó? Sax casi muere allí. Mira a su pareja,
sabiendo que la frustración y la traición se muestran en su
rostro escamoso y gris.

—Basta —sisea Bas cuando lo nota—. Casi te matan. La próxima vez que te lances sin pensar, podrías ponernos en riesgo a todos.

—¿Qué se suponía que debía hacer?

—¡Ver la estrategia! —ruge Bas en respuesta—. Comunicarte conmigo, con nuestros aliados. Trabajar en equipo, por una vez.

Sax sacude la cabeza. ¿Trabajo en equipo? Bas es su pareja. Ellos *son* un equipo, siempre. Toma aire, está a punto de decirle exactamente qué puede hacer con su sugerencia, cuando Agra-Red gira y dispara con su minero contra la pesada puerta que bloquea su camino hacia adelante.

—¿Alguien tiene una idea para esta? —pregunta el Whelk—. Si ya terminaron con sus problemas de relación, claro. De lo contrario, estoy feliz de esperar hasta que las hordas desciendan sobre nosotros.

Sax tiene un método habitual para atravesar puertas; específicamente, sus garras y haciendo tajos con ellas hasta que se presente una abertura. Esta puerta, como Sax descubre con algunos intentos de arañazos, está recubierta de cromo y llena de metal grueso reforzado. No hay manera de que la atraviesen.

Una rápida mirada hacia atrás por el amplio corredor muestra a un grupo de Flaum dirigiéndose hacia ellos —los guardias de Cavignum finalmente se han dado cuenta y vienen a defender su estación. Lo que significa que solo hay un camino por el que pueden ir: subir por las rampas.

—¡Síganme! —sisea Sax, y comienza a moverse.

Una vez más, Bas tiene que hacer de transportadora para el Whelk, apresurando a la criatura gelatinosa mientras los dos Oratus corren y saltan por las rampas de carga. El primer salto lleva a Sax hasta la superficie inclinada, luego un par de pasos lo llevan a otro corredor, similar al primero pero en lugar de un suave resplandor naranja de energía pulsante, este tiene un tinte azul de los cables translúcidos que recorren el pasillo —la energía comenzando a bombear hacia los paquetes de baterías y conexiones de salida.

Junto con el cromo, es una hermosa variedad de colores que se desplazan por el espectro frío. Una que Sax podría observar por más de un segundo si hacerlo no resultara en que lo convirtieran en papilla fundida un grupo de guardias furiosos.

Hay una última rampa, así que Sax da otro salto, escuchando el chirrido de las garras de Bas mientras se aferran al metal detrás de él. Luego llegan al nivel superior, donde la luz es estándar, de un blanco amarillento apagado; la energía a estas alturas refinada a su nivel utilizable. Y, como en los niveles inferiores, hay una puerta.

¿La diferencia? Esta está abierta.

De pie junto al panel de control, con un minero pequeño presionado contra la cabeza de un guardia Flaum, está Plake.

—Ya era hora —dice Plake—. Vámonos.

—¿Cómo? —logra preguntar Sax.

—Todos fueron tras de ustedes, así que me hice amiga de este tipo que me dijo cuáles puertas serían las últimas en cerrarse en caso de emergencia. Así que vinimos a esta, y cuando escuché tus siseos maníacos, supuse que vendrías hacia aquí.

Hay bastante ruido mientras los guardias avanzan por las rampas, así que Sax, Bas y Agra-Red —a quien Bas deja caer en el suelo tan pronto como se detienen— corren a través de la puerta. Plake se desliza tras ellos, arrastrando a su rehén, y le ordena al Flaum que cierre y bloquee la puerta.

Entonces observan lo que hay alrededor, y los corazones de Sax se hunden.

Frente a ellos se apilan baterías, los extremos de zafiro de los cilindros apilados indican que están cargadas y listas para enviar. Esta sección es un anillo vasto que comienza su curva mientras Sax mira a izquierda y derecha, una curva que cambia gradualmente de color, las baterías apiladas mostrando menos carga a medida que el anillo da la vuelta.

Las paredes detrás de las baterías son masas de cables, desviando la energía refinada en niveles anteriores desde calor puro hasta las baterías destinadas a almacenarla. Arriba, a través de lo que Sax supone debe ser un cristal de un metro de grosor, brilla la gran bola naranja de Cavignum. Desde tan cerca, Sax puede distinguir las finas líneas que mantienen unida la nano-red destinada a capturar y contener el calor proveniente del núcleo de Aspicis.

Lo que esta maravilla tecnológica no tiene para ellos, sin embargo, son terminales. Dondequiera que esté el centro de control, no es aquí.

—Necesitamos el centro de control —sisea Sax al rehén de Plake.

El Flaum se encoge al principio, pero encuentra su valor en algún lugar de su uniforme azul oscuro. —Están tres niveles muy arriba. Está abajo, donde es más seguro.

—¿Alguna buena idea de cómo llegar allí? —dice Agra-Red al rehén—. Piensa bien, porque tu vida depende de ello.

Y, dado los repentinos golpes en la puerta detrás de ellos, las suyas también.

—Piensa mientras nos movemos —dice Bas, una sugerencia que ponen en práctica.

A diferencia de los corredores anteriores, el anillo central de baterías no está bordeado de puertas. Mientras avanzan, Sax nota que los colores de las baterías se desvanecen del azul al verde, y eventualmente al amarillo y aún sin salida. Finalmente, con solo una interminable pared cromada a su izquierda e infinitas baterías a su derecha, Sax sisea para que todos se detengan.

—¿Hay alguna salida de aquí? —pregunta Sax al rehén, quien suelta una risita chirriante.

—Una entrada y salida —dice el Flaum—. Las baterías suben por aquí, y luego las sacan por la puerta por donde entramos.

—¿Suben desde dónde?

El Flaum, sin embargo, sacude la cabeza. Plake empuja el minero contra su costado, enfatiza la amenaza con un susurro mortal, pero el Flaum solo responde con otra sacudida brusca.

—No les diré nada más —dice el Flaum—. Voy a morir de todas formas por haberlos ayudado a llegar hasta aquí.

—Estamos tratando de ayudarlos a todos —intenta Plake, cambiando a la diplomacia desde sus medios más agresivos—. Derrocar al Coro ayudará a la galaxia.

—¿Eso creen? ¿Que quitarnos la única seguridad que hemos conocido nos va a ayudar? —El Flaum suelta otra débil risa chirriante.

Sax arranca a la criatura del agarre de Plake, la arroja por el anillo, de vuelta por donde vinieron. —No tenemos tiempo para esto.

Plake mira hacia el rehén, como si estuviera pensando en recuperar al Flaum, pero entonces la criatura peluda se pone de pie y comienza a correr. Plake levanta el minero, luego sacude la cabeza y lo enfunda.

—Vámonos —dice la Vyphen—. Algunas personas nunca entenderán.

—Lo entenderán, cuando ganemos —añade Agra-Red mientras reanudan su carrera alrededor del anillo.

No es difícil encontrar el embudo que mencionó el rehén; es un amplio hueco en la línea de baterías, parcialmente lleno por andamios cromados y un mecanismo de elevación. Una mirada hacia abajo muestra baterías descargadas siendo cargadas muy abajo por transportadores precisos.

—Es un ajuste apretado —dice Bas, asomándose.

—¿Ves otra salida? —dice Agra-Red—. Porque yo no, y no llevo máscara, así que preferiría no recibir un disparo.

Como si hubiera escuchado al Whelk, el rápido golpeteo de pies sobre metal hace eco alrededor del anillo. Agra-Red se desliza más cerca del hueco, comienza a evaluar cómo puede caber allí. Plake saca su minero, los cubre desde atrás, mientras Sax y Bas miran hacia el otro lado.

—¿Puedes lograrlo? —pregunta Plake al Whelk.

—No es problema para una cosa viscosa como yo —dice Agra-Red—. Tú también eres pequeña, capitana.

—No me llames pequeña.

—Los hechos son hechos —responde Agra-Red—. En cuanto a los monstruos grandes, no sé qué decirles.

—Vayan —sisea Sax—. Ya nos las arreglaremos.

Sumándose al misterio, los rápidos pasos se han detenido, aparentemente justo al doblar las curvas del anillo. Hay unos latidos de nada, luego un muy claro rasguño de una garra pesada sobre metal. Un sonido que Sax conoce, porque es uno que ha estado haciendo todo este tiempo.

—Váyanse —dice Sax—. Ahora.

—No tienes que decírmelo dos veces —dice Agra-Red, y el Whelk desaparece por el hueco, deslizándose y resbalando su viscoso ser a lo largo de las barras.

—Sobrevivan a esto —dice Plake mientras sigue al Whelk—. Nunca pensé que diría esto sobre un par de monstruos con garras, pero los necesitamos.

La Vyphen, con sus brazos alados revoloteando, desaparece, dejando a Sax y Bas solos en el pasillo. Los rasguños se acercan, deliberadamente fuertes ahora. Sax aprovecha la amenaza para dar su propia mirada por el hueco de las baterías.

No hay duda: los Oratus, que miden más de tres metros de altura, con colas gruesas, nunca cabrán por ahí. No a menos que Sax se ponga a tallar un agujero más grande, y no hay tiempo para eso. Ya no hay tiempo para nada.

A cada lado de ellos, de pie solos en el centro del corredor, hay dos Oratus espejados. Sus escamas reflejan las baterías y la iluminación blanca, dándoles una apariencia brillante, con sus contornos mostrando ligeras distorsiones en lo que Sax puede ver. Con cada movimiento, la luz se dobla y retuerce a su alrededor, por lo que Sax apenas puede distinguir dónde está la criatura, mucho menos dónde va a estar.

—¿Solo dos de ustedes? —sisea Sax, mirando al que tiene enfrente, sabiendo que Bas está haciendo lo mismo con el que la mira a ella.

Sus colas se tocan, muy ligeramente.

—Más que suficiente para lidiar con un par de traidores Vincere —dice su Oratus, y Sax reconoce la voz, la misma de la estación de tren—. ¿Dónde está el resto de tu grupo?

—Les dije que no necesitábamos su ayuda para encargarnos de ustedes.

Kah suelta una risa siseante; a diferencia de la de Sax, es algo extraño, distorsionado y mecánico. Estas criaturas pueden estar vivas, pero están diseñadas igual que las máquinas que mueven las baterías a su alrededor incluso ahora.

—Al menos conservas tu confianza —dice Kah—. ¿Pero conservas tu inteligencia? El Coro tiene una oferta para ti: a cambio de lo que sabes sobre tu líder, Evva, y sus planes, el Coro está dispuesto a enviarte de vuelta a tu antiguo puesto.

—Eso no va a suceder.

—¿No? Tenemos una pista sobre el mundo natal de los Sevora, Sax. Vuelve con nosotros ahora y aún podrás llegar al final de la guerra que has estado luchando toda tu vida.

¿El mundo natal de los Sevora? Sax no estaba seguro de que eso existiera; se había resignado a encontrar las últimas de esas pequeñas babosas en alguna nave semilla a la deriva. Cómo los Sevora habían logrado mantener oculto un planeta entero durante tanto tiempo...

No. Ese no es el punto. Ya no está luchando esa guerra.

—Ya no lucho por el Coro —dice Sax—. Lucho por nuestra especie. Por las vidas que merecemos vivir.

Sax espera otra risa, u otra oferta. Lo que recibe en cambio es una leve reverencia.

—Respeto a un guerrero con una causa, incluso si es un traidor a los suyos —responde Kah.

—¿Puedes matarlo ya? —susurra Bas—. Cada segundo que hablamos aquí, Plake y Agra-Red están en peligro allá abajo.

Un solo Oratus espejado casi le cuesta la vida a Sax. Ahora hay dos, y Bas no sabe a qué se enfrenta. Y a diferencia de la estación de tren, no hay espacio para un enfrentamiento a distancia. Será algo cercano y brutal. Pero antes de que Sax pueda advertirle, sus enemigos se lanzan hacia adelante, atacando con un largo zarpazo de sus afiladas garras mientras se abalanzan.

Con una ligera presión en su cola, Sax sabe hacia dónde

va a ir Bas, y salta hacia la derecha, esquivando el zarpazo y terminando contra la pared exterior del anillo. Bas se aferra al interior, colgando sobre el hueco vacío para las baterías, mientras los dos Oratus espejados se sitúan en el medio, cada uno girándose para enfrentar a su respectivo objetivo.

Sax cruza la mirada con Bas desde el otro lado del anillo, y se agacha. Se impulsa desde el anillo exterior, apunta al suelo y agarra el piso con su garra delantera izquierda, luego con su garra media izquierda, tirando con fuerza para hacer girar su cuerpo y, más importante, su cola hacia los dos Oratus. Kah, observando a Sax, ve venir el golpe, pero el que vigila a Bas está ocupado esquivando su propio salto, su ataque alto. La cola de Sax barre al otro Oratus espejado hacia el suelo, mientras Bas embiste a Kah, quien salta para esquivar la cola de Sax. Bas taclea a Kah por detrás y lo empuja hacia el anillo exterior, sus garras y boca haciendo su trabajo.

Es entonces una pelea frenética, mientras Sax aprovecha al Oratus espejado derribado, agarrando sus hombros mientras la criatura intenta levantarse y, usando sus garras para aferrarse al suelo, gira y lanza al Oratus contra el anillo exterior, junto a donde Kah acaba de empujarse lejos de la pared. Kah está tratando de inmovilizar a Bas contra el suelo, pero Bas se desvincula, esquiva el contragolpe para que Kah tropiece sin resistencia, permitiendo que el siguiente golpe de cola de Bas le azote la cara hacia la izquierda.

El golpe empuja a Kah hacia Sax, quien propina una patada con sus garras a la rodilla derecha del Oratus espejado, haciendo que Kah caiga de rodillas, luego Sax muerde con sus garras izquierdas y canaliza al Oratus espejado hacia su compañero, que apenas se está despegando de la pared. Los dos colapsan en un montón contra el anillo exterior.

—Había olvidado lo agradable que es luchar contigo —sisea Sax hacia su compañera.

—Porque siempre te vas por tu cuenta.

—Estoy aquí ahora —dice Sax las palabras mientras ambos se giran, garras listas, mientras los dos Oratus espejados se desenredan uno del otro—. ¿Lista?

Bas asiente. Sax se tensa para saltar.

Y el suelo explota bajo ellos.

CAPÍTULO 25

RESCATE FALLIDO

A TRAVÉS del portal hay una sección de un profundo rojo y violeta. Al principio, pienso que la luz es consecuencia de alguna alarma que hemos activado, algún mecanismo de seguridad Sevora alertando a cualquiera aquí de que hay un par de especímenes rebeldes sueltos.

Entonces veo las enredaderas.

Están contenidas en enormes tanques; recintos de cristal que se elevan desde el suelo y se detienen muy por debajo del techo, donde cada tanque separado se une con sus compañeros para crear un gran espacio donde las enredaderas se entrelazan y retuercen entre sí, con alguna que otra flor púrpura grande floreciendo ocasionalmente. Las luces rojas y púrpuras se entrecruzan entre los gruesos tallos, proyectando versiones sombreadas de los patrones de las plantas en cada superficie.

—Mira —dice Viera, apuntando su minador hacia la base de uno de los tanques. Cada uno está forrado con una cubeta plateada, y todos están llenos; algunos se han desbordado, esparciendo el líquido púrpura oscuro por el suelo de metal negro—. Papilla nutritiva. Parece que nada en esta galaxia come comida de verdad.

Por ahora, me alegro de no ver a ningún Flaum. Aunque este espacio es lo suficientemente grande como para igualar las secciones de entretenimiento y residencial combinadas, no hay un solo Sevora corriendo hacia nosotras. No hay disparos de minador en nuestra dirección.

—Si te preocupa la comida ahora... —empiezo, y Viera descarta mis palabras con un gesto.

—Solo bromeaba, Emperatriz.

—Entonces sigamos moviéndonos. Los Oratus tienen que estar al otro lado de esta sección.

No lo sé con certeza, por supuesto, pero es una corazonada. Es una esperanza. Que es todo lo que tengo ahora.

Caminando bajo las plantas gigantes, me encuentro reevaluando un poco a los Sevora. Claramente no odian toda la vida, y están cultivando comida aquí para sus anfitriones. Tienen un distrito de entretenimiento y lugares para que sus especies vivan que parecen viables, si no lujosos.

Si no fuera por el aspecto de "tomar el control de tu mente", encontraría a la especie similar a la nuestra.

Estamos llegando al final de la sección cuando siento una repentina punzada de dolor en mi abdomen, justo donde Ignos clavó su lanza. Presiono mi mano izquierda, que sostiene el minador, contra el punto por un momento, y la sensación disminuye.

Viera, sin embargo, lo nota. Sus ojos nerviosos revelan algo más.

—¿Qué me estás ocultando? —digo.

Sus ojos se desvían hacia mi herida. —T'Oli me pidió que no te lo dijera. El Ooblot dijo que la mitad del tratamiento depende de que la persona crea que va a estar bien. Yo, personalmente, creo que es mejor saber.

—¿Saber qué, Viera?

—Es un parche temporal, Emperatriz. T'Oli te ha potenciado con algo que llamó estimulante, encontró un paquete en uno de los Sevora Flaum y dijo que te mantendría en pie por un tiempo.

Sus palabras aclaran las cosas. Viera no discutió cuando sugerí que Malo fuera con T'Oli. Incluso el Ooblot no opuso mucha resistencia. Saben que Malo necesitará reunir a la humanidad si fallamos, no porque yo *podría* morir, sino porque voy a morir.

—¿Cuánto tiempo me queda?

—T'Oli no lo sabía. Nunca había hecho esto con un humano antes. —La tenue luz hace difícil distinguirlo, pero creo que podría haber lágrimas en los ojos de Viera—. No importa, Kaishi. Concentrémonos en la misión.

—Es fácil para ti decirlo.

—No, no es fácil para mí decirlo.

Le creo y la respeto, así que me alejo de la conversación. Aparto los pensamientos de una frágil mortalidad y me adelanto con mi bastón. Doy un paso y luego otro. Si mi vida se está agotando, entonces planeo hacer que los últimos momentos sean útiles.

La siguiente entrada, como la que atravesamos para llegar aquí, está abierta. Y de nuevo está despejada, sin centinelas. O los Sevora que escaparon de Vimelia con nosotros no son soldados, o Ignos se llevó a los únicos que lo eran.

—O es una trampa —dice Viera mientras subimos los escalones en forma de media luna hacia la entrada.

—La última sección tenía muchos buenos lugares para

una emboscada. Si hubieran querido matarnos, podrían habernos atacado entonces.

—Tal vez están esperando el momento perfecto.

—Tal vez les estás dando demasiado crédito a los Sevora. ¿No han estado perdiendo esta guerra desde que comenzó?

Viera acepta mi punto mientras llegamos a la cima de los escalones. Este sería el lugar ideal para que una ráfaga de fuego de minador nos derribara a ambas, pero en su lugar solo obtenemos una gran vista de algo que he visto antes, aunque debido a que esta sección está tan vacía, me toma un momento ajustar el recuerdo al lugar.

Cuando escapamos de Vimelia la primera vez —que tenga que agregar ese calificativo me hace estremecer— lo hicimos envenenando un centro de hospedaje Sevora; un lugar para que los anfitriones fueran entregados y se obtuvieran otros nuevos. Esta nueva sección se extiende en blanco y azul, un cambio brusco desde los tonos más oscuros que dejamos atrás, y los colores se combinan, iluminando varias piscinas. Cada una, ya sea iluminada en azul cielo o blanco, tiene postes metálicos que entran y salen de ella, los ángulos haciendo obvio qué dirección es la preferida.

Sin embargo, casi todas las piscinas están vacías. Excepto una, justo en el centro.

—No se están escondiendo muy bien —susurra Viera.

Una docena de Flaum y Whelk, incluyendo a nuestro fugitivo, rodean la piscina, la única llena del líquido negro que he sentido demasiadas veces en mi propia piel. Más cerca de nosotros, tendida dentro del anillo Sevora y aparentemente todavía aturdida está Lan. Gar no está por ningún lado.

Lo que significa que el Oratus probablemente está bajo esas aguas púrpura.

Todas las miradas están en la piscina. Teniendo en cuenta cuántos combatientes han enviado hacia nosotros, no me sorprende demasiado. ¿Quién podría imaginar que un par de humanos y un Ooblot tendrían alguna posibilidad contra los todopoderosos Sevora?

Sin embargo, desde aquí, ningún bando podrá hacer mucha destrucción. Viera podría acertar algunos disparos a esta distancia, pero yo probablemente le daría a Lan. O dispararía a la tinta y electrocutaría a Gar. En su lugar, señalo con el bastón hacia las únicas otras cosas en la habitación; estantes y estantes de ropa, armadura y armas.

¿Qué es lo primero que un Sevora querría hacer con su nuevo huésped? Equiparlo con el equipo adecuado.

Hay cientos de mineros alineados en altas pilas, y docenas de túnicas, chalecos y caparazones colgando de ganchos en estructuras delgadas cuyos soportes base tienen paneles de control que, estoy segura, podrían rotar un artículo preferido a la altura de un Flaum. Un espacio central conduce hacia las piscinas, y es lo que Viera y yo observamos cuando entramos por primera vez en la sección. Ahora nos formamos en el lado izquierdo, detrás de un estante de mineros. Viera toma la delantera, asomándose por la esquina.

—Gar todavía no ha salido —me susurra Viera—. Tenemos una oportunidad.

—Entonces aprovechémosla.

La estrategia se hace a un lado y deja que el instinto dirija nuestro ataque. Viera se desliza alrededor del estante, levanta sus mineros y abre fuego, los rayos rojos zumbando hacia el grupo de Sevora. La sigo, apuntando con mi mano izquierda, apretando el gatillo y añadiendo al caos sin golpear a una sola alma.

Pero eso está bien, porque lo que nuestra embestida nos

compra es pánico. Los Sevora intentan dispersarse, pero Viera los está eliminando, o al menos lo hace hasta que uno la alcanza con un disparo de respuesta. Se me corta la respiración cuando el lado derecho del pecho de Viera se quema, pero mi amiga nunca deja de disparar.

Si ella puede luchar a través de su dolor, yo puedo luchar a través del mío.

Uno de los Flaum se desvía hacia mi izquierda, dirigiéndose hacia una de las piscinas vacías y disparando salvajemente en el camino. Apoyo mi bastón en el suelo metálico, afirmo mi brazo contra él y apoyo el minero en mi antebrazo derecho. El Flaum alcanza el siguiente conjunto de barandillas mientras ajusto mi puntería, y la decisión del Sevora de trepar por encima en lugar de zambullirse por debajo me da el objetivo que busco.

Esta vez, estoy disparando rojo. Esta vez, doy en el blanco.

Viera me empuja hacia un lado y ambas caemos detrás de una línea de trajes de batalla colgados no muy diferentes al que Viera está usando, todos de diferentes tamaños, todos luciendo artificiales y rígidos.

—¿Estás bien? —Me aparto de Viera, manteniendo mis ojos buscando movimiento. No sé cuántos Sevora quedan, o si intentarán atacarnos, pero prefiero no morir por falta de atención.

—Puede que me una a ti en el rincón de la muerte —dice Viera, y hay bastante dolor contenido en su voz—. Pero aún no he llegado ahí.

—¿Entonces por qué nos empujaste? —Me tiendo sobre mi pecho, ignoro el punzante dolor que me da mi abdomen, y apunto por debajo de los chalecos. Hay pies moviéndose allá afuera, parecen estar rodeándonos. Entre la ropa junto a la que estamos y el rígido estante de mineros a nuestra derecha, sería fácil atraparnos—. Cuento al menos cuatro de ellos.

—Porque estábamos a punto de ser carbonizadas —Viera se pone de rodillas, todavía sosteniendo mineros en ambas manos—. Apoyar tu bastón y quedarte quieta no es la forma de sobrevivir en un tiroteo, Kaishi.

—Disparar al aire tampoco va a ayudar.

—Entonces ve por el Oratus y déjame los Sevora a mí.

Me sorprende un poco el calor en su voz. El estrés. Piensa que necesito que me cuiden, que me vigilen. El calor golpea mi rostro cuando me doy cuenta de que aquí, bueno, tiene razón. No voy a ser de mucha ayuda, pero al menos puedo cuidarme sola.

—Son todos tuyos —Me arrastro bajo los chalecos, llego al otro lado, y con la ropa colgando sobre mí apoyo el minero contra el suelo y disparo un par de veces al único Flaum que puedo ver.

Fallo, golpeando la pared lejana blanqueada y dejando círculos quemados como evidencia de mi espectacularmente mala puntería.

El Flaum levanta su propio minero, y yo alcanzo con mi bastón, agarro un par de chalecos y tiro mientras el Sevora se prepara para disparar. La ropa cae sobre mí mientras los disparos impactan, el calor filtrándose hasta mi hombro derecho pero sin llegar del todo a mi piel.

Los chillidos y chirridos hacen eco desde otras partes de la sección, así que al menos Viera está haciendo su trabajo mientras me escondo bajo los chalecos. Esperando, aguardando... y ahí viene, el inconfundible repiqueteo de garras sobre metal mientras el Flaum se acerca. Los chalecos que me cubren se mueven mientras el Flaum tira de ellos, y tan pronto como cae el último, tan pronto como veo el rostro peludo asomándose, disparo.

Resulta que incluso yo puedo acertar a esta distancia.

Lan parece intacta, inmóvil y perfecta en el suelo, sus escamas verdes brillando contra las baldosas blancas. Sus ojos están abiertos, y me siguen mientras me acerco. Antes de dejar la cobertura de la ropa, esperé hasta que los disparos cesaran, hasta que los chillidos se detuvieran, y hasta que Viera volviera a aparecer, sus ojos escudriñando con sus mineros siguiendo.

—¿Todavía está viva? —me pregunta Viera, manteniéndose alejada del Oratus, quedándose donde puede cubrir tanto la entrada a esta sección como los espacios entre los otros estantes.

—Todavía viva.

—¿No puedes decir si está infectada, verdad?

—¿Por haber tenido uno dentro de mí una vez? —Me agacho junto a Lan, miro fijamente esos ojos—. No, no tengo idea.

—Sería más fácil ahora, sabes —Viera deja la frase en el aire.

Ejecutar a Lan antes de que su ser potencialmente poseído vuelva. Tiene sentido, si eres despiadado. O si estás herido, cansado y luchando por sobrevivir.

—No —Me enderezo, me vuelvo hacia la piscina—. No nos rendiremos tan fácilmente.

Espero que Viera proteste, pero solo deja escapar una risa entrecortada. —Nunca cambias realmente, Kaishi.

Cualquier respuesta que estuviera pensando se desvanece cuando la piscina muestra señales de vida. La tinta púrpura-negra se mueve, las ondas yendo hacia los bordes. Retrocedo, y brevemente considero arrastrar a Lan conmigo, pero mi ser herido emite una punzada, así que dejo al Oratus aturdido donde está. Viera apunta sus mineros hacia el agua.

—No esperes —digo—. Tan pronto como sea obvio que han tomado a Gar, tienes que matarlo.

—¿No hay simpatía por este?

—Esta vez no.

Lan sigue siendo una incógnita. Una esperanza para el futuro. Sé que los Oratus pueden ser controlados por los Sevora, y si Gar ha estado allí abajo tanto tiempo, probablemente esté bajo el control del parásito que tuvo la suerte de apoderarse de su mente.

Un par de garras delgadas aparecen sobre el borde, sus puntas mordiendo el suelo y dejando arañazos plateados. Luego una cabeza. La de Gar. Los ojos abiertos y resplandecientes mientras la tinta gotea de sus escamas.

—¡Detente! —le grito—. Si subes más, dispararemos.

—¿Entonces qué se supone que debo hacer? —sisea Gar. Suena como él, pero los Sevora no cambian la voz de su huésped—. ¿Quedarme colgado aquí para siempre?

Es un acertijo repentino: ¿cómo se supone que determine si hay un Sevora dentro de Gar? ¿Hay alguna señal reveladora? Ignos podía adentrarse en mi mente, en mis recuerdos, y construir un conocimiento de la humanidad. No hay pregunta que pueda hacer que lo delate. Había esperado que se me ocurriera algún plan, que hubiera una manera obvia, pero no se me ocurre ninguna.

Así que opto por lo único seguro que tengo.

—Viera, atúrdelo.

La Lunare no da señales ni avisos, no anuncia su disparo con algún grito de batalla o floreo, pero Gar explota fuera de la piscina, saltando lo suficientemente alto como para que los disparos de Viera pasen por debajo del Oratus.

Pero la gravedad que le dio el impulso a Gar ahora lo traiciona: la caída es lenta, y el Oratus está indefenso en el aire. Viera levanta sus armas, apunta, aprieta los gatillos.

Hacen clic. Sin efecto.

—¿Viera? —digo.

—¡Sabía que me estaba quedando sin energía... te toca! —me dice Viera, luego se gira y comienza a regresar hacia el otro estante de mineros.

Creo que el mío todavía tiene energía, y apunto el minero mientras Gar golpea el suelo. Mi disparo sale, pero Gar gira sobre sus garras y fallo hacia su derecha, sobre la piscina y contra la pared posterior de la sección. Pienso que Gar vendrá por mí, pero en su lugar el Oratus se lanza hacia Viera.

—¡Cuidado! —grito, trazando una línea de rayos azules tras Gar y maldiciéndome todo el tiempo.

Entonces Gar desaparece de mi vista, bajando por esa línea central. Llego allí con mi bastón, a tiempo para ver a Gar alcanzar a Viera mientras ella saca mineros del estante. A tiempo para ver esas garras hundirse en la armadura de Viera y lanzarla, agitándose, a través de la sección hasta que se estrella contra la pared sobre la entrada por la que vinimos.

Gar se vuelve hacia mí, entonces. Me mira fijamente, su boca extendiéndose en una sonrisa afilada.

—Tú no eres Gar —digo, apuntando el minero directamente al Oratus.

—Pero me conoces, Emperatriz de los humanos —responde Gar, su voz siseante convertida en un gruñido.

—¿Te conozco?

—Te invité a mi hogar, una vez —responde Gar—. Un hogar que intentaste destruir cuando te ofrecimos paz. Ahora, iremos al tuyo y tomaremos lo que no quisiste dar.

Jel. El Sevora que lidera la facción opuesta a Nasiya, alguien que Ignos dijo que también estaba en la nave. Por supuesto, el rango de Jel le daría primera opción sobre nuevos huéspedes.

—Deberíamos haberte matado en Vimelia —disparo el minero otra vez.

Esta vez acierto. Golpeo y quemo el pecho de Gar. El Oratus tropieza, pero Jel mantiene a Gar en pie. Lo intento de nuevo, pero, como el de Viera, mi minero hace clic. Nada, y no puedo pasar a Jel para llegar al estante de mineros. El Oratus se tambalea hacia mí, el lado derecho de Gar temblando y arrastrándose mientras Jel mantiene el cuerpo en movimiento.

Estoy herida, no tengo un minero, pero tengo un bastón.

—Tu especie es un error —sisea Jel a través de la boca de Gar mientras el Oratus viene hacia mí—. Estaban destinados a ser una cura para nuestro 'problema', pero los Amigga fallaron. Viste a Ignos. Aprendimos cómo tomar a los de tu clase, y los tomaremos a todos.

—Ya lo intentaron antes —muevo el bastón a ambas manos, sosteniéndolo a través de mi cuerpo—. Fallaron.

Si Jel se siente aplastado por mis palabras, el Sevora y su huésped Oratus no lo demuestran. En cambio, Jel salta hacia mí, cuatro brazos con garras extendidos, como si el objetivo fuera aplastarme en un abrazo afilado y mortal. No puedo igualar la fuerza del Oratus, no soy más rápida, así que planto mis piernas y empujo el bastón hacia adelante, tratando de mantener esas desagradables garras lejos de mí.

Jel simplemente atraviesa la carga, agarrando mi bastón y empujándome hacia atrás hasta que tropiezo y caigo al suelo. Yo, el bastón, y una boca Oratus amenazante, todo dientes y furia burlona. Jel sisea lenta y profundamente, dándome la vista completa de mi inminente perdición.

Todo lo que puedo pensar es en ganar tiempo. Esperando que Lan o Viera se levanten y peleen. Incluso si muero, que una de ellas acabe con Jel.

Así que empujo el bastón entre nosotros. Fijo mis brazos contra su línea de metal gris e interrumpo la boca que chasquea de Jel. Hasta que Jel muerde el bastón y lo parte en dos. La mordida es fuerte, y por un segundo el Oratus está justo contra mi cara, las escamas suaves de Gar rozando mi piel.

En mis manos, sin embargo, ahora tengo dos piezas. Dos piezas dentadas, y un objetivo en el lugar correcto. Puede que no sea tan fuerte en la escala galáctica, pero ahora, con toda la desesperación, ira y miedo tensándome como un resorte, empujo y envío cada fragmento puntiagudo hacia la cabeza de Gar. Donde están esas pequeñas hendiduras, esas diminutas cavidades auditivas, y un Sevora.

Jel se sacude hacia atrás, sisea fuerte y prolongadamente, tropieza por un momento, y luego se desploma en el suelo, rompiendo uno de los fragmentos mientras el otro sobresale en el aire como una terrible lápida.

UN INSTANTE de caída libre a través de una nube de fuego y escombros, un momento en que el estómago de Sax intenta saltar fuera de su cuerpo, donde agradece que la máscara evite que los fragmentos de metal fracturado se claven en sus conductos y ojos, y entonces Sax golpea el suelo.

La máscara no puede amortiguar toda la incomodidad de aterrizar sobre escombros, y Sax gira durante la caída para que sus garras delanteras y medias derechas sufran el impacto principal, pero la explosión le da la adrenalina que necesita para superar el dolor y obligarse a levantarse con un movimiento de cola y un empujón de sus garras.

La primera mirada de Sax confirma que Bas está viva y levantándose de su propio montón de cables y baldosas cromadas. Su segunda mirada busca la fuente de la explosión y encuentra a Plake y Agra-Red cerca de una puerta ancha que conduce fuera de la habitación. Están mirando, aunque Sax nota que el pesado minador de Agra-Red apunta hacia el techo, con sospecha.

Los Oratus espejados, sin embargo, no cayeron. El

agujero en el suelo derrumbó el centro del anillo de baterías de arriba, pero dejó los bordes para que sus enemigos se asomaran.

—¿Vamos a correr o quieres esperar a esas cosas? No detoné esas baterías por nada —dice Agra-Red.

—Iban a perder —Sax apenas se contiene, mantiene sus garras a los costados—. Los teníamos.

—Probablemente era una trampa —Agra-Red ignora la mirada fulminante de Sax—. No se lucha contra un Oratus espejado. Se huye.

—La próxima vez, déjanos.

—Esta vez, nos vamos. Ahora —Plake da la orden, y con los Oratus espejados arriba aparentemente revisando sus heridas, Sax decide seguirla.

—Recuerda la misión —sisea Bas mientras se acerca por detrás.

¿Por qué esa frase sigue interponiéndose en su diversión?

Más allá de la sala de baterías, es evidente que han entrado en una parte diferente de Cavignum. Ya no sobre la fuente de energía fluyente, los suelos muestran un diseño menos adecuado para el calor y más para el placer; líneas verdes y púrpuras ondulantes que imitan los paisajes de Aspicis cubren el suelo, y las paredes, entre las puertas, están interrumpidas por pictogramas que Sax reconoce como vistas de toda la galaxia; varios planetas, lugares destacados de los reinos que controla el Coro.

—Casi lo llamaría hermoso si no supiera lo que representa —dice Plake mientras avanzan.

En teoría, encontrarán alguna indicación de la sala de control, pero Sax no ve nada más que puertas cerradas con luces rojas brillantes. También comienza una alarma de tono bajo, declarando el cierre de Cavignum. Que les haya llevado tanto tiempo a quienes dirigen este lugar declarar su infiltración como una emergencia le dice a Sax lo confiados que están en sus fuerzas.

No es que Sax no haya demostrado que mucha gente se equivoca en esa apuesta.

—Sigue siendo hermoso —responde Bas—. No estamos tratando de destruir este lugar; si derrotamos al Coro, este planeta, esta galaxia seguirá necesitando Aspicis.

—Pueden quedárselo —dice Agra-Red, deslizándose por el suelo—. Este planeta es basura.

Como si hubiera escuchado el insulto del Whelk, las luces del corredor parpadean y se apagan, sumergiéndolos en una oscuridad absoluta. Sax cambia la máscara a visión nocturna y escanea de un lado a otro. Encuentra la razón. Las puertas que han pasado se están abriendo, con Flauma y otras especies irrumpiendo en el corredor y corriendo de vuelta por donde vinieron.

Evacuando a los rehenes. La alarma ahoga el sonido de las pisadas, y no hay conversación.

—Deténganse un momento —dice Sax. No está interesado en los trabajadores que huyen, sino en las habitaciones que dejaron atrás—. Formen grupo.

—¿Nos vas a guiar? —pregunta Plake—. Porque Vyphen no puede ver en la oscuridad.

—Agárrate a la cola de Bas —dice Sax.

Morirá antes de dejar que el Vyphen se agarre a su cuerpo. Bas lo entiende, suelta una risa rápida, pero no discute. Conoce demasiado bien a Sax.

Es una carrera rápida por el pasillo y hacia la primera habitación abierta a la derecha. Las luces siguen apagadas, pero las puertas abiertas significan que Cavignum no está completamente sin energía. Las terminales en la habitación todavía brillan, y están mostrando el tipo de gráficos que hacen pensar a Sax que este es uno de los lugares que controla el flujo desde debajo de la superficie.

No es lo que le importa, pero las terminales son flexibles.

Plake también capta la idea, lo cual es bueno, ya que Sax confía tanto en su propia capacidad para usar una terminal extranjera como en las posibilidades de Plake uno contra uno con un Oratus espejado. Mientras el Vyphen se pone a trabajar, Sax monta guardia en la puerta, aprovechando la ocasión para asustar a las especies que pasan con un siseo bajo.

Otras puertas a lo largo del pasillo también están abiertas ahora, con más y más personal huyendo. Sax podría alcanzarlos y destrozarlos. Se alejan de él mientras pasan, corriendo rápido. Una apuesta calculada: Sax y los otros no se han dedicado a atacar civiles al azar, pero han causado bastante destrucción. Salir, salvar algunas vidas.

Sax casi respeta al Amigga que dirige este lugar (está seguro de que hay uno de esos monstruos esféricos por aquí en alguna parte): salvar vidas siempre parece ser su última preocupación.

—¡Lo encontré! —anuncia Plake con una burbuja emocionada—. Cerca de aquí en realidad. Justo al final del pasillo, a la izquierda —Hay una pausa, lo suficientemente larga para que Sax gire la cabeza, a punto de preguntar por qué no se están moviendo—. Y Bas tenía razón. Está en el centro, solo que el centro no está donde sube el agujero.

—Genial —dice Bas—. ¿Podemos irnos?

Plake da el afirmativo y vuelven al pasillo. El personal restante da media vuelta y corre en la otra dirección al oír a Sax galopando hacia ellos, desapareciendo en habitaciones laterales donde nadie se molesta en seguirlos. Finalmente llegan a la puerta, la única que aún permanece cerrada.

—¿Tienes otra bomba de batería? —pregunta Sax al Whelk, sabiendo perfectamente que la criatura no tiene nada.

—Si alguno de ustedes hubiera pensado en agarrar otro minero, podría hacer uno —replica Agra-Red—. Esta cosa tiene potencia, pero no hay manera de que atraviese una puerta gruesa y termoaislada como esta.

Sax coloca una garra contra la puerta. Es dura, bien forjada y construida para resistir incluso las garras normales de los Oratus. Aunque, después de todo, él ya no tiene garras normales de Oratus.

—Cubridme —dice Sax, y se pone manos a la obra.

Los primeros arañazos no parecen hacer mella; es difícil saber en la oscuridad si está progresando. Un zarpazo, dos, tres, y Sax solo se pregunta si sus garras se van a romper, cuando hay un cambio repentino en el tono, un golpe arranca una larga tira de la cubierta protectora de la puerta.

Y su siguiente golpe muerde. Arranca un buen trozo del metal.

—Por fin encontraste algo en lo que eres bueno —dice Plake.

Sax no llega a responder. Las luces del pasillo se encienden brillantes y cegadoras, haciendo que Sax retroceda tambaleándose de la puerta, lo cual resulta conveniente ya que el espacio donde había estado parado de repente se llena de láser rojo.

Aparentemente, violar la sala de control es ir demasiado lejos para la seguridad de Cavignum, ya que han enviado un escuadrón de Flaum —y Sax detecta el característico brillo del Oratus espejado detrás de ellos— al pasillo, que ahora están llenando de láser letal.

Agra-Red dispara un par de veces en respuesta mientras Bas golpea con su peso y garras una puerta menos protegida en el lado opuesto del pasillo. Unos pocos zarpazos a la delgada barrera y esta se rompe, permitiendo que los cuatro se precipiten dentro de la habitación lateral. Sax se gana algunas quemaduras, mayormente desviadas por su máscara cada vez más dañada, como premio por ser el último en entrar.

—Buena elección —dice Plake cuando pueden ver mejor el interior.

Es una sala de descanso. Hay un par de mesas, algunas sillas dispersas, una gran pantalla de pared mostrando algún tipo de noticias locales de Aspicis que actualmente presenta a un Flaum meticulosamente arreglado hablando sobre una toma aérea de... Cavignum.

—Somos famosos —Agra-Red suelta una risa desesperada y temblorosa—. Nunca pensé que moriría con mil millones de ojos mirando.

—Todavía no estamos muertos —sisea Sax, mirando de nuevo hacia la puerta, a través del pasillo hacia donde necesitan estar—. Si puedo dar dos o tres golpes más, puedo abrir esa puerta.

—Serás escoria carbonizada antes de dar uno. —Plake no ofrece una mejor solución, en su lugar mira fijamente la transmisión—. ¿Están viendo esto? Dicen que hay equipos de reparación esperando afuera tan pronto como aseguren este lugar.

—¿No es eso normal? —sugiere Sax.

—Es la solución para los Teven —dice Plake—. Solo necesitamos asegurarnos de que estén en ese equipo, y luego salir de aquí.

Antes de la prisión del gusano brillante, tenían comunicadores. Podrían haber llamado a Nobaa y Engee y contarles el plan. Ahora, sin embargo, todo lo que Sax tiene es la máscara, y su onda de banda estrecha no llevará sus palabras más allá de unas pocas decenas de metros.

La sala de descanso tampoco tiene ninguno de esos dispositivos, pero sí tiene una terminal única conectada a la red global de Aspicis y, más allá de eso, a la galaxia entera. Es una pantalla pequeña, y Bas se cierne sobre ella, sus garras golpeando los iconos conforme aparecen.

—Puedo contactarlos a través de esto —dice Bas—. Dame un minuto.

Sax sabe cómo puede darle varios. Se dirige de nuevo a la entrada, asoma la cabeza al pasillo para ver al escuadrón de seguridad avanzando hacia ellos. Una ráfaga rápida del minero hace que Sax vuelva a meterse mientras los disparos golpean el marco y el techo alrededor de su cabeza.

—¿Intentando que te maten? —dice Agra-Red, apostado con su minero detrás de Sax—. ¿Cómo va a ayudar eso?

—Cállate. —Sax sisea, luego saca una garra delantera, la agita arriba y abajo—. ¡Tengo una oferta! —ruge Sax lo suficientemente fuerte para que se escuche en el pasillo.

Cuando nada intenta incinerar su mano ondeante, Sax intenta asomar la cabeza de nuevo —a una altura diferente que antes, por si acaso— y ve que los dos Oratus espejados han tomado posiciones al frente de la columna de Flaum, con las criaturas peludas sosteniendo sus mineros listos detrás de ellos.

—¿Cuál es tu oferta? —pregunta Kah—. Sabes que no tienes otra escapatoria, y podríamos matarte fácilmente si lo deseamos.

—Eso no les fue tan bien la última vez. —Sax se coloca en medio del pasillo.

Es un blanco fácil aquí, pero espera que entregarse le dé a Bas el tiempo que necesita para enviar el mensaje a los Teven. También lo acerca más a la puerta de la sala de control; incluso si esta táctica falla, Sax calcula que puede dar uno o dos buenos golpes antes de que los Oratus espejados o los Flaum lo incineren.

Eso tendrá que ser suficiente.

—En cualquier caso —dice Kah, y a Sax le agrada el tono de fastidio en su siseo—. Entréguense. Aspicis y su energía no deberían sufrir por su causa.

—Quiero que garanticen las vidas de mis amigos —dice Sax—. Deberían permitirles abandonar Cavignum. Esta fue mi idea, y yo les obligué a hacerlo.

Kah ríe y su eco resuena por todo el pasillo. —¿Tu idea? Sax, tenemos tus registros. No eres un planificador de misiones, ni un comandante. Eres un líder de grupo, un arma hecha para llevar a cabo las tareas de tus superiores. No actúes como si fuéramos estúpidos.

Sax endurece su columna. Tienen razón, por supuesto. Sax es un arma. Nunca ha sido muy bueno fingiendo de todos modos.

—Lo envié —sisea Bas suavemente desde la habitación a su izquierda.

—¿Entonces eso es un no? —pregunta Sax a Kah.

—Preferimos tenerte muerto —dice Kah, moviéndose hacia un lado del pasillo.

Mientras las palabras salen de la boca del Oratus, Sax se lanza hacia la puerta de la sala de control. Logra dar un fuerte zarpazo que hace trizas el metal sin recubrimiento. Destellos llenan el pasillo, y Sax espera, incluso mientras continúa lanzando zarpazos, ser incinerado, pero el fuego no llega. Hay muchos destellos en su visión periférica, y un par de impactos rozantes envían dolor ardiente por su costado, pero Sax vive.

—Sigue cortando, lagarto grande —se carcajea Agra-Red

desde atrás—. ¡Los tengo agachados por ahora, pero algún día encontrarán su columna!

Sax logra dar otro zarpazo, luego otro, hasta que la puerta es una serie de cintas metálicas. Levanta sus garras de nuevo cuando algo muy pesado se estrella contra él por detrás, rompiendo las tiras restantes de metal y haciendo que ambos rueden dentro de la sala de control.

—No podía estar lejos de ti por más tiempo —sisea Bas mientras se aparta de él, dirigiéndose hacia el gran banco de terminales.

Hay docenas de pantallas en el gran espacio vacío, junto con sillas y redes para mantener cómodas a las diversas especies asignadas a monitorearlas. Incluso el techo tiene una pantalla proyectada y giratoria que muestra la temperatura actual del núcleo de Cavignum. Es, como se esperaba, muy, muy alta.

—¡No toquen nada! —Es la voz monótona de un Amigga, traducida a través de sus intercomunicadores.

Este, de color ámbar y parecido a una pieza de fruta seca vieja, está sentado en una silla al final de la habitación. No es tanto un traje como una cuna, y Sax no puede ver ni una sola arma en él.

—Si destruyen algo equivocado, toda esta planta podría explotar —suplica el Amigga—. No solo morirían ustedes, sino muchos, muchos más en Aspicis.

—¿Tal vez eso es lo que queremos? —dice Bas, sus garras flotando sobre las pantallas.

—Si es así, entonces no hay nada que pueda hacer para detenerlos —dice el Amigga—. Pero me niego a creer que los Oratus se comprometerían a una misión de pura destrucción sin otro fin. No fracasamos tan estrepitosamente con su especie.

Sax quiere derribar a la criatura por esas palabras, pero

un aullido de dolor Whelk desde el pasillo le recuerda que no tienen mucho tiempo aquí. El minero de Agra-Red eventualmente se quedará sin energía, y entonces serán invadidos.

Sin embargo, necesitan dañar este lugar de alguna manera, si Nobaa y Engee van a tener una excusa para venir aquí como parte del equipo de reparación. Así que Sax se gira y acuchilla las pantallas de las terminales. Corta el vidrio, destroza la carcasa, pero deja el interior intacto. Bas lo entiende, hace lo mismo con las pantallas junto a ella.

—¿Qué están haciendo? —pregunta el Amigga—. ¡Por favor, no corten muy profundo!

—Encuéntranos una salida de aquí —dice Sax—. O lo destruiremos todo.

El Amigga no tiene ojos. Ningún sentido visible en absoluto, pero Sax tiene la sensación de que la criatura lo está mirando, tratando de decidir si el Oratus habla en serio.

—Ya hemos dejado nuestro mensaje —añade Bas—. Hemos demostrado que podemos atacar en cualquier parte, si el Coro no cede a nuestras demandas. Déjanos ir, y conservarás tu estación.

Mintiendo. Bas es mucho mejor que Sax en eso, y su razonamiento empuja al Amigga hacia la acción. El traje de la criatura zumba, y de repente su voz retumba desde altavoces por todas partes.

—¡Cesen el fuego! —grita el Amigga—. Permitan que los intrusos se vayan, o destruirán Cavignum por completo.

La orden cumple su cometido, y los disparos de Agra-Red se detienen un segundo después.

—Los escoltarán hasta una salida —dice el Amigga—. Por favor, no dañen nada más. Ya han hecho nuestra vida lo bastante difícil.

—No nos importa —responde Sax, aunque no se mueve —. Bas, ve con ellos.

Su compañera duda, mira a Sax. —¿Qué?

—La única razón por la que saldremos de aquí es porque estas amenazas afectan a toda la estación —dice Sax —. Si me quedo, no te harán daño. Si todos nos vamos, nos atraparán en el momento que aseguren esta sala.

Su mirada solo dura un momento, pero es un momento que Sax mantiene constante en su mente mientras Bas sale precipitadamente de la sala, mientras se lleva a Agra-Red y Plake a través de una combinación de pasillos hacia las junglas de Aspicis.

Esas escamas rosa doradas alrededor de sus ojos dorados. Sax vio en ellas la aceptación, la comprensión de la misión. Que viene primero.

Excepto que, aquí, no fue así. Sax hizo la oferta, Sax se entregó no por la misión, sino por ella, porque nada más importa.

CAPÍTULO 27

EL ÚLTIMO SEVORA

AL PRINCIPIO, espero. Simplemente me quedo ahí tumbado con la cabeza apoyada, observando el cuerpo. Jel debe estar levantándose. No puede estar muerto. Nunca he visto caer a un Oratus, aparte de la sorpresiva explosión de Sax en *Cobalt* cortesía de Coorvin, el Flaum cautivo de la estación. Principalmente, no puedo creer que yo sea la causa.

A mi alrededor, la sección zumba. La nave vibra. Estos estruendos, las vibraciones, son nuevos. Como si la nave Sevora estuviera cobrando vida a mi alrededor. Ignos dijo que tomaría tiempo poner la nave semilla en funcionamiento otra vez. Que ocurriría gradualmente mientras el elegido, el Sevora designado para dirigir la nave, comenzara a fusionarse con la nave misma.

Los ruidos, sin embargo, me recuerdan que aún no hemos terminado. Así que me levanto, lenta y gradualmente, primero sobre mis rodillas, y luego sobre mis manos —las palmas planas contra el suelo— antes de, con un último empujón, ponerme de pie firmemente. Gar sigue caído. Sin movimiento. Miro hacia atrás donde está Lan, y está temblando. Sus garras empiezan a flexionarse, su cola se mueve muy ligeramente.

Gar es su pareja. ¿Qué sucede cuando muere la pareja de un Oratus?

No puedo responder esa pregunta así que paso junto al cuerpo de Gar y sigo adelante. Paso los estantes de chalecos y ropa, paso las armas todas pulidas y relucientes. Listas para una guerra que espero haya terminado. En el camino veo los cuerpos de las víctimas anteriores de Viera. No quisiera estar nunca del otro lado de su furia.

Están todos caídos, todos ellos. Humeantes, inmóviles.

Pero entonces, ella también lo está. Viera yace plana en el suelo, desparramada, pero respirando. Hay un corte en el costado de su cabeza, tornando parte de su cabello blanco en rosado, apelmazándolo. Su brazo izquierdo cuelga en un ángulo extraño alejado de su cuerpo. Y sus ojos están cerrados cuando me acerco y me arrodillo.

—¿Puedes oírme? —le digo—. ¿Viera?

No obtengo respuesta de ella, así que me dedico a rasgar tiras de las túnicas que lleva bajo la armadura para hacer vendajes. No quiero mover su brazo porque no sé qué le pasa, así que hago lo mejor que puedo para darle la vuelta. Detengo el sangrado y la vuelvo a recostar. Miro hacia atrás por toda la sección, asegurándome de que nada más se mueve, y veo que sigo siendo el único en pie.

Lo que significa que soy el último de nosotros. Lo que significa que depende de mí detener la nave semilla.

Primero, regreso al estante de armas. Tomo un par de mineros, recojo la mitad corta del bastón que salió disparada de la cabeza de Gar cuando cayó. Y entonces me voy. Un minero colgado en mi espalda, el otro en mi mano izquierda mientras mi derecha empuña mi medio bastón y lo usa como muleta cuando es necesario.

Regreso al anillo, que se siente más vacío que nunca. Por un instante, pienso en volver, encontrar la bahía de acoplamiento, a Malo y T'Oli. Podríamos escapar, los tres. Pero no, eso solo retrasaría lo que debe hacerse.

Tengo que detener a los Sevora. Por Viera, Gar, Lan y todos los demás.

Así que orbito el anillo y camino bajo esas semillas relucientes que apuntan hacia abajo como dagas sobre mi cabeza. Respiro aire cada vez más limpio mientras los recicladores, recién activados, limpian la nave del olor a humedad de lo que deben haber sido años y años flotando aquí abandonada en el vacío, esperando ser llamada. La última esperanza de una raza malvada.

Encuentro mi objetivo en el lado opuesto del anillo, cerca de donde los Sevora casi habían peleado entre ellos antes. Cuando Nasiya reclamó su derecho al centro de la nave.

La pasarela plateada que cruza el anillo conduce a una puerta cuadrada y amplia en el núcleo central de color gris oscuro. Una puerta que Ignos dijo estaría sellada. Un cruce de un solo sentido para el Sevora que daría su vida por el resto de su especie.

—Supongo que eres demasiado lento —murmuro, dando mi primer paso en la pasarela. A mi alrededor, debajo de mí, el anillo se extiende hacia la negrura del espacio. Puedo verlo todo, infinito. Me marea por un momento y una parte de mí siente que debería simplemente saltar. Deslizarme hacia abajo y fuera y olvidarme de todo esto.

Y tal vez lo hubiera hecho, excepto que la pasarela tiembla. Algo inicia un proceso que no puede deshacerse. Detrás de mí, en el borde del anillo, la pasarela comienza a retroceder. A replegarse hacia el centro. Me muevo. Me apresuro a través del metal hacia la puerta sin panel de control. Una que podría no abrirse, que podría dejarme varado en un borde que desaparece.

Así que mientras avanzo tambaleándome, con el dolor en mis costados impidiéndome moverme demasiado rápido, apunto con mi mano izquierda, cambio el minero al tercer modo, uno que Viera me mostró una vez pero que nunca he usado. El gatillo del minero es ligero, construido para manos Flaum más pequeñas. Cuando lo presiono, en lugar de disparos dispersos, el minero dispara su energía en un rayo sólido mientras corro, compitiendo contra mi propia caída inminente hacia la puerta.

El patrón que dibujo, la abertura que quemo no es bonita. No es grande. Pero el óvalo alargado es suficiente, sus bordes ardiendo en naranja por el calor, para que yo pueda caer a través y aterrizar en el interior. He llegado justo donde nunca pensé que estaría. En el corazón de mi enemigo.

Es una vista extraña, cuando me pongo de pie. Me levanto del suelo y observo cómo, detrás de mí, la delgada puerta que corté es reemplazada por placas exteriores que se cierran de golpe. Un sello demasiado grueso para que cualquier minero pueda atravesar. Frente a mí hay un cilindro alto y negro con paredes. Es perfectamente redondo, liso. Sin ninguna entrada visible que pueda ver.

Camino alrededor del exterior. Buscando una entrada y encontrando solo lo que deben ser contenedores para papilla nutritiva, para comida y bebida. Hay conexiones a tubos que vienen desde arriba, estrechos y delgados. Demasiado pequeños para que alguien se escabulla a través. Excepto tal vez otro Sevora.

Lo que también encuentro, sin embargo, es una total ausencia de entrada. No hay puerta, ni panel de control. Ninguna bandera ondeando que diga aquí, aquí está lo que buscas. En ausencia de todo eso, con solo el zumbido de la nave como compañía, y sintiéndome tan solo, me derrumbo contra la pared exterior y me siento. Un minero en mi mano izquierda, mi bastón corto en la derecha, y mi segundo minero colgado sobre mi arnés. Armado, peligroso, herido e inútil.

—¿Qué harían ustedes? —le pregunto al aire. Le pregunto a Viera, a Malo.

Viera probablemente empezaría a disparar sin más. Diría que no hay razón para preocuparse mientras tengas energía. Mientras puedas abrirte paso quemando. ¿Quién sabe si ese muro puede ser penetrado por un simple minero portátil? ¿Quién sabe qué hay al otro lado? Si agoto toda mi energía aquí, ¿qué pasará? ¿Nasiya simplemente me despedazaría? ¿Podría vencer a un Flaum controlado por uno de los Sevora más despiadados solo con mi bastón?

Malo sería más estratégico. Buscaría otra manera, pero no encontré nada obvio y se me acaba el tiempo. Puedo sentirlo, tal como Viera me prometió; la cura temporal de T'Oli está comenzando a desvanecerse. El dolor solo aumenta, y las puntas de mis dedos de pies y manos se están debilitando, entumeciendo más. Tengo que acabar con esto, y tengo que hacerlo rápido.

¿Y T'Oli? ¿Qué haría el Ooblot? Soltar algunos datos sobre... No, espera. Miro mi muñeca izquierda. Está justo ahí, las respuestas que necesito. Así que tomo lo que queda de mi espíritu debilitado y lo envío al Cache. Excavo en sus profundidades para encontrar la nave semilla y cómo puedo destruir su núcleo.

La respuesta es más simple de lo que había pensado: El Sevora central está protegido por las paredes del núcleo principal. Lo único que las derribará es una gran fuerza o, si es necesario, provisiones. La necesidad de comida y agua, especialmente al principio, cuando el Sevora todavía está madurando. Eso es. Todo lo que necesito hacer es asegurarme de que llegue la comida, y esos muros caerán para mí.

Abandono el Cache y su destello esmeralda, y espero que el regalo de Ignos sea el fin de su especie. Me levanto y regreso a la cuenca con los pequeños tubos que conducen a ella. Junto a ellos hay un pequeño panel con una solicitud muy simple. Un botón verde que cubre toda la pantalla. Lo presiono y hay un retumbar, un ruido silbante mientras un lodo púrpura profundo comienza a caer del tubo y al fondo de la cuenca, acumulándose en un charco. Una trampa siendo preparada por la propia nave del Sevora.

Entonces lo oigo. El chasquido, el giro y el zumbido de engranajes fuera de vista. Los muros negros se deslizan uno tras otro mientras me giro para ver cómo es un Sevora al que finalmente se le ha dado la oportunidad de crecer.

Un yo más joven, más ingenuo, habría gritado. Habría huido al ver esta cosa frente a mí. Que era un Flaum es evidente, pero ya no lo es, en absoluto. El cuerpo peludo está de pie junto a un conjunto de terminales y, brotando de ese pelaje, como si los poros se hubieran abierto a una nueva vida, tentáculos fibrosos rojos, amarillos y verdes se arquean arriba y abajo, aferrándose a las computadoras, alojándose en espacios debajo del Flaum y el suelo enrejado sobre el que está parado. Sin embargo, el Flaum aún vive. Lo veo tecleando, lo veo respirar y veo esos ojos rojo sangre girarse hacia mí mientras los muros terminan de descender.

—El humano —dice Nasiya. Es una voz muy alejada de los chillidos agudos de un Flaum normal y más cercana a un ruido áspero y quebrado. Como una persona en la mañana después de una noche demasiado larga con muy poca agua para beber. Músculos deshilachados y al final de su propósito.

—Sí, soy humano —digo—. Y estoy aquí para detenerte. Para detener a tu especie. Para detener esta guerra.

—No me importa por qué estás aquí. Solo me importa que mueras —Nasiya puntualiza la respuesta alejándose de las terminales.

Mientras el Flaum se mueve, los tentáculos que salen de sus brazos, espalda y hombros tiemblan y se retraen, hasta que se organizan alrededor del Flaum de Nasiya como un halo de pelo desgreñado. Es extraño, pero estoy demasiado enojado, demasiado cansado y adolorido para tener miedo ya.

Apunto el minero y disparo.

Un largo rayo de energía sale disparado —me doy cuenta de que olvidé cambiar el arma de su configuración de rayo único— y cae en cascada sobre el conjunto de terminales junto a Nasiya. Las pantallas y sus carcasas metálicas arden, explotando en chispas y lloviendo fuego por todo el cilindro central. Mi disparo alcanza a Nasiya, quien gruñe un ruido ronco y bajo mientras dejo una cicatriz negra ardiente en su pecho, y viene hacia mí. Pero el Sevora ha debilitado a su propio huésped, y el Flaum se tambalea, tropieza incluso mientras esos tentáculos se dirigen hacia mí. Incluso mientras mi minero se queda sin energía.

Uso la cuenca y me empujo hacia un lado, continuando alrededor del anillo mientras Nasiya sale tambaleándose de su hogar enrejado tras de mí. Por cada paso que da el Flaum, sus tentáculos se mueven aún más rápido. Parece que también están creciendo, persiguiéndome como malezas que se extienden por el suelo en mi dirección. Con mi mano izquierda, dejo caer el minero muerto y giro mi hombro, llevando mi arma de respaldo alrededor de mi pecho donde la atrapo incluso mientras mi mano derecha y el bastón corto me mantienen de pie y tambaleándome lejos de la criatura.

—Detente y pelea —dice Nasiya detrás de mí.

—No es mi culpa que seas lento —respondo. Echo un vistazo rápido al minero para asegurarme de que va a disparar las ráfagas rápidas de rayos, y giro. Planto mis pies y me volteo, ignorando la punzada de dolor a la que ya estoy tan acostumbrado, y aprieto el gatillo. Lo mantengo apretado mientras los rayos rojos cosen el interior de la cámara.

La mayoría falla mientras Nasiya se agacha, pero un par golpea su cuerpo, quema agujeros en sus hombros y Nasiya cae hacia adelante. Pero los tentáculos no se detienen. Se envuelven en mis piernas, trepan por mis pantorrillas y sobre mis rodillas y los golpeo con mi bastón. Un par de zarcillos verdes se aferran al palo de metal gris mientras golpeo, y aunque no lo alejan, detienen su impulso. Tengo que soltarlo para recuperar mi mano, para apartar otro conjunto de enredaderas amarillas que se acercan a mi garganta. Pateo y empujo, pero no puedo alejarme de las cosas mientras se multiplican, pareciendo venir de todas partes y cubrirme como una red.

Están en mi cuello ahora. En un segundo llegarán a mis ojos, mi boca, o me ahogarán. Hago lo único que se me ocurre: apunto el minero más bajo y rocío más rayos, más rojo ardiente, en el cuerpo de Nasiya. En el Flaum hasta que se prende fuego.

Los tentáculos trepan por la parte inferior de mi barbilla, los siento en mi pelo, alrededor de mi cuello.

Ahora, finalmente, grito. Pero no es miedo. Es ira, determinación, desesperación, todo saliendo porque estoy soste-niendo ese gatillo y estoy disparando a mi enemigo. No por mí, sino por mis amigos, por mi especie, por esta galaxia que aparentemente ha sufrido tanto a manos de estas criaturas malvadas.

Solo quiero que termine.

Y incluso mientras los zarcillos usan el grito para trepar dentro de mi boca abierta, termina.

Nasiya no tiene grito de batalla final. No hay gran proclamación, no hay evidencia de mi triunfo más que el duro crepitar de las llamas y el olor a carne licuándose mientras los zarcillos comienzan a encogerse negros. Mueren y los escupo de mi boca, los quito de mis piernas y espalda y miro lo que una vez fue el líder de los Sevora. El último vestigio de una especie tan odiada por tantos.

—Viera, Malo, lo logré —me digo a mí mismo. No hay nadie más aquí. Solo estoy yo, atrapado dentro del núcleo central. Cualquier terminal que pudiera usar está quemada y rota.

Así que en su lugar me dirijo a la cuenca de papilla nutritiva. Pruebo un poco de la sustancia solo para quitarme el sabor de los tentáculos de Nasiya de la boca. Mientras mi cuerpo se afloja, mientras el dolor crece y mis ojos comienzan a lagrimear, mientras cada respiración se hace más difícil que la anterior, me apoyo contra la pared y observo cómo el último fuego del Sevora se extingue.

LO ATURDEN, por supuesto. Irrumpen en la sala de control con mineros disparando y no se detienen hasta que Sax queda convertido en un caparazón quemado e incapacitado en el suelo. Kah le arranca la máscara a Sax, deteniéndose solo para burlarse y lanzar algunos insultos sobre los parches metálicos de Nobaa. Luego levantan a Sax y se lo llevan arrastrando.

Sax experimenta todo como si fuera un sueño; es una serie de imágenes borrosas mientras lo que queda de sus sentidos lucha por reconstruir la transmisión distorsionada. Hay un tren de levitación magnética en el sótano de Cavignum al que lo llevan, con los dos Oratus espejados dirigiendo su escolta. Despejan todo un vagón para Sax, dándole al Oratus el viaje más privilegiado que jamás haya tenido en un transporte.

El tren se dispara veloz a través del interminable bosque nocturno de enredaderas, y el interior está iluminado solo con los tonos azules profundos de un océano, ya que aparentemente su ataque a Cavignum se extendió hasta el ciclo de sueño. Aunque nadie en el vagón de Sax duerme, excepto, tal vez, el mismo Sax.

Así que todos ven el Meridia cuando aparece a la vista. Decir que el Meridia es un haz de luz sería demasiado simplista; es un espacio habitable, una fortaleza y un centro de gobierno público todo en uno. Hay todo tipo de luces parpadeantes, sí, pero cada una envía un mensaje diferente: las constelaciones de rojo constante marcan las torretas de contramedidas, los blancos y amarillos más amplios dan pistas a los residentes, mientras que los verdes y azules iluminan espacios de atraque para drones mensajeros, pequeñas naves y más.

La otra característica distintiva del Meridia es que, desde el suelo, parece no tener final. La atmósfera y la oscuridad del espacio más allá difuminan la definición de la construcción mucho antes de que realmente termine, como una montaña que se desvanece en las nubes. Así, para Sax, es como si el horizonte hubiera sido partido por un hacha, elevándose grueso y fuerte desde la superficie.

Como parásitos aferrados al huésped, hay una vasta ciudad rodeando el Meridia, con muchos otros edificios que se alzan hacia lo alto y siempre, siempre parecen miniaturas junto a la estructura más importante de la galaxia. Estos también brillan en la noche, y sus luces se asoman por las ventanas del tren o resplandecen desde abajo cuando la vía pasa por encima.

El tren no es lo único que se mueve en los cielos: a pesar de la hora aparente, los esquifes, transbordadores y naves que alcanzan los límites para la entrada atmosférica atascan los cielos sobre los edificios, aunque nuevamente el Meridia actúa como un filtro, permitiendo que solo unos pocos se deslicen dentro del perímetro establecido.

El tren no es uno de ellos, y se desliza dentro de una

estación masiva y rectangular cerca, pero no demasiado, de la base del Meridia. Sax, entumecido nuevamente con un par de aturdimientos de cortesía, es cargado en un trineo de carga que espera y, con los dos Oratus espejados continuando su escolta, es conducido por una amplia avenida hacia la Aguja.

Sax no cree que su destino final esté tan alto en el Meridia, pero sin ventanas, es difícil saberlo. Lo meten en una habitación, lo bajan a través de un techo hasta una celda, que es donde su escolta finalmente lo deja.

El Oratus no se molesta en moverse: sabe lo que viene, lo ha visto muchas veces antes; cuando el Coro lo decida, Sax tendrá una muerte simple, enviado a través de la galaxia, para marcar el final de otro intento fútil de cambiar el curso establecido del universo.

———

Los Sevora han sido derrotados, y ahora Kaishi y Sax se encuentran en lados opuestos, con la fuerza más poderosa de la galaxia entre ellos.

Continúa la aventura de Kaishi con *El Último Ciclo*:

AGRADECIMIENTOS

Esta novela es el producto de mi familia y amigos que se negaron a dejar morir un sueño. A mi esposa Nicole, por permitirme escribir en las primeras horas de la mañana y asegurarse de que no muriera de hambre. A mis hermanos y padres por sus continuos comentarios, apoyo y entusiasmo.

Y, por supuesto, a ti, lector, por darme una razón para escribir.

A.R. Knight teje historias en una casa helada en Madison, WI, principalmente dominada por un par de gatos. Después de verse atrapado en la rutina laboral durante la crisis económica de 2008, se encontró surcando el espacio y viviendo grandes aventuras durante las reuniones más tediosas.

Con el tiempo, dedicándose a los podcasts, guiones, relatos cortos y otras novelas, encontró una historia en la que podía sumergirse y un elenco de personajes tanto entretenidos como llenos de corazón.

A.R. Knight planea saltar a otros mundos y encontrar nuevas historias que contar en los límites infinitos de nuestra imaginación.

¡Gracias, como siempre, por leer!

Para más información:
www.blackkeybooks.com

Para Kathy y Paul